高野泰志 編著
島村法夫
勝井慧
堀内香織
千葉義也
上西哲雄
塚田幸光
真鍋晶子
今村楯夫
前田一平

ヘミングウェイと老い

松籟社

目次

序章　老人ヘミングウェイをめぐる神話（高野泰志）……………11

第1部　ヘミングウェイと伝記

第1章　ヘミングウェイの晩年を鳥瞰する——創作と阻害要因の狭間で（島村法夫）……17

1．はじめに　17
2．齢を重ねることとは？　20
3．沈黙の四〇年代　23
4．再生と復活と——二人の老人が主人公の物語　32
5．おわりに　41

第2部　若きヘミングウェイの描く老人

第2章　ロング・グッドナイト——「清潔で明るい場所」における「老い」と父と子（勝井慧）……49

1．はじめに　49
2．老いと距離　51

3．光の聖域、そして影　55
4．虚無の絆　59
5．結論　63

第3章　弱さが持つ可能性――「橋のたもとの老人」における「老い」の想像力　（堀内香織）・・71
1．はじめに　71
2．現実と虚構――「老い」の創作　73
3．集団と個　77
4．故郷喪失者と大地の再生　80
5．感傷の背後へ　84

第3部　ヘミングウェイとその他の作家の老人表象

第4章　老人から少年へ――『老人と海』と「熊」の世界　（千葉義也）・・・・・・・・・・・93
1．はじめに　93
2．類似した狩猟物語　95
3．慕われる老人　96
4．若かりし頃の夢をみる老人　97
5．信念のある老人　99

6. 精神的父親としての老人 101
7. 生き方を体験させる老人 102
8. 原始的武器を頼りにする老人たち 104
9. 材木列車が語る運命 105
10. 人間の不滅と勝利 106
11. ヘミングウェイが描くそのほかの老人たち 108
12. おわりに 109

第5章 フィッツジェラルドから見たヘミングウェイ文学の「老い」
――『日はまた昇る』から『老人と海』へ (上西哲雄)……115
1. フィッツジェラルドとどう比較するか 115
2. フィッツジェラルド文学のテーマ――「仕事」 117
3. ヘミングウェイ文学と仕事――『日はまた昇る』と『老人と海』 119
4. フィッツジェラルドにとっての老い――「崩壊」と「金持の青年」 122
5. フィッツジェラルドから見たヘミングウェイ文学の老い 127
6. サンチャゴ老人に老いは見られるか 131
7. 交差する老いの枠組み――バランスと思考停止を巡って 133

第４部　詩から読むヘミングウェイの老い

第6章　睾丸と鼻――ヘミングウェイ・ポエトリーと「老い」の身体論　（塚田幸光）・・・・・・139
1．睾丸スキャンダル――テクノロジーとポエトリー　139
2．ジャズ・エイジの表裏――グロテスクと抒情　141
3．睾丸ポエトリー――ヘルスとグロテスク　146
4．睾丸と鼻――フリークス的身体　151
5．「老い」の身体論――詩と散文　155

第7章　「老い」の詩学――ヘミングウェイの一九四〇年代以後の詩を中心に　（真鍋晶子）・・・161
1．はじめに　161
2．序〜死の変奏〜　163
3．賢明な老人へのあこがれ　166
4．守護天使願望、旅、思い出、そして自らの死　181
5．結論　190

第5部 『河を渡って木立の中へ』再評価

第8章 忍び寄る死と美《エロス》の舞踏――『河を渡って木立の中へ』論 （今村楯夫）・・・・・・・・199
1. はじめに 199
2. 齢、五十歳の「老い」とは 201
3. なぜヴェニスか 203
4. 戦争の記憶と負の影 205
5. 個人的体験と背後の史実 209
6. 「ジャクソン」を巡って 214
7. 結論 216

第9章 創造と陵辱――『河を渡って木立の中へ』における性的搾取の戦略 （高野泰志）・・・・221
1. はじめに 221
2. 老いと性的不能 223
3. 老いた主人公と語り手との距離 226
4. 戦争に勝つことの代償 228
5. 軍事行動としての性交 231
6. 若さの回復と暴力性 236
7. 結論 241

第6部　『老人と海』再評価

第10章　小学校六年生の『老人と海』（前田一平）…………………………247
1．はじめに　247
2．小学校六年生の『老人と海』　252
3．象徴としての大魚の骨　259
第11章　［討論］『老人と海』は名作か否か
（今村楯夫・島村法夫・前田一平・高野泰志［編集］上西哲雄）…………267
編者・執筆者紹介　巻末　i
英文要旨　v
索　引　xiii

ヘミングウェイと老い

序章

老人ヘミングウェイをめぐる神話

高野泰志

多くの読者の中でヘミングウェイは常に老人としてイメージされてきた。「文豪ヘミングウェイ」の姿は、世界中で文学を超えてアメリカの代表的作家像として様々なメディアに取り上げられ、利用されてきたが、そういったパブリックイメージのヘミングウェイは常に白髪とひげを生やし、力強くこちらを見つめる「老人」の姿なのである。とりわけ一般読者にとってのヘミングウェイとは、最晩年に書かれた『老人と海』の作者であり、その「老人」とヘミングウェイとが無意識のうちに重ね合わされる。

ヘミングウェイは一八九九年に生まれ、一九六一年の誕生日直前に猟銃自殺を遂げた。パブリックイメージとして流布するヘミングウェイ像から想像するよりも遙かに若い六十一歳で亡くなっているのである。「老い」は相対的なものなので、一概に何歳以上が「老人」であるなどと規定しても意味はないだろうが、言いようによってはヘミングウェイは老人になる前に死んだと言っても過言ではない。また一般読者の多くは無意識のうちに『老人と海』の主人公サンチャゴをヘミングウェイ本人と混同しがちであるが、この作品を書いた当時、ヘミングウェイはまだ五十二歳であった。これらの点を考慮に入れると、少なくともヘミングウェイにとって「老い」とは何であったのかということを、改めて考え直す必要があるだろう。

これまでのヘミングウェイ研究は、ヘミングウェイのパブリックイメージと実年齢との乖離を十分に検討の対象とはしてこなかった。我々はヘミングウェイを当然のように「老人」というイメージで捉え、そのイメージに作品解釈を収斂させてきたのである。そしてこの支配的パラダイムとも言うべき「老人ヘミングウェイ」神話をあまりにも当然視することで、実年齢との乖離に気づかなかったのである。その結果、老いてなお芸術と格闘する老人としてのヘミングウェイ像を作り上げ、その枠組みのもとでヘミングウェイの全作品を理解することとなった。本書はそのような解釈の枠組みを再検討する試みである。これまでのヘミングウェイ研究が無意識の前提としてきたことを改めて分析の俎上に載せ、ヘミングウェイの「老い」に正当な関心を払う。そうすることで、これまでとは異なる新しいヘミングウェイ像を提示したい。

本書は論争的な論集である。ヘミングウェイの老いをめぐって執筆者の間で必ずしも意見の統一を図ったわけではない。むしろ本書をお読みいただければ分かるとおり、特に晩年の作品においてきわめて重要な意見の相違が存在している。あえてそのような見解の相違を解消しようとはせずに、対立する意見を真っ向から衝突させることを選択し、刺激的な論集となることを目指したのである。またたんに対立をそのまま放置するのではなく、本書の最後にはこの種の論集ではおそらく珍しい試みであると自負しているが、特にはっきりと見解の相違が見られた『老人と海』を中心にして討論を行い、そこでの議論を収録した。もちろんここでも予定調和的な統一見解に達することを試みたわけではなく、あくまで自分の立場を維持した上での論争としてお読みいただきたい。

まずは第一部で、以下の論考の予備知識として、一九三〇年代から最晩年までのヘミングウェイの後半生を概観する。第二部では若い頃に書かれたヘミングウェイの老人表象を検討することで、描かれた「老い」のイメージが必ずしも「老人ヘミングウェイ」のイメージに依存するものではないことを明らかにする。第三部では同時代のフォークナー、フィッツジェラルドの老いの表象と比較検討することによって、ヘミングウェイの「老い」表象の特殊性を検討する。第四部ではこれまでほとんど論じられることのなかった詩を取り上げ、「老い」の表象にこれまで知られていなかった新たな側面を見いだす。第五部では失敗作とされてきた『河を渡って木立の中へ』を「老い」を通じて読み直すことで、作品の再評価を試みる。第六部では、これまで当然のようにヘミングウェイの代表作とされてきた『老人と海』を再考する。「老人ヘミングウェイ」というパラダイムが揺らいだとき、果たして『老人と海』はこれまで通り、ヘミングウェイ文学の到達点として見てよいのか、四人の研究者による討論で多面的に考察したい。

「老い」をテーマとしてヘミングウェイ文学に切り込むことは、たんなる一研究テーマと言うにとどまらず、今後のヘミングウェイ研究のパラダイムを決定づける重要な一歩である。本書をきっかけに今後のヘミングウェイ研究がさらなる展開を見せることを期待している。

第1部　ヘミングウェイと伝記

第1章

ヘミングウェイの晩年を鳥瞰する
――創作と阻害要因の狭間で

島村　法夫

1. はじめに

十八歳のときの被弾体験を別にすれば、ヘミングウェイの文学に多大な影響をもたらしたのは、何と言ってもフィッシングとハンティングを通して幾度となく味わった情念の高揚であっただろう。彼の凄惨な死について、かのレスリー・フィードラーは次のように語ったが、ヘミングウェイの文学と彼の果敢で精力的な活動の足跡を視野に入れるなら、彼の最期と文学上の特質との関係を象徴的かつ簡潔に捉えた見事な総括と言えるだろう。

彼が大きな獲物を撃つことができなくなって長いこと経っていた。しばらくすると、もはや茂みの蔭から鳥を撃つことさえできなくなった。しゃがみ込んで身を低くすることができなかったのだ。おそらく、歩いたまま撃つことさえできない瞬間が訪れていたのだ。一つの獲物が残されているだけだった。彼が常に自分の内に秘めていた破壊力で狙える唯一の獣、彼の獲物にふさわしい唯一の獣が。それは己の肉体だった。散弾銃を手に取ると、あり得ないことだが、最後の最後の瞬間に、色あせてしまった己の信念を再び主張し、なくなりかけていた死と沈黙に対する己の忠誠心を取り戻したのだった。たったの一撃で、彼の最悪の作品から最良の作品を、己の現状から己の芸術を、そして自分に寄り添ってきては口当たりのいいことを言う連中から真の想像力を、取り戻したのだ。(Fiedler 18)

ここには齢を重ねたヘミングウェイの肉体の衰えが、見事な比喩で表現されているが、実際、彼が不本意ながら、フィードラーの言う「彼の獲物にふさわしい唯一の獣」に狙いを定めざるを得ない確かな衝動に駆られたのは、思うにアイダホ州ケチャムの自宅で散弾銃の銃口を額に当て、自らの命を絶つほんの数カ月前、一九六一年二月頃のことであっただろう。

この年の一月、ヘミングウェイは前年の十一月三十日に極秘に入院していたミネソタ州のセント・メアリー病院を退院した。体力の衰えは隠せなかったが、すでに書き終えていたパリ時代の回想録を、どの順番に並べるかの検討を行った。朝から一時頃まで仕事をして、午後は散歩に出かけた。医師の指示を守り体調に気を配っていたが、二月になると「書けないんだ。もう言葉が出てこないんだ」(Baker

559）と毎日のように自宅に血圧を測りにくる医師に語ったという。涙がいく筋も両の頬をつたっていたというが、それは創作への意欲がありながらままならぬ自己の肉体の異変を思ってのことなのか、あるいは己の作家生命が絶たれたことを強烈に自覚せざるを得なかったからなのか、はたまた忍び寄る死を差し迫ったものとして強く意識したためだったのか。いずれにせよ、次第に自死の衝動に駆られていったことだけは間違いない。四月二十一日とその翌々日の二十三日に銃で自殺を試みたが、大事に至らなかった。だが、彼の脳裡には己の肉体に狙いを定め、ショットガンの引き金を引く自分の姿が焼き付いていたに相違ない。結果論ではあるが、自死への衝動を誰も止めることはできなかったのだ。

　ヘミングウェイの晩年は、『老人と海』を世に問うた直後に『タイム』誌の電報による質問に答えて「はっきり言えることは、生きている限り小説や短編を書きたいと思うし、長生きしたいと思っている」（*Time* 114）と述べたことからも推察できるように、傑作をものにして気分が高揚していたことを差し引いたとしても、これは至極真っ当な答えで、創作への意欲が衰えていなかったことが窺える。二年後にノーベル文学賞を受賞したことも、創作活動への無言の圧力になったことだろう。『誰がために鐘は鳴る』から十年の沈黙を経て、漸く老人を主人公にした『河を渡って木立の中へ』と『老人と海』を相次いで上梓したとは言え、後者を発表したときのヘミングウェイは五十三歳になって日も浅いときであったから、先のどちらかといえば創作に関する楽観的な将来への展望は、当時のアメリカ人白人男性の平均寿命が現在より八歳強少ない約六十六・六歳[1]であったことを勘案しても、ごく自然に思えるし、このときのヘミングウェイには、八年後の自身の凄惨な死は視界に入っていなかったはずである。本論では、「老い」を手掛かりに、彼の晩年の小説家としての特質を明らかにしたい。

2. 齢を重ねることとは？

人は何がきっかけで、齢を重ねたことを自覚するのか。主人公のそうした意識を端緒として始まる印象的な小説がある。彼の名はハリー・アングストローム。ヘミングウェイが凄絶な死を遂げる一年前の一九六〇年に、アメリカ文学史上に登場した。愛称はラビット。二十六歳。妻子がいる。彼は路地で子供たちがバスケットボールをしているのを見ていて、ふと自分が年取ったのを意識する。「子供たちが次々に生まれ、ぼくを押し上げる」（Updike 5）という訳だ。その感覚こそ、自分の青春時代が、自分が真に生きていると感じられた時代が、遠くに過ぎ去ってしまったという寂寥感であろう。彼は高校時代バスケットの花形選手で、誰もが彼を知っていた。だが、彼を知らない子供たちは、突っ立っている彼を見て訝しがる。あれから八年経っている。ハリーはマジピーラー（MagiPeeler）という皮むき器を売って、刺戟のない毎日を送っているのだが、自分のかつての栄光を知らない世代がいて当然なのだ。「彼らは彼を忘れたのではない。もっとひどいことに、聞いたことさえなかったのだ」（7）。

ジョン・アップダイクの『走れウサギ』という作品は、書き出しの部分で、年取ったことに気づかされた主人公が、必死に生を模索する物語なのである。目の前の子供たちが自分の往時を知らない冷厳な事実こそが、あれから八年という齢を重ねた主人公に、往時とは比べるべくもない己の存在の希薄さ、卑小さを意識させ、満たされない日常生活から逃避すべく、彼を当てどもない彷徨に向かわせる誘因になるのだ。ある意味で、ハリーの世界は、先の世界大戦が終わって十五年が経ち、人々が心の平安を取り戻し、言わばアメリカが豊かな成熟した社会になりつつあったが故に、生ずるべくして生じた新たな問題を抱えていたのである。それは、一言で言えば、死が身近にあったヘミングウェイが生きた激動の時代とは違い、平凡な日々の暮しの中に生き甲斐を見出す難しさであり、ハリーはその難しさを具現していたと言える。

自分を知らない世代が続々と誕生していることに、ハリーが他律的に年取ったことを自覚させられたのに対し、ヘミングウェイが年を自覚するきっかけは、必要に迫られ、自身が戦争にコミットする立ち位置を見極めようとしたとき、自然に自己の内部から、いわば内発的に生じたように思える。というのは、四二年三月にクラウン出版から古今の名著に収録された戦争に関する小説とノンフィクションのアンソロジーの選と編集を依頼され、後にその「序論」を執筆する段になり、己の年を意識して作家としてできる最善の道を見出したように見受けられたからである。この時期のヘミングウェイは、ハバナの自邸フィンカ・ビヒアに留まり、戦地に駆けつけようとはしなかったのだが、アメリカが参戦している戦争に何らかの形で貢献しようと思っていたことは間違いない。そのひとつが、この「序論」であるし、もうひとつが愛艇ピラール号をQボートに仕立てた、カリブ海に於ける四二年六月と四三年六月に行った奇想天外なドイツの潜水艦Uボートの探索であった。

エヴァン・シップマン宛の手紙に認めたように（*Letters* 538）、「序論」を仕上げたのが四二年八月下旬であった。彼は本書の特質を「いかに死ぬべきかを述べようとするものではない」が、「我々の知っている先人たちが、昔からどのように戦って死に至ったかが分かる」ので、読後には「人類が経験してきたことこそ、最悪なものだと理解できるだろう」と述べている。ただし、「ひとたび戦争を始めたら、ひとつだけせねばならぬことがある。勝たねばならないのだ。敗北は、戦争で起こり得るどんなことに行に移されたわけである。

も増して、最悪の事態をもたらすからだ」(*Men at War* XI) と警鐘を鳴らしている。スペイン内戦の従軍記者の体験と、『誰がために鐘は鳴る』の執筆を通して骨身に沁みた教訓であろう。

「序論」は、三十頁に及ぶ長いものだが、自身の戦争体験を交えながら、努めて冷静かつ客観的に戦時における人間の本性を伝えようとする彼のこだわりが示されており、明らかにヨーロッパで戦われている戦争を意識して、アメリカ国民、特に戦場に赴くアメリカの若者たちに、勝たねばならないことを強く訴えたものであった。「学んできたことを何とかして［後世の人たちに］伝えられたら」(*For Whom the Bell Tolls* 467) というロバート・ジョーダンの死に臨んでの願いが、ヘミングウェイ自身の信念として実行に移されたわけである。

『戦う男たち』という表題を冠した本書の献辞を三人の息子に捧げたことからも推測できるように、彼が世代交代を強く意識していたことが窺える。折しも、長男ジョンはこの年の十二月に入隊することになる。彼は本論執筆の動機を「この『序論』の筆者には三人の息子がおり、ある意味で彼らをこの言語に絶する混乱の極みの世界に導いた責任があり、現在のあらゆる混乱について距離を置こうとか、人ごとだとはまったく思っていない。それゆえ、この『序論』を私情を挟まぬものというより、私的なものと考えて欲しい」(*Men at War* XXVII) と語っている。それはやがて戦場に赴くかもしれない三人の息子の父親としての顔と、もはや戦争に直接コミットできない己の肉体の衰えを密かに意識した男の、複雑な心情の表白だったのかもしれない。彼が、本書は「私が一番必要だったときになかったものなのだ」(ibid) と語るとき、それは正に先のジョーダンの「後世の人たちに伝えられたら」という願いを、人生の先達として実践することに他ならない。父から息子に語り継ぐこと。それは明らかに未曾有の戦いに臨む自身の立場の変化、および世代交代を強く意識せざるを得ない年齢に達した者が、真情を吐露したものと解釈できるだろう。

3. 沈黙の四〇年代

『武器よさらば』で軍を脱走して「単独講和」を結んだ主人公から、一八〇度転換して自身の死を顧みずに大義のために戦う『誰がために鐘は鳴る』の主人公を創造するまでの十年間、つまりヘミングウェイの悩み多き三〇年代の停滞は、今思えば、彼の文学が大きく変わる節目の時期に当たっていた。未曾有の経済不況に伴う、いわゆる文学の左傾化という時代の趨勢の中で、彼は己の文学の方向性を暫し見失っていたようにも思える。その論拠は、次の三点になるだろう。第一に、幾つかの短編を除き、傑作と呼ばれる作品が極端に少なかったこと。第二に、『エスクァイア』を初めとする諸雑誌に多くのエッセイを寄稿し始めたこと。そして第三には、特に三〇年代前半は、二編のノンフィクションの執筆に多くの時間を割き、その中で己の文学の方向性を模索していたらしいことである。特に第二、第三の論拠は、ヘミングウェイの内面に関わることなので、あくまで推測の域を出ないのだが、これといった鉱脈を探り当てられずに、言わば別のジャンルに逃げ込んで、創作を逡巡していた彼の心理の一端が垣間見えるようである。

こうした内面の問題とは違い、客観的な事実として、ヘミングウェイがこの時期に書けなかった理由を、マイケル・レノルズは比喩を用いて次のように述べている。

自分自身の人生と友人の人生から、自分の一番知っていることだけを書いた後で、彼は人生が贈り物として与えた経験を、すべて使い果たしてしまったのだ。さながら預金通帳を処分してしまい、小銭しか残っていないのに似ていた。(1930's 9)

実は、このレノルズの指摘はまったく正しく、彼の四〇年代の沈黙の論拠も、後に触れることになる健康問題を除けば、すべてレノルズ説に収斂するといっても過言でないだろう。『誰がために鐘は鳴る』を書いた時点で、作品の題材になるすべての経験を使い果たしてしまったのだ。三〇年代の停滞時期と大きく違うのは、長・短編小説をひとつも物にできなかったことである。とは言え、この時期のヘミングウェイは、すぐにでもヨーロッパへ行って、新たな経験を積む気はまったくなかったのだ。その代わり、カリブ海に潜むドイツ潜水艦が連合国側の船舶を撃沈したという噂が流れると、当局の許可をもらい、潜水艦の探索を行った。この経験が死後出版の『海流の中の島々』第三部「洋上」で活かされることになるが、実際は敵艦は現れず、戦争ごっこさながらのピラール号でのパトロールは、仲間達との痛飲に明け暮れる毎日で、取材で留守がちの新妻を持った男の、孤独を慰める手段でしかないと思えるほど無益な試みだった。四〇年十一月に結婚した妻のマーサ・ゲルホーンは、前妻たちとは違い、家庭に収まる気はさらさらなく、最初から彼の期待は裏切られることになった。実際、職業婦人のマーサとはすれ違いが多く、彼女が不在の時は痛飲して孤独の憂さを晴らすようになっていたから、二人の関係は結婚当初から暗礁に乗り上げる危うさを多分に含んでいたのだ。

伝記『ゲルホーン』の著者キャロライン・ムーアヘッドは、マーサがヘミングウェイに出会った頃から、彼に粗野な面があったことに触れている。結局、諍いの後でベッドを共にすることになるのだが、マーサにとって決してよかったためしはなかったという。マーサが友人に語ったところでは、マドリード滞在中の数カ月、ヘミングウェイとベッドを共にするのは「できるだけ少なくした」。つまり彼女の「アーネストとのセックスの思い出は、口実をでっち上げることばかりで、でっち上げるのに失敗した場合は、すぐに終わることを望んだ」(Moorehead 135-36) というもので、ここにはマーサのセックスに対する嫌悪感、少なくともヘミングウェイとのセックスへの嫌悪が読み取れる。

彼が漸く重い腰を上げて、『コリアーズ』誌の特派員としてロンドンへ向けて旅立ったのは、四四年五月であった。彼の唐突な渡英の理由を解明しようとしても、説得力のある答えを見出すのは困難である。妻のマーサが再三催促しても、拒み続けていたのだから。とにかく、戦地からわざわざ迎えに来たマーサが、一足先にニューヨークを立って、危険と背中合わせで十七日間もかけて大西洋の荒波を航行しているのを尻目に、彼はその四日後にマーサが手配した英国空軍機でロンドンへ向かった (Baker 386-87)。

ロンドンでは、孤独の牢獄から解き放たれたのを楽しむかのように、連夜のパーティに明け暮れた。彼とあるレストランで四番目の妻になるメアリー・ウェルシュと初めて会ったのもこのころであった。彼女は彼より八歳年下の人妻で、『ライフ』誌の報道記者だった。彼は初対面からしばらくして彼女のホテルへ押しかけ、「メアリー、きみのことをよく知らないけれど、結婚したいんだ。……」、「……きみもいつかぼくと結婚したいと思うようになるかも知れないね」(Mary 119) と出し抜けに語ったという。

マーサは、夫が別の女に愛をささやいているとは夢にも思わず、リヴァプールに向け航行中だった。新たな愛が生まれ、ひとつの愛が事実上の終焉を迎えようとしていたのだ。

ところで、傍目にもメアリーへの求愛は唐突に見える。新しい女性との出会いが、例えば、マーサが戯曲『第五列』と『誰がために鐘は鳴る』の創造の源泉の一部になったように、ヘミングウェイの創造力を大いに刺戟したことは明らかだが、三編の求愛の詩といくつか彼女に言及する詩を残しているとは言え、メアリーがそのまま彼の創造力の源泉になったと思える作品を挙げるのには困難を伴う。彼の求愛は、マーサという妻がありながら、孤独を嘗めていた反動として生じた自らの孤独を慰める手段だったのかも知れない。

ところで、従軍記者として『コリアーズ』に寄稿した記事は秀逸だが、六本だけという少なさで、スペイン内戦時の記事や作品のおびただしい数を考慮に入れると、彼をこの時期ヨーロッパ戦線に向かわせたものが何だったのか、その根底に潜むものを探るには困難を伴う。作家である以上、やがてこの体験を創作に活かしたいという意図は十分にあったであろう。だが、「陸・海・空」に関する壮大な三部作を企てながら、結局は不首尾に終わったのも事実である。ともあれ、ヘミングウェイは約十カ月近く、従軍記者として過ごした。この間、主にチャールズ・ラナム大佐指揮下の第二十二連隊と行動を共にし、そうした状況は彼らが前線を離れ、休息のためにルクセンブルクの宿舎に向かう十二月初旬まで続いた。仕舞いには、体調が悪化し、咳き込んでは血を吐いたという。また、彼らとは別に労働者や農民からなるパルチザン（非正規軍）を指揮して、ランブイエからパリに至る道筋に潜むドイツ軍の情報を得るのに腐心したり、パリ解放に向けた機運が熟すと、連隊の進攻にパルチザンと共に参加したりして、従軍記者の職分を逸脱した部分もあった。彼は四五年三月六日、ドイツの降伏を見届けることなく、ニューヨークに向けて飛び立った。メアリーとのフィンカ・ビヒアでの暮しにも目処が立っていたのだ。

暖かいキューバに戻ったヘミングウェイは、ひたすら健康の回復に努めた。問題は創作を再開する態勢を整えられるかであったが、彼は時間の経過とともに気力が戻ってくるだろうと思っていた。創作への気力が漲るまでに至っていなかったが、キューバに戻って八カ月目に、依頼されていた『自由世界のための名作選』の「序文」を書いた。三ページ弱の短いものとは言え、大戦後の世界にどう対処すべきか、彼の思想の核心を率直に披瀝した点で注目に値する。それは人類が引き起した最大の惨劇の本質を冷徹に見定めただけでなく、来たるべき世界への警鐘といった意味でも重要である。

彼が指摘しているように、世界の様相は広島に原爆が投下された時点で一変してしまったのである。この動かし難い事実への洞察こそが、この序文の出発点になっている。ソ連がやがて同種の兵器を保有することになる懸念もほのめかしているが、「兵器が道徳的問題を解決した例などなかったと肝に銘じるべきだ」と断じていることは、二度の大戦を経験したヘミングウェイの世界観として重要である。なぜなら「兵器は有無を言わせず問題の解決へと導くが、それが正当な解決法だと請け合うことはできない」(*Treasury for the Free World* XIV) からだ。彼のこうした論理は、「たとえどんなに必要で、どんなに正当化される戦争でも、戦争が犯罪にならないとはゆめゆめ思ってはならぬ」(XV) と勝者を戒めていることで補強されている。つまり、人類は「この世界を守るためにただ戦えばいいというより、この世界を理解するのが義務である一層困難な時代に」(XIII) 入ってきたのだという認識が、彼にこう言わせているのだ。大戦が終わった今、彼の関心は惨禍の引き金になった敗者ではなく、勝者の振舞いにこそ焦点が当てられている。「我々は目下世界の最強国になったが、一番の憎悪の対象になってはならない。世界を理解し、他国の諸権利や特権や責務を正しく認識することを学ばないなら、我々はファシズム同様、容易に世界の脅威になるだろう」(ibid)。そうならないためにも、勝者の側にこそ、崩壊からの人類全般の平和共存の道を探る義務がある、というのだ。これがヘミングウェイの導き出した結論で、先の第一次世界大戦の戦後処理を巡って、戦争責任をすべて敗戦国のドイツのせいにして、ドイツに過酷な賠償を課したベルサイユ条約の空疎さこそが、今般の大戦の惨禍へ繋がっていったのを痛いほど分かっているヘミングウェイならではの結論である。

では、どのようにすればよいのか。「ひたすら勉強する以外にない。われわれが信じたいものだけを勉強するのではない。……医者のような公平な目で世界を考察しようと努めるのだ。大変な仕事になるだろうし、そうするには、受け入れるのが不快なものも、多く読まねばならないだろう。だが、これこそ今や人類が最初にやらねばならないことだ」(ibid)。彼はこう呼びかけている。序文から強く伝わってくるのは、彼が過去より、戦争のない世界を構築するための方策、ひいては人類の未来に心を砕いている事実であろう。

この序文に重きをおいた研究書はないが、ヘミングウェイのテーマの選択に、少なからず影響を及ぼしたことは明らかである。彼は従軍記者をしている最中に、大戦に関する「陸・海・空」の物語を執筆する構想を明かしていた (*Letters* 574)。実際、カリブ海での対独潜水艦諜報活動の体験を下敷にした「海」の物語に手を染めたし、ヨーロッパで戦われた戦争に関しては、英国空軍の戦闘機に搭乗した経験を基に「空」の物語を書き始めたが、少し書いただけで直ぐ断念してしまった。従軍記者ハドソンを主人公にした二種類の「空」の物語を書き始めたが、空の戦争について書くだけの十分な知識がないことに気づいたからである（*The Final Years* 134-35）。こうした創作上の迷いは、大局的な視点に立って全世界を巻き込んだ戦争を描く困難さを別にすれば、先の「序文」で暗にほのめかしているように、これ以上戦争について書く意義を見出せない、彼の意識の反映と見なすことができるだろう。誤解を恐れずに言えば、この時期のヘミングウェイの視座は、過去よりも、遥かに人類の未来のことに引き寄せられていたと見るべきであろう。この意味で、彼が『老人と海』で創造した老漁師サンチャゴは、究極の人間のあるべき姿、人類が決して捨て去ってはならない尊厳を宿した人物として、彼が将来を託した理想の人物像と言えるだろう。

したがって、ヘミングウェイがキューバに戻ってから、一九五二年三月に『老人と海』を脱稿するまでの七年間は、まさに創作を巡る長い試行錯誤の時期だったと言える。四〇年に『誰がために鐘は鳴る』を出版して以来、十年にわたって沈黙していたのだが、その間、ともに死後出版された『エデンの園』――この時期になぜ戦争ではなく、異常な性愛の世界を描いていたのか謎だが――と「陸・海・空」の物語の「海」の部分に当る『海流の中の島々』を断続的に執筆していたことが分かっている。いずれにせよ、これらの執筆時期の不透明さ、さらにはこれらの作品が生前に出版に至らなかった事実は、ヨーロッパ戦線から帰国した後のヘミングウェイの創作への展望の無さ、もしくは構想力の衰えを浮き彫りにするものだろう。

では、この時期の混迷ぶりの原因は何だったのか。推測するに最大の理由は、自分の従軍記者としての経験を、創作に十二分に活かす鉱脈を、つまりは作家の想像力を掻き立てる格好な題材を発見できなかったことにあろう。そのことに関連し、先に触れたように、世界が平和を希求しているときに、戦争について書くことの意義を積極的に肯定する論拠を見出せなかったことも、低迷の根拠に挙げられるであろう。

もう一つの原因は、確認のしようがないが、健康問題も微妙な蔭を落としていたように思える。スーザン・ビーゲルのヘミングウェイの持病と思われる病気についての詳細な研究は、彼がヘモクロマトーシス（血色素沈着症）を患っており、死ぬまで苦しんでいた可能性を排除できないというものである。六〇年十一月末に偽名でセント・メアリー病院に入院したとき、鬱病の徴候が顕著で、心理面での治療が優先された。その他、高血圧、軽度の糖尿病、肝臓肥大が主な診断結果であったが、医師の一人がこのヘモクロマトーシスという希有な病気に罹っているのではと疑念を抱きながら、患者の体調に配慮してあえて生体組織検査を行わなかったという（Baker 556）。いわゆる遺伝性の鉄の代謝障害で、鉄が膵臓、肝臓などの内臓や皮膚に沈着して、皮膚が青銅色になることから青銅色糖尿病とも呼ばれる。肝硬変、糖尿病、心臓病、性腺機能低下、不眠、不安障害などの疾患を伴うとされる。男性患者においては、性腺機能低下は性機能低下を引き起こし、それには性欲の減退、インポテンス、睾丸萎縮といった症状が含まれる。

マーサが家を空けていて、ヘミングウェイが酒で憂さを晴らしていたことはよく知られているが、ビーゲルは痛飲が肝硬変を引き起こすことがよく知られているからと言って、ヘモクロマトーシスが彼の肝硬変の根本原因である可能性を排除するものではないと主張している（Beegel 379）。また、三男のグレゴリーは、医学に再チャレンジする決意をして、六〇年に遅ればせながらマイアミ大学医学部に入学が決まったことを手紙で知らせたところ、キューバから祝福の電話をもらい、その際、父親が「今日、医者に診てもらったところ、失明して恒久的にインポテンスになってしまう稀な病気にかかっていると言われた」(Gregory 33) と語ったことを著書に記している。「稀な病気」である以上、同じ症状を引き起こす公算のある糖尿病が直接の原因ではなく、グレゴリーの証言はヘミングウェイが糖尿病の原因になるヘモクロマトーシスを患っていたことを示唆するものであろう。

ビーゲルは、ヘミングウェイがハーヴィ・ブライト宛の手紙 (Feb.24, 1952 *Letters* 753) で、頭や体全体にいいので（性的機能不全治療にも用いる）メチルテストステロン（合成男性ホルモン経口投与剤）を服用していると述べていることに触れ、彼は疲労とか鬱のためだと言い張るだろうが、服用は一般に性腺機能低下症やインポテンス、男性の更年期に対して処方されるので、彼がヘモクロマトーシスの病状が進んだことによる性腺機能低下に起因した性の問題を抱えていた、と結論づけている (Beegel 378)。

こうした諸症状を勘案し、ビーゲルは「私たちは死はもちろん、生に関する（ヘミングウェイの）研究に際しても、心身問題から身体を除外することがないように警告を受けるかも知れない」と述べ、次のように語っている。

ヘミングウェイの作品に、今ではよく知られている「性的混乱」はもちろん、性的欲望の欠如、インポテンス、両性具有、（自己の性的問題を過剰に埋め合わせようとする）男性性の過補償といったテーマがよく見られるのは、高圧的な母親を持った徴候というより、鉄沈着症の徴候かも知れない。性的機能障害は、脳下垂体への鉄沈着によって引き起こされるが、性的機能障害が鉄沈着症特有の精神状態の変化を引き起こすのと同じ現象である。(384)

大抵のヘモクロマトーシスの患者は三十代、四十代ではその徴候を感じられずに、五十代と六十代の間に病状が進むまで、それと診断されることは滅多にないので、ヘミングウェイが四〇年代にこの病気と診断されずに、発症していた可能性は否定できないであろう。そう考えると、ヨーロッパの戦場に中々赴く心境に至らなかったのも分かる気がするし、また、デブラ・モデルモグが「ヘミングウェイの作品であり、同時にそうでないことが可能になる『エデンの園』」(Moddelmog 59) と表現した希有な作品において、「異性愛者と同性愛者の境界線で、おそらくは対立するこの二つの欲望を和解させる緊張の中で、構築されることになるかもしれない」(61) と読み解いたヘミングウェイのアイデンティティが、この時期に表出する――実際は死後出版のため読者の目に触れたのはほんの一部になったが――ことになったのも、この症状に多分に原因があったのかもしれないと得心がいくのである。

4. 再生と復活と――二人の老人が主人公の物語

ヘミングウェイは、執筆中の作品に目処がたたないまま、四八年九月にメアリーを伴いイタリアに旅立った。三カ月もすると、運命の女神が微笑んだ。タリアメント川下流でヤマウズラ猟をしたとき、アドリアーナ・イヴァンチッチという間もなく十九歳になる娘に逢った。彼女との出会いは、閉塞状況に陥っていたヘミングウェイに、一時的にせよ執筆中の作品を放棄させるだけの衝撃を与えたことは間違いない。なぜなら、彼女との邂逅が契機になって、彼は『河を渡って木立の中へ』を執筆し始めるからである。有り体に言えば、アドリアーナはミューズさながら、十年近い沈黙が相当な心的重荷になっていたヘミングウェイの作家生命を救ったのである。

こうした創作上の背景を勘案してこの小説を読むと、彼が彼女に抱いた甘美でエロチックな幻想を、ヒロインのレナータにそのまま投影したことが読みとれる。三十歳を超える年齢差を克服しようとするふたりの恋愛は、それ自体が白昼夢の様相を呈している。物語にはヘミングウェイが心の内で反芻したに違いないアドリアーナに寄せる思いが、まるで幻夢のように描き込まれている。彼は当時、脳震盪の後遺症と高血圧や耳鳴りで苦しんでいただけでなく、四九年三月には左目の目尻の引っ掻き傷がもとで顔全体が丹毒に冒され、パドバの病院に緊急入院している。当時の最悪の健康状態を考えると、退院後間もなく執筆を開始した彼が、自身の体力の衰え、ひいては自身の老いまでも、作品に投影させたことは十分納得の行くことである。

そうした作者の思いが、心臓疾患を患い、余命いくばくもない主人公キャントウェル大佐の創造へ繋がったに相違ない。彼は年齢だけでなく、多くの点で作者とほぼ等身大の人物と見なすことができる。身体に刻まれた数々の傷跡、やがて彼を襲うであろう心臓発作の予兆、そして降格を味わった軍人の末路、こうした符牒からも彼が人生の黄昏どきに足を踏み入れたことが分かる。年端の違うふたりの恋愛関係は、主人公自ら繰り返し自問するように、不可解かつあまりに不自然で、読者を納得させる説得力を持たない。にもかかわらず、ヘミングウェイは年齢差を超えて主人公を恋するレナータを創造する必要があったのだ。彼がアドリアーナから得た創作上の霊感とは、三十歳という二人の年齢差を最大限に活かすことであった。それは先に述べた『戦う男たち』の「序論」で行った戦争の記憶を次世代に語り継ぐことを、再度レナータを相手に、それも戦争を知らない読者に、違和感を与えないように、ごく自然に行うことであった。

ヘミングウェイが試みたのは、主人公が「わたしはミスター・ダンテだよ」(*Across the River Into the Trees* 146) と言うことからも分かるように、いわば中世キリスト教の世界観である魂の救済物語を、レナータが導くキャントウェル大佐の魂の救済物語に置き換えることであった。先ほど触れた『自由世界のための名作選』の「序文」に滲み出ているのは、これ以上戦争について書く意義を見出せないというヘミングウェイの時代感覚であった。そうした時代の趨勢を意識していながら、彼は当時、「陸・海・空」の物語とも悪戦苦闘していたのであるから、自分の現状認識とは裏腹に、戦争の物語から離れられない矛盾を犯していたのだ。この認識とのずれを埋めるのが、魂の救済を行う中で、戦争に言及することであった。彼が抱えていた矛盾を克服する鉱脈を、探り当てたことになる。

矛盾の渦中にいたのは作者だけではない。キャントウェル大佐も、この矛盾を意識していたのだ。そのことは、戦争について聞かせて欲しいと何度もレナータにせがまれながら、その都度逡巡する彼の姿勢に見られる。なぜなら、「戦争の話はどれも、戦争をしなかった者には退屈だ」(139) と自ら言うように、彼は他人の戦争話を聞くのがどれほど退屈か分かっていたからである。しかしながら、結局は「私の教育のために必要」(217) という彼女の誘いに乗らざるを得ない。戦争の話をするのは時代遅れだと感じるヘミングウェイが、にもかかわらず戦争について衝動の赴くままに主人公に洗いざらい語らせたのは、戦争にこだわり続けた作者が、これを最後に戦争小説を書かない決断をする上で必要な、通過儀礼だったのかもしれない。

このように捉えると、彼が『河を渡って木立の中へ』で試みたのは、ある意味で小説家としての清算、もしくはけじめのつけ方だったのではないかと推測できる。それは、ニック・アダムズからリチャード・キャントウェルに至る彼の主人公たちが負った心の傷を、浄化する試みでもあったはずである。それゆえ、キャントウェル大佐は過去の記憶にこだわり続け、まるで自制心から解き放たれたかのように、生涯に三つの大隊と三人の女を失ったこと、嘘で凝り固まった軍への不満、戦争小説家に対する痛烈な皮肉などを、次から次へと吐き出すのだ。こうして彼は、あるときは自己を苛み、またときには他者を痛烈に批判し、自分が犯した失敗の悪夢を思い出しては、心に澱む古傷をすべて明かすのだ。とは言え、彼の心に突き刺さっていた悪夢の中心は、ヘミングウェイがラナム大佐と行動を共にした、もっとも残虐で悲惨な戦いだったヒュルトゲンヴァルトの戦いの経験で、主人公の告白の白眉になるよう工夫されているのだが、さすがにレナータに聞かせたくない作者は、意図的に彼女を眠らせてしまう。

あくまでも聞き役に徹するレナータは、平和な時代における主人公のこうした振舞いを、読者が時代錯誤と感じないようにする防波堤になっている。この物語を注意深く読むと、キャントウェル大佐は決して自分から心の奥底に沈潜する戦争の記憶を語っているのではない。常にレナータに促されて語っているのだ。この物語が余命いくばくもない主人公と三十歳も年下の乙女との恋愛の形式をとっているにしても、作者の狙いは、「わたしにいろいろお話しになって、あなたの悲痛な思いを取り除いたほうがいいとはお思いにならない」(240) という、レナータの言葉にこそ端的に現れている。彼が彼女に促されて戦時の苦々しい思いを語るのは、作品に明示されているように、「語り聞かせるのではなく、懺悔しているのだ」(222)。キャントウェル大佐の死に臨んでの魂の救済物語は、ベアトリーチェがダンテを至高天の第十天へと誘《いざな》ったように、レナータに導かれて可能になったのである。

ヘミングウェイはこの作品に手応えを感じていたという。ひとつには、レナータという介添え役を得て、彼が気づいていた矛盾、つまり平時になぜ戦争かという矛盾を、魂の救済物語にすることで解決し、彼の戦争へのこだわりをすべてぶちまけることができたためであろう。彼はこの作品を書いたあと、二度と戦争について書くことはなかった。

五〇年九月に出版された『河を渡って木立の中へ』は、大物作家が長い沈黙の後で世に問うた新作だけに読者の関心は高かったが、批評は芳しくないものが少なくなかった。中には今後の作家活動を疑問視するものすらあった。彼はこうした批評に腹を立て、深い気鬱に陥ったという。

惨憺たる批評のせいで不安定になった精神状態から、ヘミングウェイがどのように立ち直ったのか、また何が再び彼に筆を執る気にさせたのか、その内実をうかがい知るだけの説得力のある説明をした伝記はない。とにかく、素行がひどくなり、周囲のものに――とりわけ妻のメアリーに――つらく当ったという。現実を拒否し、甘美な幻夢に現れるアドリアーナと生きる世界こそが、現実の世界に映っていたのかもしれない。その上、『河を渡って木立の中へ』に描き込まれたキャントウェル大佐とレナータの性愛は、主人公の身体的な衰えと老いが強調されているにもかかわらず、ヘミングウェイのエロスに対する飽くなき渇望の表れと読めるのだ。それは、『エデンの園』におけるエロス探求の物語と通底しており、当時彼が戦争以外に関心を抱いた重要な部分を占めていたことは間違いないと思われる。だからと言うか、この時期の『老人と海』の創造は、そうした彼の興味の本筋とかけ離れているがゆえに、あまりにも唐突で奇跡としか呼びようがないのである。

とにかく、この時期の不安定な精神状態、大戦後の創作をめぐる混迷、創作意欲の減退といった、彼につきまとう否定的要因を考えれば、『老人と海』は奇跡としか言いようがないほど高い完成度を示しているのだ。ヘミングウェイの意識が澄み渡り、『誰がために鐘は鳴る』を世に問うてから、ずっと彼を苦しめていた創作を巡るしがらみから解き放たれて、充実した日々が訪れたのだと推測するしか、この奇跡を説明できないのである。

とは言え、案外単純なことで新たな発想が閃いた瞬間が訪れたのかもしれない。『河を渡って木立の中へ』が世に出て二か月後の十月末に、アドリアーナが母親を伴ってキューバにやってきた。彼らは翌年二月初旬までキューバに滞在していたが、伝記作家ジェフリー・マイヤーズは、後年アドリアーナが『白い塔』という自著で述べた、キューバを訪問したときの模様を紹介している。

私は活気に溢れ、熱意がみなぎっていたので、それを彼に注ぎ込んだ。彼は再び書き始め、思いもよらず何もかもうまく行くように思えた。彼は書き終えると、別の著作に――私に言わせれば――遥かにすぐれた著作に取りかかった。彼は、今や再び、しかも上手に、書くことができた。それで、彼は私に感謝した。

(Meyers 440)

彼女が「書き終え」たと指摘した作品は『海流の中の島々』を指すのであろう。「別の著作」とは『老人と海』である。ヘミングウェイが『老人と海』に着手したのは、十二月か、遅くとも翌年一月早々だったというのが、批評家たちの一致した見方である。

ヘミングウェイの神経が研ぎ澄まされ、自己を、そして自身の文学を顧みる瞬間が訪れたに違いない。あるいは浮世の憂さを超越し、人間に宿る崇高な精神に思いを馳せる瞬間があったのかもしれない。彼は、八十四日間もまったく獲物が捕れない日々が続いたにもかかわらず、ひとりメキシコ湾流の大海原に漕ぎ出でて大魚に挑む老漁師、サンチャゴの物語を書き始めた。それは、前作のように過去に拘泥する男の物語ではなく、現在の刹那に生を燃焼させる男の物語であった。

サンチャゴはこれまでの主人公とは違い、作者の伝記的事実とは一番かけ離れた素性であり、年齢も少なく見積もっても六十歳は超えていると推測できるので、ヘミングウェイの小説作法としては際立って異色である。物語は、彼が三六年に『エスクァイア』誌の「青い海で——メキシコ湾流通信」で触れた一人の老漁師の実話（*By-Line* 253-54）——一人で小舟に乗って大魚を釣ったが、小舟ごと遙か沖合まで二日二晩も引っ張られた挙げ句に、銛で大魚を仕留めたが、鮫の襲撃に遭い、二日後に東の沖合六〇マイルのところで漁民たちに保護されたとき、老漁師は泣き叫び、損失の大きさに半狂乱だったというもの——が下敷きになっているが、そこからヘミングウェイは自身の目指す理想の人物像を普遍化するのに成功したのだ。

サンチャゴは酒や女、そして戦争とも無縁な世界にいる。大海原でただひとり小舟を操り、その非近代的な装備と相まって、文明から遠く離れた所、いわば原初的な自然にもっとも近い所にいる。しかも、ひとりで闘いを強いられたという意味で、これほど孤独な個人はいない。このような状況設定を勘案すると、ヘミングウェイが彼を裸のままの人間として捉え、何ものにも左右されない本来の人間性、言わば後世に伝えるべき人間に内在する本質的な生の何たるかを、もっとも純化した形で描き出そうとしているのが分かる。今や齢を重ね、ようやく究極のあるべき人間の姿、つまりは作者が理想とする人間の姿を、真に自分のものとして提示する時が到来したのだ。

だからといって、サンチャゴは決して超人的な英雄ではない。彼が血の通った生身の人間として存在感があるのは、原初的な人間というか、妙に懐かしい人間らしさを具現しているからである。彼は大魚と闘うちに、鳥や魚は自分の友達だと考え、やがて太陽や月や星さえも友達だと思うようになる。こうした感覚は、彼がまさに自然の懐に抱かれていることを意味しており、彼の活躍する舞台は、ヘミングウェイが人間のあるべき姿としてもっとも好んでいた「原住民たちが［アフリカの大地と］調和して生きている」(*Green Hills of Africa* 284) 状況と酷似している。

だが、彼は自分が闘わねばならないのを知っている。強者のみが生き残るのだという自然の掟を知っているからである。「人間にどんなことができるか、どんなことに耐えられるか、やつに分からせてやるんだ」(*The Old Man and the Sea* 66) と思う。こうしてサンチャゴは大魚との一対一の闘いに没入していくのだが、致命的な手傷を負い、大魚と対するのである。こうした状況が三日三晩続くわけである。それは彼にとって苦痛であるばかりか、喜びでさえある。この緊張の持続こそ、彼が待ち望んでいたものだからだ。

この緊張は、二つの部分から成り立っている。第一は、大魚を仕留めるまでの緊張である。この時点では、老人は明らかに勝利者である。しかし、第二の緊張が彼を待ちかまえている。鮫の襲撃から大魚を守ることを余儀なくされるからだ。だが、すぐにその試みが無駄なことを知らされる。一見、サンチャゴは理想の英雄として描かれているが、非常に人間らしい弱みを持っている。それは彼が苦境に陥るたびに、「あの子がいたらな」（45, 48, 50, 51, 56, 83）と呟くことからも分かる。「あの子」とは、老人が釣りの手ほどきをしたマノーリン少年のことである。この少年は、先の『エスクァイア』の記事の別の挿話に出てくる、七歳の時から父親と一緒に小舟に乗ってマーリン釣りをしていたという、筆者の五十三歳になるキューバ人の釣り仲間、カルロスの子供のころを思い起こさせる（*By-Line* 253）。少年は四十日間老人と行動を共にしていたが、老人を見限った両親の指示に従い、彼の腕を信じていながら、今はやむなく別の舟に乗っている。少年は、老人が闘いの最中に思いを馳せる、踵の痛みと闘いながら活躍したヤンキースの名外野手ディマジオや、夢に出てくるライオンと大差ない。彼が苦しい闘いにあって、彼らのことを何度となく思い起こすのは、勇気を奮い起こすためなのだ。

鮫の襲撃に対する老人の敗北は、ひとつの問題を提起している。それは、「人間は負けるために造られたんじゃない。ひどい目に遭うかもしれないが、負けはしないんだ」（*OMAS* 103）という老人の口をついて出た言葉の意味するところである。老人にとって敗北は敗北でない。彼は物事を決して結果で判断しない。このことは、彼が「ただ遠出をしすぎただけさ」（120）と考え、自己の失敗をあっさり認めてしまうことからも容易に想像できる。彼の魚や鮫との闘いは、与えられた機会に、いかに全力を出し切るかにあったわけで、物語の最後に登場して、砂浜に置いてある巨大なマーリンの骸骨を見て、すぐにそれを鮫の骸骨だと思い込む観光客の女と奇妙な対照をなしている。この女にとって、老人の大海原での生死を賭けた孤独な闘いの意味など、思いも寄らないことなのだ。

ヘミングウェイの意図は、人類に脈々と受け継がれてきた闘争心、忘れ去られようとしている人間の高貴さや尊厳、あるいは真の勇気を、サンチャゴ老人の損得を度外視した行為を通して示すことであった。『老人と海』の素晴らしさは、物語の初めにライオンの夢を見ていた老人が、物語の終りで再びライオンの夢を見るまでのひとつのサイクルの中で、真に生き抜くことを示したことにある。これは一つの循環運動であり、反復運動である。なぜなら、再びサンチャゴは海へ出ていくであろうし、また別のサンチャゴが必ず生まれてくるからである。ここにはヘミングウェイの人類に対する強い信頼の念が表出されていると考えられる。なぜ彼は『エスクァイア』誌の記事にある老人が泣き叫んだように、サンチャゴの生き方に敗北を認めようとしなかったのか。彼は敗れざる者として完璧に描かれている。サンチャゴには間違いなく、後世に伝えるべき生に対するヘミングウェイの信念が凝縮されているのである。

5．おわりに

ヘミングウェイが『老人と海』の執筆に取りかかる約半年前の五〇年六月に、朝鮮戦争が勃発した。五三年七月に休戦協定が結ばれるまでの四年間で、国連軍の約九割を占めたアメリカ軍は十四万人の犠牲者を出したが、意外なことに戦争を売りにしてきたヘミングウェイが、この東西冷戦の代理戦争の様相を帯びた戦争に関心を示した痕跡はない。やはり、戦争という素材がすでに興味の対象でなくなっていたことが見てとれる。

彼は遅くとも五一年一月の初めには『老人と海』に取りかかり、八週間で草稿を書き終えるのだが、このときの霊感の閃き、集中力の持続、そして何よりも物語の構成力の冴え、そして素朴かつ単純な文体、これらの資質は『日はまた昇る』の草稿を二カ月で書き終えた、ヘミングウェイの創造力が最も冴え渡っていた二五年当時のそれに匹敵する天才的な閃きの所産としか言いようのないものであった。だからというか、この時期の彼の文学的状況を考えると、前述したように奇跡とかしか言いようがないのである。

草稿に手を入れて最終稿にする際の感慨を、ヘミングウェイは「私はそれ（＝原稿）を二百回以上も読み返さねばならなかった。そして、その都度、それは私に何かをもたらすのだった。まるで一生をかけて目指してきたことを、ついに手に入れたような思いだった」(*Time* 114) と述べている。チャールズ・スクリブナーに前年の十月に出した書簡でも、「これは私が一生をかけて目指してきた散文で、平易で読みやすく、短いようで、目に見える世界と人間の精神の世界についてのあらゆる要素を持ち合わせています」(*Letters* 738) と同じようなことを述べている。

ヘミングウェイは、おそらく『老人と海』で味わった感慨を糧に、さらなる傑作をものにするつもりだったのだろうが、生前、本作を最後に一冊も作品を世に出すことはなかった。死後出版された『海流の中の島々』にしろ『エデンの園』や『キリマンジャロの麓で』にしろ、完成度の面でとても出版できる状況になかったのだろうが、それ以上に彼にできたことと言えば、何であれ執筆中の作品をひたすら書き進めることだけで、推敲に推敲を重ね批判に耐えられるだけの長さの作品に仕上げることはできなくなっていたのだ。その典型は、『ライフ』に依頼された闘牛のルポルタージュ「危険な夏」の原稿で、その長さは契約の一万字に対し十二万字に及び（Baker 552）、自分で削除できずにホッチナーの手を借りねば埒が明かなかったほどであった。あるいはトム・ジェンクスが編集した『エデンの園』は、原稿の三分の一に当たる十三万語を削除したというのであるから、モデルモグの言うように、出版された『エデンの園』を読むとは、「世間一般に普及し商品化されたヘミングウェイの作品に基づいて」読むことを言い、「原稿を全て閲覧できる今日では、ヘミングウェイが書いたと主張できる書物ではない」（Moddelmog 59）のだ。

とにかく、四〇年代に書き始めていたという『エデンの園』は五〇年代にも断続的に書き進めていたようだし、『老人と海』の草稿を書き終えると『海流の中の島々』の改訂にも取りかかったようだが、いずれも出版に至らなかった。『老人と海』以降、五〇年代に新たに書き始めたのはアフリカでの二度目のサファリ旅行を題材にした回想録『キリマンジャロの麓で』と、これも回想録の『移動祝祭日』、そして先ほど述べた闘牛のルポルタージュ「危険な夏」であった。ヘミングウェイの現状からすれば、小説よりこれらの方が書きやすかったということか。

アフリカでのサファリの仕上げに行った遊覧飛行で被った二度の事故の代償も、体力と創造力の衰えに繋がった。彼の飛行機事故の負傷は、腎臓、脾臓、肝臓の破裂、全身打撲による左目の視力と右耳の聴力の喪失、顔、腕、頭に一度の火傷というように、創作への阻害要因となった（Baker 522）。また、五六年十月に二〇年代に書いたパリ時代の回想録の原稿が見つかると、彼の関心はそちらに移り、アフリカの回想録に戻ることはなかったという（Burwell 147-48, 151）。何であれ書いていれば満足で、安心できたということだったのだろうか。

ここで思い出すのは、ヘミングウェイが『アフリカの緑の丘』で語った「すぐれた作家のヘンリー・ジェームズ、スティーブン・クレイン、マーク・トウェイン」のうち長生きした二人の作家のことである。彼は作家が年を取ることについて次のように語っている。

「彼らは二人とも老人になるまで生きましたが、年を取るにつれて聡明になったわけではありません。彼らが本当に何を望んでいたか分かりません。私たちは作家をとても妙なものにしてしまうんですよ」(*GHA* 23)。

彼が言いたいのは、私たちが作家をダメにしてしまうということで、まず作家は金を儲けると、その生活水準を維持するために書かねばならず、書くことがなかったり井戸に水がないのに書いて、自信を失ってしまう。おそらくヘミングウェイの目には、ジェームズもトウェインも、このような外的要因のためにダメになったと映っているのだ。そこで、作家にとっての成功への秘訣として、キップリングが持っていた才能とフローベルの鍛錬、そして不屈の良心をヘミングウェイは挙げているのだが、次のように締めくくっている。

最も難しいのは、時間が余りに短いので、生き抜いて仕事をやり遂げることです。でも、そのような作家を持って、彼が書くものを読んでみたいものです。(27)

二十五年前に自ら語ったように、ヘミングウェイが「生き抜いて仕事をやり遂げ」ようとしたことは事実である。だが、老いとともにそれを阻害する多くの要因が、彼の行く手に立ち塞がっていたのだ。彼の気持ちとは裏腹に、ヘミングウェイに「もう書けない」ときが着実に訪れていたわけである。

注

［1］米国議会図書館の議会調査局（Congressional Research Service, the Library of Congress）発行の "Life Expectancy in the United States" *CRS Report for Congress*. Mar. 3, 2005 によれば、一九五二年の米国の白人男性の平均寿命は六六・六歳、黒人男性は五九・一歳、米国人全体では六八・六歳であった。

参考文献

Baker, Carlos. *Ernest Hemingway: A Life Story*. New York: Scribner's, 1969.

Beegel, Susan. "Hemingway and Hemochromatosis," *Hemingway Seven Decades of Criticism*. Ed. Linda Wagner-Martin. East Lansing: Michigan State UP, 1998. 375-88.

Burwell, Rose Marie. *Hemingway: The Post Years and the Posthumous Novels*. Cambridge UP, 1996.

Fiedler, Leslie S. *Waiting for the End*. 1964. Pelican Books, 1967.

Hemingway, Ernest. *Across the River and Into the Trees*. 1950. New York: Scribner's, 1970.

——. *Ernest Hemingway Selected Letters*. Ed. Carlos Baker. New York: Scribner's, 1981.

____. *For Whom the Bell Tolls*. 1940. New York: Scribner's, 1968.

____. *Green Hills of Africa*. 1935. New York: Simon & Schuster, 1963.

____. Introduction. *Men at War*. New York: Crown Publishers, 1942: XI-XXXI.

____. *The Old Man and the Sea*. 1952. New York: Scribner's, 1980.

____. Foreword. *Treasury for the Free World*. Ed. Ben Raeburn. 1946. New York: Books for Library, 1972.

Hemingway, Gregory. *Papa A Personal Memoir*. 1976. New York: Pocket Book, 1977.

Hemingway, Mary Welsh. *How It Was*. 1976. New York: Ballantine Books, 1977.

"Life Expectancy in the United States." *CRS Report for Congress*. Mar. 3, 2005. (www.cnie.org/nle/crsreports/05mar/RL32792.pdf)

Meyers, Jeffrey. *Hemingway: A Biography*. New York: Harper, 1985.

Moddelmog. Debra A. *Reading Desire: In Pursuit of Ernest Hemingway*. Ithaca: Cornell UP, 1999.

Moorehead, Caroline. *Gellhorn: A Twentieth-Century Life*. 2003. New York: An Owl Book, 2004.

Reynolds, Michael. *Hemingway: The Final Years*. New York: Norton, 1999.

____. *Hemingway: The 1930's*. New York: Norton, 1997.

Time. Sept 8, 1952. 114.

Updike, John. *Rabbit, Run*. 1960. New York: Fawcett Books, 1988.

第2部　若きヘミングウェイの描く老人

第2章

ロング・グッドナイト

――「清潔で明るい場所」における「老い」と父と子

勝井　慧

1．はじめに

「清潔で明るい場所」。これはアーネスト・ヘミングウェイの代表作の一つである短編小説のタイトルであると同時に、マイケル・レノルズ曰く、「恒久的に用いられるアメリカの語彙の一つとなるにふさわしい」(Reynolds, *The 1930s* 107) フレーズでもある。実際、この言葉は現在でも文学の分野のみならず、インテリア業界においても頻繁に用いられるキャッチ・フレーズであり[1]、この作品とタイトルのもつ魅力が今なお色褪せずにいることを証明している。

しかし、この作品に関する文学批評は大変偏った道筋をたどってきたように思われる。ポール・スミスが指摘するように、非常に多くの研究者が作品に登場する二人のウェイターの会話の整合性を巡って、何十年にもわたって議論を繰り広げてきた。[2] 作品の内容を解釈する批評においても、作品の最後で神への祈りのパロディとして繰り返される「無」（Nada）という言葉が象徴する虚無的な死生観についての研究が大半を占めている（Smith 277-88）。

その一方でヘミングウェイ研究においてほとんど避けて通ることのできない、むしろ濫用されてきたともいえる方法、すなわち伝記的解釈はこの作品においては適用されてこなかった。釣りや闘牛といったヘミングウェイ自身の経験を大きく反映した「大きな二つの心臓のある川」に登場するニック・アダムズや、『日はまた昇る』のジェイク・バーンズなどは、執拗にヘミングウェイ自身と同一視され、伝記的解釈が成されてきた。これとは反対に、「清潔で明るい場所」はカーロス・ベイカーが「アーネストの精神世界や『無』の悪夢といった、彼がまだ時折悩まされている暗部がかいま見えるという点においてのみ、自伝的である」（Baker 362）と結論付けているように、基本的に象徴的かつ内省的な作品と見なされてきた。

確かに、この短編にはニックも釣りも闘牛も登場しない。老人と二人のウェイターが主な登場人物であり、ヘミングウェイはウェイターの経験もなければ、作品を執筆した一九三二年当時は三十三歳であったため、もちろん老人でもなかった。舞台もヘミングウェイが通い詰めたパリのカフェではなく、スペインの名もなきカフェである。ある意味、珍しいほど自伝的で「ない」設定がほどこされていると言える。しかし、この作品にはヘミングウェイ自身の人生と関わる重要な出来事が描きこまれている。

一九二八年十二月、ヘミングウェイの父親クラレンス・ヘミングウェイは自ら拳銃で命を絶った。幼い息子とともにキー・ウェストに電車で向かう途中、父の死を電報で知らされたヘミングウェイは、息子を人に託し、すぐさまオークパークへ向かったという（Reynolds, *The Homecoming* 208）。父親の死から十日後、編集者のマクスウェル・パーキンスへの手紙の中で、ヘミングウェイはこう綴っている。「私が最悪な気持ちになるのは、父こそ、私が気にかけていた人だから——」（Bruccoli 83）。それから四年後に執筆された、自殺をはかった老人とその老人をめぐる二人のウェイターの物語を、単純にヘミングウェイの精神世界と「無」への恐怖といった抽象性だけで捉えることはできないだろう。

そこで本論では、これまで「清潔で明るい場所」において注目されることのなかった伝記的側面、特に父親クラレンス・ヘミングウェイの自殺との関連に焦点を当てたい。そして、老人、年上のウェイター、若いウェイターという三人の登場人物の年齢差がもたらす「老い」のモチーフが、物語の背後に秘められた父親の死とどのように関連し、機能しているのかについて考察したい。

2. 老いと距離

舞台はスペインの深夜、とあるカフェ。テラスでは耳の聞こえない老人がただ一人、ブランデーを飲んでいる。壁際のテーブルでは年上のウェイターと若いウェイターが腰を下ろし、老人についておしゃべりをしている。年上のウェイターが言う。「先週、彼は自殺しようとしたんだ」（*The Complete Short Stories of Ernest Hemingway* 288　以降、同書からの引用は *CSS* と略記）。

自殺。その言葉はそれだけで四年前の悲劇をヘミングウェイの脳裏に甦らせたであろう。なぜなら父親の死から十二年後に出版された『誰がために鐘は鳴る』においても、クラレンスを連想させる自殺した父親の影が、繰り返し主人公ジョーダンの心を悩ませ、物語の最後まで彼を苦悩させるのである。十二年たっても癒すことのできない父親の自殺という事実を、たった四年で完全に無視して、現実とは何ら関係のない架空の設定として扱っていると考えるのは、やはり不自然であるといえよう。

しかし、父親の自殺という伝記的事実と明白な関連性があるにもかかわらず、これまでなぜ「清潔で明るい場所」の老人とヘミングウェイの父親との結びつきは無視されてきたのだろうか。一つにはヘミングウェイの父親は実際に自殺を遂げたが、作中の老人は自殺未遂をしただけである、という違いのためかもしれない。また、細部における相違点も挙げられる。例えば老人は金持ちであり、妻に先立たれているが、クラレンスは晩年、土地の投機に失敗したため金銭的に困難な状況にあり、妻を残して自殺している（Reynolds, *The Homecoming* 207）。そして、ヘミングウェイの父親は五十七歳で命を絶ったのに対し、老人は「八十歳」（CSS 289）ぐらいであると描かれていることもまた、父親と老人の関連性を断ち切るゆえんであると言える。

つまり、伝記的事実と正反対の状況設定と「老い」がもたらす距離感のため、物語内の老人と現実の父親とが重ね合わされることがないのである。しかし、この「正反対」のキャラクター設定は、クラレンスと老人が同一視されることを防ぐため、あえてヘミングウェイが設けた防御壁であると考えることもできる。常に主人公の人物像とその体験が自身のそれと結び付けられるヘミングウェイにとって、そして、まだ記憶に新しい父親の自殺という非常に衝撃的な出来事を描くためには、この「老い」がもたらす距離感はむしろ必要不可欠であったと言えるのではないだろうか。

「老い」は現実と物語の距離感を広げる一方で、年長のウェイターと老人の距離感を縮める重要な役割を果たしてもいる。この作品に登場する主要な三人の人物は、いずれも名前がなく、「老人」、「年長のウェイター」、「若いウェイター」と呼ばれるのみであり、彼らの「年齢」がそれぞれの人物像を表す呼称となっている。このことからも、この作品における「老い」と「若さ」の重要性をうかがい知ることができる。若いウェイターは早く妻の待つ家へ帰りたいあまり、長居をする老人を悪しざまに批判するが、年上のウェイターは老人に対し共感を寄せ、懸命に擁護する。

ゆっくりブランデーを飲みたがっていた老人を追い返そうとする若いウェイターに対し、年長のウェイターが「一時間ぐらい良いじゃないか」(290) と言うと、若いウェイターは「あんた自身が老人みたいなことを言うんだな」(290) と言い返す。すると、年上のウェイターは若いウェイターに対し、お前は「若さも、自信も、仕事も」(290) みんな持っているんだなと言い、自分には「仕事のほかはなにもない」(290)、つまり若さも自信もないと述べる。このように、老人を擁護する年上のウェイターは、同僚である若いウェイターよりも老人の側に属する人間として描かれており、表記上も「老人」(old man)、「年長のウェイター」(older waiter)、「若いウェイター」(younger waiter) と書かれるため、年長のウェイターは「老い」(old) という要素によって老人との内的な距離を縮め、若いウェイターとの本質的な違いを読者に印象付けることとなる。

しかし、実際のところ年長のウェイターはさほど「老い」た人物であるとは言えない。自分には仕事のほかはなにもない、と言う年長のウェイターに対し、若いウェイターは「俺の持っているものは全部あんたも持ってるじゃないか」(290)と言っている。さらに年長のウェイターは「いいや、自信なんて今まで持ったことはないし、もう若くもないからな」(290)と言うが、若いウェイターは「よせよ。馬鹿な話はやめて、店じまいしようぜ」(290)と言って、まじめに取り合おうとしない。つまり、若いウェイターの目から見れば、年上のウェイターは「年寄り」(old)などではなく、「若さも、自信も、仕事も」持っている、単に自分より「年長」(older)のウェイターに過ぎないのである。

現実のヘミングウェイも執筆時は三十三歳であり、客観的に見て若者の側に属しているといえる。もちろん、三十代の「若さ」は二十代の歴然とした「若さ」と違い、スコット・フィッツジェラルドの『偉大なるギャツビー』の語り手であるニックが三十歳の誕生日を迎える際の複雑な心境を語っているように、「老い」へ近づいていく最初の一歩という一面もそなえているだろう(Fitzgerald 136)。しかし、「清潔で明るい場所」を発表した一九三三年に編集者マクスウェル・パーキンスへ宛てた手紙の中で、ヘミングウェイは以下のように述べている。

「中年はいつから始まるのでしょう?　あの物語――「ワイオミングのワイン」は『武器よさらば』を書き終えた後、シェリダンとビッグ・ホーンで見聞きした出来事をそのまま書いただけです。あのとき私は何歳だったでしょう?　あれは一九二八年で私はちょうど三十歳でした。それなのにあの口やかましい批評家は、自分自身が中年だからという理由で、あれは中年の人々についての作品だと言うのです」(Bruccoli 202)

この手紙の文面から、ヘミングウェイにとって三十代はまだ中年にはほど遠い、若い年代として認識されていたことがうかがえる。つまり、「清潔で明るい場所」の中で繰り返される「老い」のモチーフは、自身の身体的、精神的「老い」を意識しはじめた中年や老年の作家が描くそれではなく、「老い」を遠い存在として認識している若者が書く、より意識的で意図的なものであるといえるだろう。年長のウェイターが実際に何歳であるのかは、作中では明らかにされない。しかし、若いウェイターの言動から察するに、年長のウェイターはむしろ若い世代に、ちょうど本作を執筆していた三十代前半のヘミングウェイと同じぐらいの年齢であったのではないかと推測できる。実際は若い世代に属しているにもかかわらず、年長のウェイターは執拗に自分をより「老い」た存在として語る。

この擬似的ともいえる「老い」によって、年長のウェイターは本来は自分と同じ世代の人間である若いウェイターに対し、「おれたちは違うたぐいの人間なんだ」(CSS 290)と告げて価値観や精神面での距離を生み出す。その一方で、この「老い」の装いによって、年長のウェイターは「他者」としての老人への同情ではなく、同族への親和として、より自然により深く老人の側に寄り添うことができるのである。つまり「老い」はこの作品において、特に年長のウェイターにとっては、いわゆる自然の現象ではなく、老人との距離を縮める明確な役割をもった装置として機能しているのである。

3. 光の聖域、そして影

さて、ここで再び冒頭に描かれる老人の姿に目を向けてみたい。夜のテラスでブランデーを飲む老人は、「電灯が投げかける木の葉の影の中」(288) に座っている。そして、夜遅くにテラスに腰かけることを好んでいる。なぜなら、老人は耳が聞こえないため、「夜は静かで、違いを感じることができるから」(288) である。老人自身の内面が語られるのは、この冒頭の場面のみである。ここで注目したいのは、老人が「静けさ」を感じることを好み、そして「電灯」の光の投げかける「影の中」に座っているという点である。

この作品における「光」の重要性については、これまでもさまざまな研究において指摘されてきた。ジョン・レナードはカフェの「光がもたらすなぐさめ」(Leonard 63) の重要性を指摘し、アネット・ベネルトは「光」は『無』に対する防護壁」(Benert 183) の役割を果たすと述べている。また、「影」についても奥村直史は「光がどんなものであるかを示し、木が本当にそこにあることを証明する」(奥村 二五四) として、肯定的な意味合いを見出している。

実際、年長のウェイターは、老人が憩う場所としてこのカフェが最適である理由を、次のように説明している。「ここは清潔で居心地のいいカフェだ。とても明るい。十分に明るい上に、今では木の葉の影もある」(CSS 290)。若いウェイターが帰ってしまった後も、さらに年長のウェイターは居心地のよい場所に必要なものについて自問自答を続ける。「もちろん光は大事だが、その場所は清潔で居心地が良くなければいけない。音楽は必要ない。そうだ、音楽は必要ない」(291)。さらに続けて、年長のウェイターは考える。「すべては無で人もまた無だ。ただそれだけのこと。光がありさえすればいい。そしていくらかの清潔さと秩序が」(291)。

この年長のウェイターの意識の流れに沿って見て行くと、彼が重要視しているものは、なによりも

「光」であり、「清潔さ」である。そして「葉陰」や「居心地の良さ」、音楽のない「静けさ」に安らぎを見出したのち、最後に必要なものとして「秩序」を挙げる。このすべての好ましいものは、老人にまつわるものとして描かれている。老人が「光」が投げかける「葉陰」の下に座っていることは先ほど指摘したが、さらに「静けさ」を好むという点でも、老人と年長のウェイターは共通の感覚を有しているといえる。また、若いウェイターが「年は取りたくないもんだな。年寄ってのは汚いもんだ」(289) と言ったとき、年長のウェイターは「いつもそうとは限らない。あの老人は清潔だ。飲むときもこぼさない。今みたいに酔っぱらってもだ。彼を見てみろ」(289) と言って、老人が「清潔」であることを強調している。そして、カフェを出て家路につくとき、老人は「ふらつきながら、しかし威厳をもって」(290) 歩いて行く。酒に酔っても「威厳」を失わない老人の姿は、年長のウェイターが求める「秩序」を身の内にそなえた人間の姿であるといえる。

しかし、光があれば影が生まれるように、老人が体現するこれらの好ましいものは、年長のウェイターが抱える闇の存在を浮き上がらせる。「光」と「清潔」、「静けさ」と「居心地の良さ」、そして「秩序」を求める年長のウェイターの背景には、その逆のもの、すなわち「闇」と「不潔」、「喧噪」と「不快」、そして「無秩序」が存在したことが考えられる。これらの負のイメージは、すべてヘミングウェイの描く戦争の物語に頻出するモチーフである。『ヘミングウェイ大事典』の「清潔で明るい場所」の項目でも指摘されているように、この物語の背景に戦争が存在していることは、年長のウェイターが「闇」の中では眠れない不眠症を患っている点や、作中にほんのわずかばかり登場する兵士と娘の存在によっても示唆されている（小笠原 一一九）。スティーブン・K・ホフマンが述べているように、本作は

「大きな二つの心臓のある川」、「身を横たえて」、「誰も知らない」と同じく、戦争の「傷」を負った主人公の物語の系列に当てはめることができるのである（Hoffman 93)。つまり、「清潔で明るい場所」は戦争そのものを直接的に描くのではなく、戦争を連想させるイメージを用いることで年長のウェイターが背負う戦争の傷跡を間接的に描き出していると言える。

このように、年長のウェイターが経験した戦争という背景を鑑みれば、老人を照らし、年長のウェイターが何よりも必要と考える「清潔」と「静けさ」、そして「光」の意味合いをより明確に読み取ることができる。ヘミングウェイの作品において、「清潔」と「静けさ」はしばしば死をもたらす戦争の「不潔」と「喧噪」と対立する平和と生命の象徴として描かれており、『武器よさらば』のフレデリックをはじめ、戦争に傷ついた主人公たちはみな「清潔」と「静けさ」を求める傾向にあるといえる（新井 四二-五五、勝井 六九-八五)。戦争によって精神的な傷を負った年長のウェイターと、絶望から自ら死に近づいた老人が、「清潔」で「静けさ」のあるカフェに憩いを見出したのは当然であるといえる。

またカフェの「光」が「電灯の光」であることもまた、重要な意味を持っていると考えることができる。テラスに座る老人の姿を描写する冒頭と、年長のウェイターが店閉のため明かりを消す際、すなわち物語内に「光」が登場し、そして消える場面において、あえて「電灯の光」(CSS 288, 291) という表現が用いられている。カフェの中を照らす「光」が月や太陽の光のような自然の光ではなく、人工の光であることが強調されているといえよう。人工の光であるがゆえに、「電灯の光」はたとえ真夜中であっても虚無と死を象徴する「闇」を遠ざける力を持つのである。つまり、「清潔」で「明るい」場所とは虚無と死から彼らを守る聖域に他ならない。

しかし、忘れてはならないのは、老人が座っているのは「光」の中ではなく、「影」の中であるという点である。老人が登場する冒頭の場面において、「木の葉の影の中に座っている老人」(288)という表現が三度も使用されており、「光」の中に座っていると書かれることは一度もない。「影」は「光」の存在を示すものであると同時に、「闇」を暗示するものでもある。林明人が述べるように、「影」という言葉が喚起するのは恐怖や絶望といった否定的なイメージであり、その行き着くところはやはり「闇」に象徴される死という虚無である(林 二二)。平和と生命を象徴する「清潔で明るい」聖域に身を寄せながらも、自ら死を求めた老人が腰を下ろすのは「影」の中であり、やがて若いウェイターに追い立てられるように去ってゆく先は、死と虚無の領域としての「闇」の中である。

実際、老人と同じく自殺を試みたヘミングウェイ自身の父親は、老人のように首を吊った縄を姪に切ってもらうことなく、銃で頭を撃ち抜き死亡している。ヘミングウェイにとって無視しようのない父親の死という事実が、作中では生き延びたはずの老人を死の「影」で覆わせたのではないだろうか。ならば「木の葉の影の中に座っている老人」を通して、ヘミングウェイは父親の死に何を見出し、どのように描いたのだろう。

4. 虚無の絆

「先週、彼は自殺しようとしたんだ」一人のウェイターが言った。

「どうして？」

「絶望したんだよ」

「なんについて？」

「なにも」

「なんでもないってどうして分かるんだ？」

「金持ちだからさ」（CSS 288）

このとき、老人の自殺の理由を説明しているのは、老人に共感を寄せる年長のウェイターであるが、この「なにも」（nothing）という言葉の意味についてはさまざまな解釈が成されてきた。まず一義的な意味としては、老人は絶望のゆえに自殺を試みたが、その絶望は金銭的な困難といった実際的な理由に起因するものではない、と読むことができる。また、アネット・ベネルトが指摘するように、老人の自殺未遂は「なにも」理由がないのではなく、「虚無」（nothing）に対し絶望したためである（Benert 186）、と解釈することもできる。

忘れてはならないのは、老人の自殺未遂の理由を語っているのは老人自身ではなく、年長のウェイターであるという点である。年長のウェイターが語る老人の自殺の理由は、客観的事実というよりは、彼が老人の自殺に何を見出したかを示すものである。そもそも自殺の真の理由というものは、本人にしか分かりえないものであり、どのような推測も真実であると言い切ることはできない。

クラレンス・ヘミングウェイの場合も、残された家族をはじめ、伝記作家、批評家たちはさまざまな自殺の要因を推測してきた。晩年に彼を悩ませた糖尿病や狭心症、不眠症といった健康状態の悪化、金銭的困難、妻との不仲、重度の鬱病。しかしながら、クラレンスは遺書を残しておらず、レノルズが述べるように、「臆病者の死とも思えるやり方で父親を失った息子の痛みと怒りをやわらげるための、いかなる説明も残すことはできなかった」(Reynolds, *Homecoming* 212) のである。奇しくもクラレンスの死の一年前に書かれた「インディアン・キャンプ」で、どうしてインディアンの男は自殺したのか、とニックに問われた父親のように、「分からないよ、ニック。恐らく、彼は耐えることができなかったんだ」(*CSS* 69) と答えることしかできないのかもしれない。

ヘミングウェイと亡き父親との間に横たわる、もはや越えることのできない隔たりを表すかのように、「影」の下に座る老人と年長のウェイターは直に語り合うことがない。年長のウェイターがどれほど老人に共感と同情を寄せようと、実際に老人に接するのは若いウェイターであり、また老人は耳が聞こえないため、年長のウェイターが老人を擁護している声も届くことはなく、自らを死へと駆り立てたものが何であったのかを聞くこともできない。年長のウェイターとヘミングウェイにできることは、自分自身の絶望と恐れを、老人あるいは父親のそれに投影することで、彼らの死への衝動を理解しようと試みることだけである。ゆえに、老人の自殺の理由を語る年長のウェイターの言葉は、やがてウェイター自身の心を語る言葉となる。

彼(年長のウェイター)は何を恐れたのだろう。それは恐怖や不安ではない。それは無であると彼はわかっている。すべては無であり、人もまた無である。(中略)その中でそれに気づかずに生きている者もいる

が、彼はそれがすべて無《ナダ》かつ無《ナダ》にして、かつ無《ナダ》なのだと知っている。(*CSS* 291)

物語の最後で執拗に繰り返される「無」(nothing/Nada) という言葉は、戦争で死を目の当たりにした年長のウェイターの心に巣食う、あらゆるものの価値や意味を消し去る虚無の深さを表すと同時に、冒頭で語られた老人を死へと駆り立てた虚無 (nothing) と共鳴する。

さらに第一次世界大戦で重傷を負ったヘミングウェイが一九一八年十月十八日に家族へ宛てた手紙では、戦争に起因する虚無と死への意識が「老い」のイメージと密接に関連付けられており、年長のウェイターと老人は、より一層見えざる糸で結び付けられる。

「幻滅を味わっていない若者という幸福な時期のうちに死んで、光の輝きの中に旅立って行くほうがどれほど良いでしょう。肉体がくたびれ果て、年老いて、幻想が打ち砕かれるのに比べれば」(Spanier 147)

この一見勇敢で前向きな手紙からは、十八歳の若きヘミングウェイが戦争で受けた大きな幻滅とショックが逆説的に伝わってくる。第一次世界大戦という、既存の常識や価値観をすべて覆してしまう破壊的な戦争を目にして、心身ともに傷つき、なお生きながらえたヘミングウェイは、「幻滅を味わっていない若者という幸福な時期」のうちに死ぬことはできなかったのである。現実に彼を待ちうけているのは、「肉体がくたびれ果て、年老いて、幻想が打ち砕かれる」未来に他ならない。また、この手紙からは若きヘミングウェイが「若さ」を幸福と希望の象徴とし、「老い」を衰退と絶望の象徴とみなしていることがわかる。

「清潔で明るい場所」においても、自殺を試み、ふらつく足取りで店を去る老人の姿は肉体の衰えと絶望を暗示し、「若さも自信も仕事もある」と豪語する若いウェイターは、表層的なものではあるが、幸福と希望を表していると考えることができる。この点においても、老人と年長のウェイターは、ある種の結びつきを持って描かれているといえる。すなわち、ヘミングウェイ自身の戦争体験が投影されていると考えられる年長のウェイターは、彼に不眠症をもたらすほどの戦争のトラウマによって、若いウェイターのような「幻滅していない若者である幸福な時期」を過ぎ、自殺を試みた老人に象徴される「肉体がくたびれ果て、年老いて、幻想が打ち砕かれる」状態に身を置いていると言えるのである。

一見したところ、年齢も状況も異なる年長のウェイターと老人であるが、戦争によって「老い」に象徴される幻滅と虚無感を抱くこととなった年長のウェイターは、彼を待ち受けるであろう「老い」に象徴される絶望と虚無によって、「なにも」理由がないのにもかかわらず、あるいは「虚無」のゆえに絶望し、死を求めた老人とつながっているのだ。この虚無の絆によって、ヘミングウェイは亡き父親を死に駆り立てた絶望と、戦争によって自らの心に植え付けられた絶望とを重ね合わせ、もはや真意を測ることのできない父の死を理解しようとしたのではないだろうか。

5. 結論

ヘミングウェイはリリアン・ロスとのインタビューにおいて、戦争について書くためには、戦争の恐怖が与えた傷が癒えるまでの十年の歳月が必要だった、と語っている（Ross 18）。戦争の恐怖と同様、父親の自殺が与えた衝撃から回復し、そのことについて書くことができるまでには、しばしの時間といくつかの段階が必要であったと思われる。

ヘミングウェイは初の短編集『われらの時代に』以来、しばしば小説に自身の父親を登場させている。しかし、一九二八年の父親の死後、ヘミングウェイが発表した小説は一九二九年の『武器よさらば』と一九三〇年の「ワイオミングのワイン」であり、いずれも父親の思い出や自殺といった事柄には触れていない。

一九三二年に発表されたノン・フィクションの『午後の死』では、激烈な死を目の当たりにしながら、これまで十分に書くことができなかった理由として、自分が理解していなかったり、報道に必要なことのみを記録していたため、「父親の死や誰かの絞首刑を観察する人のようにはできなかったから」（*Death in the Afternoon* 3）と述べている。このとき、ヘミングウェイは自らを「人」（a man）と一般化することによって、「父親の死」についてかろうじて触れているが、それ以上の言及は避けている。

父親の死後、初めて「自殺」について明確に言及した小説が「清潔で明るい場所」なのである。この短編を一九三三年三月に『スクリブナーズ・マガジン』に発表した後、同年四月に同じく『スクリブナーズ・マガジン』に掲載された「スイス賛歌」において、初めて「父親の自殺」というモチーフを描いている。この短編はスイスの駅の中の「明るい」カフェを舞台とし、類似した三つのシチュエーションを描いたものであり、三番目のエピソードに登場するハリス氏が、「父は昨年亡くなりました。銃で自殺したんです。奇妙なことに」（CSS 331）と述べている。ここでは、類似した三つのエピソードが繰り返されるため、「父親の自殺」というショッキングな出来事があくまでも作品のしかけとして扱われており、ヘミングウェイ自身とは距離を持って描かれている。

そして、「清潔で明るい場所」を執筆した直後に書かれた「父と子」では、自身の分身ともいえるニック・アダムズを主人公とし、父親の思い出を愛憎を交え、赤裸々ともいえる調子で語っている。しかし、父親の死因については、直接的に言及はせず、言葉にできないという形を取ることで間接的に語るのみである。自殺した父親の記憶について、ニックは「もし彼がそのことを書いていたなら、それを追い払うことができただろう。彼はこれまでも多くのことを書くことによって追い払ってきた」(371)と述べているが、生きている人々が多いため、それについては書けないと考える。実際、ヘミングウェイが自身の父親の自殺について克明に描けるようになるまでには、一九四〇年の『誰がために鐘は鳴る』まで待たねばならない。戦争の恐怖について書けるようになるまでに十年の歳月が必要だったように、父親の自殺と正面から向き合えるまでには十二年の月日を要したのである。

このように見ると、「清潔で明るい場所」は、ヘミングウェイにとって十年以上の癒しの時間を必要とする戦争の恐怖と父親の自殺という二つの大きな「傷」について、距離を保ちながら書き始めた重要な転機となる作品であるといえる。「老い」によって現実の父親から距離を置いた「老人」を登場させることで、「自殺」という触れがたい傷に触れ、さらに「老い」を通じて年長のウェイターと老人を同じ虚無と幻滅に苦しむ人間として描くことで、ヘミングウェイは直接的には語ることの困難な自殺した父親への共感と愛を描こうとしたのではないだろうか。父親の死から四年の歳月を経て書かれたこの短編自体が、自ら永遠の眠りについた父親への、戦争によって眠りを奪われた息子による長いおやすみなのかもしれない。

注

［1］例えばイギリスのインテリアショップのウェブサイトでは、インテリアデザイナーのケリー・ファノンが自身の家造りについて「私は上質な木や石、リネンやシルク、色やパターン、質感や清潔で明るい場所を用いるのを好む」と述べている（Orchard of London）。また、成功する商店のあり方として「一．顧客を知ること、二．清潔で明るい場所を保つこと、三．おしゃべりをやめること」などが挙げられている（Entrepreneur）。オフィスをプロフェッショナルに見せる方法としても「清潔で明るい場所こそが必要なものである」と述べられている（Wikihow）。

［2］この議論は「清潔で明るい場所」において会話の話者がしばしば明示されていないことと、タイプミスによって引き起こされた混乱に起因している。作品が最初に発表された一九三三年の『スクリブナーズ・マガジン』では、若いウェイターが「姪が彼の面倒を見てくれるさ」と言った後、年長のウェイターが「分かってる。彼女が彼の縄を切ってやったと君は言ったろう」と答えているため、老人の自殺について先に知っていたのは若いウェイターのほうである、と読める。しかし、物語の流れからして、若いウェイターが「姪が彼の面倒を見てくれるさ。彼女が彼の縄を切ってやったと君は言ったろう」と述べ、年長のウェイターが「分かってる」と答えるのが自然である。しかし、生前ヘミングウェイはこの問題について手紙で問い合わせられた際、「物語を読み直してみたが、私には十分意味が通っているようにみえる。失礼ながら」（Kerner, "Hemingway's Attention" 48）と返答しているため、長らくオリジナルの版が流通することとなった。しかし、マーティン・ドルチやジョン・ハゴピアンらの草稿研究の結果、手書き原稿の判読ミスによって誤った会話がタイプされていたと考えるのが妥当であると判明

し、一九六五年の版では改訂が行われ、後者の会話が採用されている（Dolch 105-11, Hagopian 140-46)。しかし、改訂後も研究者は作者が書いたオリジナルと出版社が修正した改訂版のどちらを使用するべきか、といった議論が続けられた（Bennet 95, Kerner, “The Ambiguity” 561-74, Ryan 77-91）。

参考文献

Baker, Carlos. *Ernest Hemingway: A Life Story*. 1969. Harmondworth: Penguin Books, 1972.

Benert, Annette. “Survival Through Irony: Hemingway’s ‘A Clean, Well-Lighted Place.’” *Studies in Short Fiction* 11 (1974): 181-89.

Bennett, Warren. “The Characterization and the Dialogue Problem in Hemingway’s ‘A Clean, Well-Lighted Place.’” *The Hemingway Review* 9 (1990): 94-123.

Bruccoli, Matthew J., Ed. *The Only Thing That Counts: The Ernest Hemingway Maxwell Perkins Correspondence 1925-1947*. New York: Scriber, 1996.

Dolchi, Martin. “A Clean Well-Lighted Place.” *Insight I: Analyses of American Literature*. Ed. John V. Hagopian and Martin Dolchi. Frankfurt: Hirschgraben, 1962: 105-11.

Entrepreneur. “Design Rules for Your Business.” 9 Aug. 2012. Web. 15 Sep. 2012. <http://www.entrepreneur.com.ph/growyourbusiness/article/design-rules-for-your-business>

Fitzgerald, Scott F. *The Great Gatsby*. 1925. New York: Scribner’s, 1953.

Hagopian, John V. “Tidying Up Hemingway’s ‘A Clean, Well-Lighted Place.’” *Studies in Short Fiction* 1 (1964): 140-46.

Hemingway, Ernest. *The Complete Short Stories of Ernest Hemingway*. New York: Scribner’s, 2003.

____. *Death in the Afternoon*. 1932. New York: Scribner’s, 2003.

Hoffman, Steven K. "Nada and the Clean, Well-Lighted Place: The Unity of Hemingway's Short Fiction." *Essays in Literature* 6 (1979): 91-110.
Kerner, David. "The Ambiguity of 'A Clean, Well-Lighted Place.'" *Studies in Short Fiction* 29 (1992): 561-74.
——. "Hemingway's Attention to 'A Clean, Well-Lighted Place.'" *The Hemingway Review* 13 (1993): 48-62.
Leonard, John. "'A Man of the World' and 'A Clean, Well-Lighted Place': Hemingway's Unified View of Old Age." *Hemingway Review* 13 (1994): 62-73.
Orchards of London. Web. 15 Sep. 2012. <http://www.orchardsoflondon.com/new/interior-design-with-kelly-fannon.html>
Reynolds, Michael. *Hemingway: The Homecoming*. New York: Norton, 1992.
——. *Hemingway: The 1930s*. New York: Norton, 1997.
Ross, Lilian. *Portrait of Hemingway*. 1961. New York: Modern Library, 1999.
Ryan, Ken. "The Contentious Emendation of Hemingway's 'A Clean, Well-Lighted Place.'" *The Hemingway Review* 18 (1998): 77-91.
Smith, Paul. *A Reader's Guide to the Short Stories of Ernest Hemingway*. Boston: G. K. Hall, 1989.
Spanier, Sandra. and Robert W. Trogdon., Ed. *The Letters of Ernest Hemingway: Volume 1 1907-1922*. Cambridge: Cambridge UP, 2011.
Wikihow. "How to Make a Small Office Look Professional." 9 July. 2012. Web. 15 Sep. 2012. <http://www.wikihow.com/Make-a-Small-Office-Look-Professional>
新井哲男「ヘミングウェイにおける『清潔な』場所について」『英語英文学研究』二（一九九六年）四二-五五頁
奥村直治「『清潔で明るい場所』を読む――虚無の世界の祈り」『山梨大学教育人間科学部紀要』十（二〇〇八年）二五二-五七頁
林明人「清潔な明るい場所：その試論」論集四十（駒澤大学、一九九四年）一九-三二頁
勝井慧「パッションのゆくえ――*A Farewell to Arms* における「清潔」と「不潔」」『関西英文学研究』四（日本英文

学会関西支部、二〇一〇年）六九-八五頁
小笠原亜衣「清潔で明るい場所」『ヘミングウェイ大事典』今村楯夫、島村法夫監修（勉誠出版、二〇一二年）一一九頁

第3章

弱さが持つ可能性
――「橋のたもとの老人」における「老い」の想像力

堀内　香織

1．はじめに

一九三八年三月、ヘミングウェイは北アメリカ新聞連合の戦争特派員として、三度目となるスペイン訪問を果たす。周知のように、スペイン内戦に対するヘミングウェイの強い思い入れは、数々の作品に結実している。一九三七年に、映画監督ヨリス・イヴェンスと共にドキュメンタリー映画『スペインの大地』を制作し、一九四〇年には長編小説『誰がために鐘は鳴る』でスペイン内戦の残虐さを浮き彫りにしながら、アメリカ国民に反ファシズムの戦いを訴えた。この時期にヘミングウェイは、スペインに関する記事をいくつか雑誌に寄稿しており、一九三八年の訪西の際には、ある老人について取り上げている。復活祭の四月十七日、カタルーニャ州の自治体アンポスタを流れるエブロ川を渡ろうとしていたヘミングウェイは、橋の近くで一人の老人と出会い、言葉を交わす。この見知らぬ老人との短い邂逅は「橋のたもとの老人」と題され、雑誌『ケン』に "dispatch" として送られた。短時間で書き上げられた約八百語からなる原稿は、単なる戦争の記録としてだけではなく、短編小説としての完成度も高い作品となっている。注目すべきなのは、それまでも戦争と農民の悲惨な状況を伝えてきたヘミングウェイが、一人の老人を中心としてスペイン内戦を描いている点である。この事実は、「老い」が作家にとって重要な要素であったことを意味していると言えるだろう。

『ケン』とヘミングウェイの関係を検証しながら、「橋のたもとの老人」を分析する長谷川裕一は、このテクストが「記事であるのか、それとも短編であるのか判断する方法は雑誌の読者が内容を読んで判断する以外には全く与えられていない」（長谷川 二二）と述べている。この指摘は、ヘミングウェイと「老い」について考えるにあたって、有益な視点を与えてくれる。ヘミングウェイは、フィクションとリアリティの境界を揺れ動くテクストを用いて、老人の姿を提示しているのである。また、執筆当時三十九歳のヘミングウェイにとって、「老い」は実感ではなく、想像を働かせながら書くフィクショナルな対象であったことは想像に難くない。こうした現実と虚構に着目しつつ、本稿では「橋のたもとの老人」における老人像を考察する。その際、一九三〇年代アメリカとの関連も視野に入れ、ヘミングウェイが集団と個の関係をいかに描いているのかを検証しながら、故郷喪失者の苦境と大地への思いが「老い」を通じてどのように描かれているのかも探っていく。そして最後に、現代的な視座からこの作品を読み直すとき、四十歳にも満たないヘミングウェイが提示する老人が、今日の我々にいかなる文学的想像力を喚起するのかを考えていきたい。

2. 現実と虚構――「老い」の創作

一九三〇年代は、ヘミングウェイが雑誌『エスクァイア』を通じて「パパ・ヘミングウェイ」のイメージを作り上げていた時期にあたる。実際の年齢とは関係なく、構造論的に「老い」を作り上げて家父長的な役割を担おうとする彼の姿勢は、「ヘミングウェイ＝老人」という印象を作家自身が生み出していることの証左でもある。しかし、出版は一九四〇年であるが、三〇年代に執筆された『誰がために鐘は鳴る』のロバート・ジョーダンとアンセルモ老人のように、いくつかの作品においては、若者と老人の対比を老人の側からではなく、主に若い主人公の立場から語っており、ヘミングウェイは「老い」に対する距離を保ちながら年長者を描いていた。興味深いことに、「橋のたもとの老人」の原案となるフィールド・ノートでは七十二歳と記録されている老人は、作品の中で七十六歳に設定されている (Watson, "The Making" 160)。年齢を七十代前半から七十代後半にすることで、より高齢の老人像を作り上げ、生物学的に老いた人物を意識的に描いているのである。これにより、作者と同世代だと想定される若い兵士との年齢差が際立ち、「老い」の印象が強くなっている。敵の砲撃のために老人は故郷を追われて難民となり、飼っていた動物を残して逃げてきているのだが、疲れのあまり道端に座り込んでしまう。実際よりも老人の年齢を引き上げることで、彼の疲弊の度合いが一層真実味を帯びて伝わってくるのである。そして、共和派の軍隊に属する若い兵士は、敵の動向を偵察する任務を負っており、敵の動きに集中しながらも、老人を安全な場所へ避難させようとする。このような二人の短い会話から、老人の素性が垣間見えるようになっている。

『老人と海』のサンチャゴがそうであるように、ヘミングウェイにとっての「老い」は、孤独と強い身体的疲労を伴うものとして描かれている。さらにそれが、キリストの受難とも結び付けられており、この点において「橋のたもとの老人」と『老人と海』には類似性が見られる。「橋のたもとの老人」では、老人が聖霊を象徴する鳩を飼っていたことや、その日が復活祭の日曜日であることなどから、ジョセフ・デファルコやE・A・ランバダリドゥは老人とキリストとの結びつきに言及している。また、多くの先行研究で指摘されているように、『老人と海』のサンチャゴとキリストとのつながりは、いまや定説となっていると言っても過言ではない。サンチャゴという名前は、スペイン語で十二使徒の一人である聖ヤコブを意味するものであるし、漁の最中に負った手の傷は聖痕の暗示だと解釈できる。

しかしながら、このような共通項を持ちながらも、そのキリスト教的メタファーが、実は二人の老人の違いを際立たせている点にも注意する必要があるだろう。たとえばマリカジャン・パティルは、キリストを示唆することで、ヘミングウェイは「サンチャゴの英雄的資質」を強調していると論じる（Patil 45）。たしかに、サンチャゴは身体的に疲弊しながらも、精神的強さによって「老い」を克服あるいは無効にしようとしており、その精神性はキリストの崇高さを感じさせると同時に、「若さ」を重視するアメリカ的価値観を担った英雄像と即座に結びつく。一方の「橋のたもとの老人」では、老人はサンチャゴと同じくキリストと重なりながらも、現状を打開する力を持たない脆弱な老人として登場している。

若さと親和性の強いアメリカで生まれた文学を「老い」に注目して分析する文学批評はそれほど多くないものの、ここで言及すべき先行研究は、マルコ・ポルタレスによるアメリカ文学と「老い」についての論証である。十七世紀から十九世紀までのアメリカ文学を辿りながら、「老い」の表象を体系的に論じた著書『アメリカ文学における若さと老い――マザーズ、フランクリン、アダムズ、クーパー、メルヴィル、ジェイムズによる老人の修辞学』のなかで、ポルタレスはアメリカ文学の老人表象を、自叙伝のジャンル形成に貢献した老人による語りと、後続の作家に強い影響を与えた高齢の登場人物という二つの系統に分類している。そのいずれもがアメリカの古典的作家の審美的かつ人道的な関心と結びついていることを指摘したうえで、彼はさらに老人を五つのタイプ――道徳的、充足的、不満足、挑戦的、諦観する――に分け、「ヘミングウェイによる伝説的な老人、『老人と海』のサンチャゴの精神的な先駆けとも言える」人物をアメリカ文学のなかに読み込もうとする（Portales 141）。この分類に従えば、「橋のたもとの老人」の農夫は、疲弊のあまりそれ以上先に進めず、現状を受け入れざるを得ない状態に陥った「諦観する」老人にあてはまる。一九三〇年代のヘミングウェイは、後のサンチャゴとは対照的な老人を描いていたのである。

では、疲れ果てて動けない老人と兵士の関係は、どのように捉えられるのだろうか。この二人については、若者と老人という対称性が動と静に置き換えられて論じられることが多い。こうした二項対立を発展させながら、老人に宗教的イメージを読み込むランバダリドゥは、若い兵士が具現化する現代社会の不毛さに対して、農夫である老人の住む世界に、失われたものとしての「豊饒さ／創造性

(fertility/creativity)」を見出している (Lambadaridou 147)。ランバダリドゥによる批評は、ヘミングウェイが初期作品において若さよりも「老い」に価値を置いていると捉える重要な論考であるとはいえ、作中で老人の無力感が前景化されていることを考えると、いささか楽観的であると言わざるを得ない。「あまりに疲れていて、それ以上進めない」老人は、ヘミングウェイが自らに対してパブリックに作り上げた家父長的な老人のイメージとは異なり、若い兵士に保護される立場にある。老人の年齢を上げるというフィクション性を加える行為は、現実をそのまま表現するよりも逆説的に「老い」のリアリティを高め、老人の脆弱さは若者の壮健さと対照を為している。このような年長者と青年の関係は、「老い」を成熟と捉える見方とは異なり、弱者としての老人像を強調するものである。たとえばF・スコット・フィッツジェラルドが、『偉大なるギャッツビー』の冒頭でニック・キャラウェイに対する父親の教訓を示しているように、年を重ねることで豊かな人生経験と若者よりも優れた知恵が身についていくというのは、一般的に認められていると言ってよいだろう。しかし、「橋のたもとの老人」では、若者を指導したり、イニシエーションを与えたりする年長者ではなく、世話をしてもらわなければならない状況にある老人が描かれている。とはいえ、これはヘミングウェイが単に「老い」を無能さと繋ぎ合せようとしていたということではなく、むしろ老人の脆弱さを通じて、スペイン内戦の悲惨な状況を伝えようとする作者の試みの表れと捉えるべきである。「老い」によって生じる身体的弱さや頼りなさは、その弱さによって読者への強い影響力を持ちうるのである。

3. 集団と個

一九三〇年代アメリカの文化表象を当時の社会情勢との関係から読み解くウィリアム・スタットによれば、この時代のフィクションは「ドキュメンタリー文学」と呼ぶにふさわしい傾向にあった（Stott 117-40）。それは黒人やネイティヴ・アメリカン、移民、シェアクロッパーなどの声を伝える役割を担っており、ディヴィッド・エルドリッジが言うように、「自らを表現できない人々を探し出そうという決意が、ドキュメンタリー文学に不可欠なもの」であった（Eldridge 45）。ヘミングウェイはアメリカの国民的作家と見なされながらも、アメリカを描かない作家だと言われているが、彼もまた舞台をスペインに移して、同様の志を文学作品として表現している。なぜなら、前節でも触れたように、「橋のたもとの老人」を発表する前年の一九三七年に、ヘミングウェイは『スペインの大地』というドキュメンタリー映画の製作に加わり、イヴェンスとともに、スペイン内戦の犠牲者となった農村の人々の声にならない声を掬い上げようとしているのである。

このように、スペインという土地を選びながらもアメリカの文化表象の潮流に乗るヘミングウェイが、偶然の出会いがあったとはいえ、ドキュメンタリーの題材に老人を選び、「橋のたもとの老人」を執筆しているのは注目に値する。当時のアメリカ文学の大きなトレンドであった表現を用いて、作者のパブリック・イメージとは程遠い無力な老人像を提示しているのである。その老人が登場する作品の冒頭をみてみよう。

鉄縁の眼鏡をかけ、埃だらけの服を着た老人が、道の傍らに座り込んでいた。川には浮橋が架かっていて、そのうえを荷車やトラック、男や女や子供たちが渡っていた。騾馬の引く荷車が、橋を渡った先の険しい堤をよろよろと登っていくのを、兵士たちが車輪のスポークを押して手助けしている。トラックは、ぎしぎしと音を立てながら堤を登りきると、その先へと向かって進んでいった。農民たちは足首まで埋まる土埃のなかをとぼとぼ歩いている。だが、その老人は身動きもせずに座り込んでいた。彼は、疲れのあまりそれ以上先に進めずにいた。（*The Complete Short Stories 57*　以降、同書からの引用は *CSS* と略記）

ヘミングウェイは、作品の始まりから、逃げていく人たちと取り残された老人のコントラストを示している。「男や女や子供たち」という表現からは、家族を基本とした集団で人々が行動していると推測できるだろう。このあと、老人と出会った兵士が「家族はいないのかい？」と尋ねると、彼は「いないんだ。飼っていた動物たちだけさ。」と答える（58）。集団と個の対比に加え、家族という概念が持ち込まれることにより、老人の孤独はいっそう深まっている。再び『老人と海』との比較を試みると、サンチャゴは海の上で一人、大魚との闘いに挑んではいるが、彼にはマノーリン少年という心の支えがある。彼はしばしば少年を思い出すことで、孤独な状況にあっても慰められており、そのような存在がいるために全くの孤独とは言えない。たとえ血縁ではないとしても、サンチャゴには親密な感情を交わすことのできる人物がいる一方で、「橋のたもとの老人」の老人には家族のような関係を築ける相手はいない。

この老人の孤独な設定は、当時のアメリカ社会の風潮から外れており、そこに同時代作家とヘミングウェイの違いがある。一九三〇年代のアメリカでは、大恐慌による経済状況の悪化から人々は苦しい生活を余儀なくされていた。しかし、大衆文化はそのような不快な現実からの逃避となる安心感に満ちたイメージを作り出し、居間でくつろぐ両親と子供といった理想像を流布することで「家族の親密さ」を強めていった（Young 10-11）。この家族の連帯は、たとえば三〇年代のドキュメンタリー文学の代表とも言えるジョン・スタインベックの『怒りの葡萄』に如実に表れている[1]。ヘミングウェイもまた、一九三七年の『持つと持たぬと』で、ハリー・モーガンの死ぬ間際のセリフとして「一人では何もできない、今じゃ、誰も一人では……」と、人々の連帯を称賛する見解を示していると捉えることができる（*To Have and Have Not* 225）。これは、政治的な発言の少なかったヘミングウェイが初めて政治的メッセージを発したものとして、一部の批評家からは好意的に受け取られた。

しかしながら、「橋のたもとの老人」には「一人では何もできない」というメッセージ性は読み込めても、連帯への呼びかけが示されているとは言えない。兵士は「休んだのなら、そろそろ行こう」と老人に促し、「さあ、立ち上がって、歩こう」と言うが、老人は「わたしは動物の世話をしてきたんだ」とぼんやりした様子で繰り返し、その言葉はもはや兵士に向けられてさえいないことがわかる。そして最後のパラグラフの一行目には、「もう、老人のためにできることはなかった」という兵士の絶望に近い気持ちが主観的に語られている（CSS 58）。この箇所は、ヘミングウェイが人々の結束を否定しているということではなく、集団から抜け落ちてしまった脆弱な個人に照準を定め、多数派の側にいる読者に対して、その存在を強調していると考えられる。そして「橋のたもとの老人」では、集団に対しての「個」と「老い」が分かちがたく結びついており、その老人をヘミングウェイは作品の中心に据えている。これは、若さが重視されがちなアメリカ文学において特異なケースであろう。ヘミングウェイは三〇年代アメリカに台頭するドキュメンタリー文学の手法を用いて、「老い」の弱さを前景化しながら、社会の少数派にいる個人に光を当てているのである。

このほかにも、集団と個の関係から「老い」を見つめるヘミングウェイの視線は、ドキュメンタリー映画『スペインの大地』にも読み取ることができる。『スペインの大地』の第四巻では、トラックに荷物を詰め込み避難する人々の光景のなかに、一人の老婆が映し出されている。この場面では、ナレーターが老婆の声を代弁して「私も行きたい。でも年をとりすぎている。」と述べる。ここにも、年齢が理由で集団から疎外されてしまう一人の老人に対する、ヘミングウェイの眼差しが差し挟まれているのである。その眼差しは、「橋のたもとの老人」で、さらに収斂されていく。『スペインの大地』では、実在する老婆の姿をほんの一瞬だけ映像とナレーションで伝えているに過ぎなかったのに対し、「橋のたもとの老人」では、フィクションとリアリティを混在させながら、「老い」がクローズアップされている。そのことで、住む土地を追われる農民の苦境が、老人の孤独と共に一層強く読み手に迫ってくるのである。

4. 故郷喪失者と大地の再生

『スペインの大地』や「橋のたもとの老人」には、ヘミングウェイが、肥沃な大地を奪われた故郷喪失者としての農民の土地に対する思いを尊重していたことが表れている。「橋のたもとの老人」で、兵士は「橋とアフリカを思わせるエブロ川のデルタ地帯」を眺めながら、敵の動向に注意を払いつつ、老人と言葉を交わす（*CSS* 57）。ここで突如「アフリカ」という地名が出てくるものの、それがどのような意味を帯びているのかは、これまで考察されてこなかった。アフリカとヘミングウェイについては、すでに批評家によって様々な分析がなされているように、両者の間には深い関係があり、そこから「橋のたもとの老人」を読み解くことは、この作品に新たな光を投げかけることになる。

一九三三年にアフリカでのサファリ旅行を経験したヘミングウェイは、三五年に回想録『アフリカの緑の丘』を出版している。ヘミングウェイの描くアフリカにアメリカ中心の帝国主義的欲望が潜んでいることは、ヘミングウェイ研究において、すでに指摘されてきていることだが、本論の文脈において注視したいのは、『アフリカの緑の丘』で「山腹に深く生い茂る森の下に丘陵が続く、緑豊かな心地よい土地」と表現される、肥沃な大地としてのアフリカである（*Green Hills of Africa* 49）[2]。なぜヘミングウェイは、「橋のたもとの老人」の短いテクストのなかに、一言「アフリカ」を忍ばせているのか。実際にヘミングウェイが老人に出会った翌日、一九三八年四月十八日の"Dispatch 25"は、「エブロ川デルタ地帯はすばらしく肥沃な土地で、玉ねぎが育っている。明日は戦闘が始まるだろう。」という文章で締め括られている（Watson, "Dispatches" 84）。次の日には、まだ戦闘は起こらなかったものの、この"Dispatch 25"からは、エブロ川流域の美しい光景が戦闘によって破壊されてしまうことへの懸念が窺える。ヘミングウェイにとっての楽園であるアフリカとエブロ川流域が重なり合うことで、その土地を奪われる老人の悲しみが、より鮮烈に迫ってくる。

『スペインの大地』の最後もまた、農民が川から灌漑用の水を引く水路を完成して、スペインの乾いた大地にとめどなく水が流れ込む場面で終わっている。このドキュメンタリー映画で監督のイヴェンスと共にヘミングウェイが示したかったものは、戦争によってスペインの肥沃な大地が荒廃してしまう様子と農民たちの再生への思いであったのだろう。スペインの大地と農民の姿は、ヘミングウェイの作家としての想像力に強く訴えかけ、その後の数々の優れた作品を生み出す契機となった。ヘミングウェイと「老い」を考えるうえで重要なのは、『誰がために鐘は鳴る』では、数百ページにもおよぶフィクションによってスペイン内戦で苦しむ農民の様子を描いているのに対し、「橋のたもとの老人」では、現実と虚構を混ぜ合わせながら、このテーマを凝縮して伝えているという違いである。およそ八百語という短いテクストでこのような主題の表現を可能にしているのは、フィクション性を加えて作り上げられたリアルな老人の存在にほかならない。スペインとアフリカが交差する風景の中に座り込む老人を通じて、故郷喪失者の苦しみを体現する脆弱な個人の姿が浮き彫りとなっているのであり、ヘミングウェイは、若さではなく「老い」の持つ力をこの作品で証明していると言えよう。

故郷喪失は、ヘミングウェイやエズラ・パウンド、フィッツジェラルドに代表される、一九二〇年代にパリに滞在していた文学的亡命者たちが自ら身を置いた状況でもあった。第一大戦後に伝統的な価値観や道徳を失った「ロスト・ジェネレーション」と呼ばれる若者の姿を描いた『日はまた昇る』では、アメリカ人ジャーナリスト、ジェイク・バーンズがパリで奔放な生活を送りながらも、新たな生き方を模索する。国籍離脱者であるジェイクも作者のヘミングウェイ自身も故郷を失っていると言えるが、「橋のたもとの老人」とは決定的に異なり、彼らは若いうえに小さいながらもコミュニティの一員となっている。この比較からも、一九三〇年代のヘミングウェイが集団に対する「個」と「老い」を結びつけていることがわかる。さらに、パリの亡命者たちは強制的に祖国を追われたわけではなく、アメリカに戻るという選択肢を持っていた。しかし、「砲撃のために避難せざるを得なかった」老人は、戻る場所のないディアスポラの状態にあり、その悲しみは、たとえ故郷を追われてもいつの日か帰る可能性のある人々よりも深いものである。物語は、寄る辺のない悲惨な老人の状況に一縷の希望を見出そうとする兵士の語りで締め括られる。

彼のためにできることは何もなかった。復活祭の日曜日で、ファシストの軍隊がエブロ川に向かって進撃しつつあった。灰色の雲が低くたれ込めた日で、敵の飛行機は飛んでいなかった。そのことと、猫は自分たちでやっていけるという事実が、老人が望める幸運のすべてだった。（*CSS* 58）

誰に向かうことなく「自分は動物を飼っていたんだ」とつぶやく老人と、彼を助けたくとも具体的に手の打ちようがない兵士の間には、サンチャゴとマノーリンのような心の交流は見られない。サンチャゴと違い、老人には戻る家はなく、故郷や知り合いから遠く離れて避難するほかはないのである。陰鬱な天気はファシストの攻撃を遅らせるという恩恵をもたらし、彼の飼っていた猫は生き延びるかもしれないという「老人の望める幸運」は、ほんのわずかなものにすぎない。兵士の言葉には、その程度のことにしか希望を持つ以外なすすべのない状況を作り出した戦争への皮肉が込められている。老人にとっての幸運は、彼の悲惨さを逆説的に伝えるものであり、兵士のシニカルな語りは、『武器よさらば』の主人公フレデリックによる「コレラで死んだのは七千人だけだった」という皮肉を込めた語りと通じ合う（*A Farewell to Arms* 4）。

しかし、戦争への批判的な視点だけではなく、兵士の語りには老人に対する親密な感情が込められていることも見過ごしてはならないだろう。その日が復活祭の日曜日であることへの言及は、この場所で命が尽きてしまうかもしれない老人の復活を祈る兵士の気持ちを端的に表している。ヘミングウェイは、最後の場面を老人の悲惨さに共感を持って描いており、ハードボイルドの文体で知られるヘミングウェイの作品にしては、かなり読者の感傷をそそる書き方になっているように思われる。これは三〇年代のドキュメンタリー文学にみられる特徴と通底する手法だと言える。先に引用したスタットは、一九三〇年代の著作物には「軽薄な感傷 (glib sentimentality)」が浸透していたことを指摘している (Stott 135)。アメリカ文学におけるセンチメンタリズムを論じるメアリ・ルイーズ・キートが、感傷的文化の所産は、孤立した「私」から「私たち」への転化が共有の利益を増進することを跡付けてきたと述べているように、感傷主義は個人を集団にゆくりなく接続し、商業性とも繋がっている (Kete 54)。そのため、アメリカ文学批評では、センチメンタリズムは個人の感情表現を商品化してしまうという理由から批判の対象になってきた。[3] とすると、この作品で感傷を生み出すものとして老衰が機能しているとすれば、「老い」が商品化されていることになる。

5. 感傷の背後へ

だが、老人と若い兵士の関係を慎重に追うことで、ヘミングウェイが「軽薄な感傷」に回収されないものを密かに伝えていることがわかる。その手掛かりとなるのが、老人の残してきた動物たちである。

老人は、「二頭の山羊と一匹の猫、それから鳩のつがいを四組飼っていた」と言う（CSS 58）。ランバダリドゥが「老人と山羊は進軍してくるファシストの生贄となる」と述べているように、山羊は宗教的意味合いも含むスケープゴートとしての老人の立場を表している（Lambadaridou 151）。またワトソンは、ヘミングウェイのフィールド・ノートと「橋のたもとの老人」を比較して類似点または相違を検証しながらも、動物についてそれほど注目していないが、そこに見られる違いは、老人と兵士の関係を考える際に看過できないものである。ヘミングウェイが動物の種類と数にこだわっていたことが示されているフィールド・ノートを、原文で引用してみよう。

Old man had left San Carlos — he stayed behind [with "4" scratched out] to take care of ["4" scratched out] 2 goats / 3 cats [inserted] — 4 pair of pigeons. . . .
(Watson, "The Making" 154)

このノートからは、山羊の数が四頭から二頭になり、さらに三匹の猫が追加されていることがわかる。これらの変更は、事実をより正しいものに修正しているだけとも捉えられるが、ヘミングウェイの創作が加えられている可能性も否定できない。そうなると、実際には存在しない猫がフィクションとして挿入されていることになる。さらに、作品では猫は一匹になっており、この数も兵士との関係で無視できない変化である。

ヘミングウェイにとっての猫は、これまでに今村楯夫をはじめとする多くの研究者によって、その重要性が論じられてきた。[4] ヘミングウェイの猫好きは伝記的に良く知られている事実であるし、短編「雨の中の猫」では、忽然と消えてしまう猫が様々な解釈を呼び起こすものとして機能している。「橋のたもとの老人」では、老人が「猫は大丈夫だろう。猫は自分でやっていけるだろうから」と述べているように、悲劇的な状況の中で生き抜いていける存在として言及されている（CSS 58）。しかし、作品が帯びるセンチメンタリズムを考えるとき、猫を巡る兵士の最後の言葉は重要である。改めて、原文で引用してみたい。

That and the fact that cats know how to look after themselves was all the good luck that old man would ever have. (58)

西洋では「猫に九生あり」（"A cat has nine lives"）という諺があるように、兵士は猫の生き延びる力に期待を込めることで、絶望のなかに希望を見出そうとしている。この祈りとも言える兵士の言葉は、ヘミングウェイ自身がスペイン内戦に苦しむ人々に向けた思いを重ねたものであったのだろう。注目すべきなのは、老人が飼っていた猫は一匹であったにもかかわらず、右の引用箇所では兵士の視点から猫が複数形で示されていることである。若い兵士は、一般的な猫の生きる力に望みをかけているのだが、そこには老人の飼っていた猫が実際にどうなるのかはわからないという不確定性も込められている。老人の猫は彼にとって交換不可能な存在であり、その個別の猫の安否を一般論に還元して願うしかない状況は、幸運を見出そうとする形をとりつつも、戦争の惨さを伝えている。

とはいえ、老人にとっての猫がかけがえのない個別性を持っていることには変わりなく、いかに共感を抱いているとしても、猫を一般化して語る兵士と老人の間には埋めがたい距離があるのは否めない。さらにその隔たりを明確に示しているのが、山羊の存在である。実のところ、老人が最後に心配していたのは、猫でも鳩でもなく、二頭の山羊であった。先述したスケープゴートに加えて、たとえばベルギリウスが悲劇の起源をギリシャ語で山羊を意味する“tragos”と関連づけているように、山羊の存在によって老人の悲劇性は一層高まっている。しかし不思議なことに、兵士の語りのなかでは、山羊については全く触れられていない。ヘミングウェイは、意図的に「山羊」という単語は使わず、老人のセリフとして「だが、ほかの連中はどうなるんだろう。ほかの奴らのことは考えない方がいいんだ。」（“But the others. It's better not to think about the others.”）と記述している（58）。

なぜヘミングウェイは、兵士の最後の語りに山羊を入れなかったのだろうか。たしかに、戦争に対する皮肉を交えながらも、老人へのいたわりを感じさせる兵士の語りは、読み手の感傷を誘うものであり、山羊への言及がなくとも十分に老人に寄り添っていることがわかる。だが、老人が最も心配している山羊に意識を向けることのない兵士は、老人の孤独や絶望に本当の意味で共感しているとは言えない。動物を介して二人の意識に生じる齟齬は、兵士にとって老人が全くの他者であることを示している。兵士および読者が老人に対して抱く同情的な気持ちは、どこまで彼の苦しみに近づくことができるのか。ほんのわずかな会話と兵士の主観を描きながら、ヘミングウェイは苦悩する他者との関係を我々に問いかけている。読者や語り手の感傷が届かない場所に老人はいるのであり、彼の悲しみはセンチメンタリズムに回収されないほど深い。ヘミングウェイが作中に潜ませる老人の他者性は、読み手が「軽薄な感傷」に浸り、自己満足することを拒んでいるのである。

「橋のたもとの老人」はスペイン内戦を舞台としてはいるものの、寄る辺のない老人の悲惨な状況は、時代や場所を越えて他者との関係を考えさせてくれる。では、現代の日本の読者には、この作品はどのように映るのであろうか。大切な動物を残して故郷から強制的に退去せざるを得ない老人の姿は、東日本大震災によって引き起こされた福島の原発事故によって、家畜を残して避難せざるを得なかった人々と重なり合うように思われてならない。当事者でない者が、苦境のただなかにいる他者にどこまで寄り添うことができるのか。虚構と現実を織り交ぜながら、ヘミングウェイはこの問いを投げかけている。「橋のたもとの老人」には、困難を乗り越えようとするたくましさを備えた老人ではなく、孤独で脆弱な老人の姿に「老い」が持つ可能性を見出そうとする作者の姿勢が窺える。フィクションとリアリティが混淆するこのテクストは、一九三〇年代のアメリカの読者だけではなく、今日の日本で暮らす読者にとっても、他者の喪失感、分かちがたい傷みへの想像力を引き出す、重要な作品であると言えるだろう。

注

［1］『怒りの葡萄』では、若者を中心とした家族がダスト・ボウルによる飢饉のためにカリフォルニアへ移動していく様子が語られている。ディヴィッド・エルドリッジによれば、この頃スタインベックは「集団の理論（a theory of "group man"）」を確立しており、三〇年代のドキュメンタリー文学における集団と個について考えるとき、ヘミングウェイとスタインベックの文学観には大きな違いがあったと言える（Eldridge 42）。

［2］たとえばデブラ・モデルモグは、「キリマンジャロの雪」と「フランシス・マカンバーの短い幸福な生涯」は反帝国主義的に解釈できるとはいえ、ヘミングウェイは白人に都合のよい場所としてアフリカを描いているため、そこに帝国主義的な芸術表現があると指摘している。

［3］そのほかに、文学におけるセンチメンタリズムと商業性の関係をジェンダーの観点から検証するアン・ダグラスは、「感傷主義は経済秩序の避けがたい正当化をもたらした」と論じている（Douglas 12）。

［4］ヘミングウェイと猫の詳細な分析は、今村楯夫『ヘミングウェイと猫と女たち』（新潮社、一九九〇年）を参照されたい。また、カーリーン・フレデリッカ・ブレネンは、伝記的観点からヘミングウェイと猫の関係を詳しく検証している。

参考文献

Brennen, Carlene Fredericka. *Hemingway's Cats*. Sarasota: Pineapple P, 2011.

Defalco, Joseph. *The Hero in Hemingway's Short Stories*. Pittsburgh: U of Pittsburgh P, 1963.

Douglas, Ann. *The Feminization of American Culture*. New York: Alfred A. Knopf, 1977.

Eldridge, David. *American Culture in the 1930s*. Edinburgh: Edinburgh UP, 2008.

Fitzgerald, F. Scott. *The Great Gatsby*. 1925. New York: Scribner's, 2004.

Hemingway, Ernest. *The Complete Short Stories of Ernest Hemingway: The Finca Vigia Edition*. New York: Scribner's, 1987.

———. *A Farewell to Arms*. 1929. New York: Scribner's, 1957.

———. *For Whom the Bell Tolls*. 1940. New York: Scribner's, 1995.

———. *Green Hills of Africa*. New York: Scribner's, 1935.

———. *The Old Man and the Sea*. New York: Scribner's, 1952.

____. *The Sun Also Rises*. 1926. New York: Scribner's, 1970.

____. *To Have and Have Not*. 1937. New York: Scribner's, 1996.

Ivens, Joris, dir. *The Spanish Earth*. Screenplay by Ernest Hemingway and John Dos Passos. Contemporary Historians Inc. 1937. Film.

Kete, Mary Louise. *Sentimental Collaborations: Mourning and Middle-Class Identity in Nineteenth-Century America*. Durham: Duke UP, 1999.

Lambadaridou, E. A. "Ernest Hemingway's Message to Contemporary Man." *Hemingway Review* 9.2 (1990): 146-54.

Moddelmog, Debra. "Re-Placing Africa in 'The Snows of Kilimanjaro': The Intersecting Economics of Capitalist-Imperialism and Hemingway Biography." *New Essays on Hemingway's Short Fiction*. Ed. Paul Smith. Cambridge: Cambridge UP, 1998. 111-36.

Patil, Mallikarjun. "Ernest Hemingway's *The Old Man and the Sea*: An Inspiration to the New Millennium." *Modern American Literature*. Ed. Rajeshwar Mittapalli and Claudia Gorlier. New Delhi: Atlantic, 2001. 43-50.

Portales, Marco. *Youth and Age in American Literature: The Rhetoric of Old Men in the Mathers, Franklin, Adams, Cooper, Hawthorne, Melville, and James*. New York: Peter Lang, 1989.

Steinbeck, John. *The Grapes of Wrath*. 1939. New York: Penguin, 2006.

Stott, William. *Documentary Expression and Thirties America*. Chicago: U of Chicago P, 1973.

Watson, William Braasch. "'Old Man at the Bridge': The Making of a Short Story." *Hemingway Review* 7.2 (1988): 152-65.

____. "Hemingway's Spanish Civil War Dispatches." *Hemingway Review* 7.2 (1988): 9-42.

Young, William H. and Nancy K. Young. *The 1930s*. Westport: Greenwood P, 2002.

今村楯夫『ヘミングウェイと猫と女たち』（新潮社、一九九〇年）

長谷川裕一「「スペイン」を巡る「物語」―― *Ken* と "The Old Man at the Bridge" を中心に」『ヘミングウェイ研究』第八号（二〇〇七年）一七-三三頁

第3部　ヘミングウェイとその他の作家の老人表象

第4章

老人から少年へ
——『老人と海』と「熊」の世界[1]

千葉　義也

1．はじめに

最近、わが国では高齢化社会を反映してか、「老い」に関する出版物がとりわけ目立つ。たとえば、西成彦『ターミナルライフ——終末期の風景』（二〇一一年）や、金澤哲編『アメリカ文学における「老い」の政治学』（二〇一二年）などがそれである。しかし、一方で、わが国のヘミングウェイ研究に目を転じると、「ヘミングウェイと老い」というテーマで論じられたものとなると、これまで全然なかったというわけではないが、決して多くはない。私の記憶に間違いがなければ、佐藤泰正編『文学における老い』（一九九一年）の中の樋口日出雄、次いで一九九九年の谷本千雅子、続いて、二〇一一年、二〇一二年と立て続けに論文を公刊した塚田幸光がいる位のものである。

一九九一年の樋口の論文は「ヘミングウェイと老人――『老人と海』を中心に」というもので、『老人と海』の老人を断片的に論じたものであるし、一九九九年の谷本の論文は「『老人』と『海』の危険な関係――エイジング／コロニアリズム／ジェンダー」と題されたもので、『老人と海』を「老い」のテーマと文体の叙情性との関係から論じたものである。また、二〇一一年の塚田の論文は「ライティング・ブラインドネス――ヘミングウェイと『老い』の詩学」と題するもので、「ヘミングウェイの最晩年、一九五七年に発表された二つの『盲目』の物語、『盲導犬としてではなく』と『世慣れた男』に焦点を当て」たものであるし、最近出版された二〇一二年の同氏のものは、先に述べた金澤編に収録された「『老い』の／と政治学――冷戦、カリブ、『老人と海』」というもので、ここでは、『老人と海』における政治と文化の交差を見」ている。

さて、わが国には、『老人と海』と「熊」を別々だが、詳しく論じたものに、元田脩一『エデンの探求――アメリカ小説の一特質』（一九六三年）と大橋健三郎『荒野と文明――二十世紀アメリカ小説の世界』（一九六五年）という二冊の優れた先行研究がある。したがって、ここに及んで、それらに新しいことを付け加える余地はもうないのかもしれない。しかし、本稿では、なるべく二番煎じにならないよう、ヘミングウェイの、あくまでも作品に表れた老人ということに絞って、『老人と海』のサンチャゴ老人と、同時代の作家フォークナーの『大森林』の中の一編、「熊」に表れた老人サム・ファーザーズの類似点等を挙げながら、これら二人の老人たちが、やはりこの物語に登場する少年たちに果たした役割を中心に、私なりに比較検討を行ってみる。というのも、私は、老人には少年に果たすべき役割があるのは当然だなどとは決して思っていないし、なによりも、同時代のアメリカに、老人と少年のことを作品にしっかりと描いていた二人の文豪がいたというところに興味をそそられるからである。できたら、そこから、二人の文学の本質の一端を覗いてみたい。

2. 類似した狩猟物語

ヘミングウェイは『老人と海』の中で、フォークナーは「熊」の中で、それぞれ、マーリン釣りと熊狩りという狩猟物語を描いている。しかも、両作品には、前述したように、老人と子供が登場してきて、それがよく似ている。当然ながら、『老人と海』の場合はサンチャゴ老人とマノーリン少年であるし、また、「熊」の場合はサム老人と、アイザック（アイク）・マッキャスリン少年である。似ていると言えば、もうひとつ、両作品とも獲物が信じられないほど巨大だということである。当然だが、この点では、メルヴィルの『白鯨』を思い出させるものがあると言っていい。

ほぼ同時代にあって、人間の未来を堅く信じていたアメリカの作家に、T・S・エリオットとジョン・スタインベックがいる。しかし、この二人を除けば、おそらくヘミングウェイとフォークナーがこれに該当する最も偉大な作家たちと言っていいのではなかろうか。彼らは、とりわけ、両作品において、たしかに一時的に打ちのめされた（*The Old Man and the Sea* 112　以降、同書からの引用は *OMS* と略記）人間を描いている。しかし、私はそれよりも二人の文豪たちは、むしろ、そこから、はい上がろうとした人間を描いていたのではないのだろうかと思う。

フォークナーは、一九五〇年、ノーベル賞受賞演説で、「私は信じます。人間は単に耐え忍んでいくばかりではなく、勝利を占めるであろうということを。人間が不滅であるのは……彼が魂を持ち、憐れみと犠牲と忍耐に耐えうる精神を持っているからなのであります」(Jelliffe 204-206) と述べた。一方、一九五四年、ヘミングウェイへのノーベル賞授与演説で、スウェーデン・アカデミーのエステルリング常任理事は、ヘミングウェイの『老人と海』を、やはり、『白鯨』と並べ、「到達した主題——人間の耐え抜く能力、また必要があれば、少なくとも不可能に挑む能力という主題は同一です」(エステルリング一二) と賞賛した。つまり、奇しくも二人の文豪が共通に到達した、人間の耐え抜く能力、もしくは耐えうる精神、言い換えれば、人間の未来を強く信じる態度は、なにもフォークナー、ヘミングウェイという両作家の両作品のみならず、二人の全作品を貫く根幹であるとさえ言い切ってもいいのではなかろうか。

3．慕われる老人

ここで、少年たちを見ていくと、『老人と海』のマノーリン少年はヘミングウェイの読者なら、『ニック・アダムズ物語』の中のニコラス（ニック）・アダムズ少年を思い起こさせずにはおかない。というのも、マノーリン少年もニック少年同様、純粋無垢なところがあるからである。作品にはマノーリン少年の両親は実際には出てはこない。しかし、老人が「サラオ」(*OMS* 9)、つまり、八十四日間不漁という最悪の状態に落ち入った際、「これからあの老人に付いていってはいけない」(10)と自分の父親が言ったということを少年がサンチャゴ老人に告げる時、私たちはこの少年に父親がいることを知らされる。したがって、厳密に言えばマノーリン少年は孤児ではない。しかし、少年の父親は彼の心を引きつける何ものをも持っていないのである。

マノーリン少年はサンチャゴ老人に、自分の父親のことを、「親父には信念がない」(10)と言うのである。つまり、父親よりも勇気と忍耐を持った信念の老人サンチャゴを慕うマノーリン少年は、フィリップ・ヤングが既に指摘しているように、いわば、父親から逃れた(Young 232)逃亡者なのである。そういえば、マーク・トウェインの『ハックルベリー・フィンの冒険』におけるハック・フィンもダグラスの後家おばさんの元を逃れたその先は、大河の上に漂う筏の上であった。つまり、ヘミングウェイのマノーリン少年にしてもニック少年にしても、元はと言えば、このハック少年に繋がるアメリカ文学特有の放浪少年の姿を彷彿とさせる(Young 232)と言っていいのである。

4．若かりし頃の夢をみる老人

次に、老人たちに目を転じると、ヘミングウェイはサンチャゴ老人のことを、次のように描いている。

老人の四肢はやせこけ、項には深い皺が刻みこまれていた。熱帯の海が反射する太陽の熱で、老人の頬には皮膚癌をおもわせる褐色のしみができ、それが顔の両側にずっと下の方まで点々とひろがっている。両手にはところどころ深い傷痕が見える…この男に関するかぎり、なにもかも古かった。ただ眼だけは別で、それは海と同じ色をたたえ、明るくて、不屈の光を放っていた。（*OMS* 9-10）

ここには、サンチャゴ老人の姿が見事に表現されている。彼はほかの漁師仲間からさえも「笑いものにされる」（三）、いってみれば、社会から疎外された人間なのである。したがって、老人は少年とは別の意味で孤独であって、もし、社会と結ばれているところがあるとすれば、元田脩一も『エデンの探求』の中で指摘しているように、「マノーリン少年によってわずかに……結ばれているにすぎない」（元田一八〇）。今は妻も子供も親戚もいない孤独な老人サンチャゴをヘミングウェイはまた次のようにも書いている。

かつてはその壁に、死んだ妻のぼやけた写真が掛かっていたが、老人はそれをとりはずしてしまった。見るにたえぬ寂寥の思いに襲われるのを恐れたからだ。いま、それは片隅の棚に置いてあり、洗ったシャツの下になっている。（*OMS* 16）

しかし、老人が愛情を抱いているのは、死んだ妻に対してだけではない。空を飛ぶ小鳥に対してさえ（54, 55）、また、これから殺さねばならない大魚マーリンに対してさえ（54, 59）、その愛情の気持ちに変わりはない。そういえば、「熊」の老人サムも、愛し、尊敬するオールド・ベンを殺さねばならない運命にあった。ここには、磯田光一の言葉を借りれば、「二重性」（磯田　一七二）というテーマが見られるのであるし、両作品の類似性というものもまぎれもなく存在すると言っていいのである。老人は、自分も認めているように、「一風変わった年寄り」（*OMS* 14）で、よく「アフリカの夢を見る」（24）。というのも、おそらく、若かりし頃、「アフリカ通いの横帆船の水夫をやっていた」（22）頃のことを思い出すからなのであろう。この老人の見るアフリカの夢に、幾度となく出てくるものはと言えば、「金色に輝く広々とした砂浜」（24）であり、「ライオンの夢」（25）なのである。ライオンたちは、薄暮のなか、まるで「小猫のように戯れている」（25）。このライオンの夢を、原田敬一は、老人に「活力感を与える」（Harada 271）イメージを読者に喚起させる役目があるのだと指摘しているが、氏の言葉に異論はない。特に、作品の最後に出てくるライオンの夢（*OMS* 127）は単なるやすらぎではないはずだ。というのも、一時的に、鮫によって打ちのめされたサンチャゴ老人の姿を私たちは認めたとしても、長時間、そうした状態のままでいる老人の姿を認めることは出来ないのであるから。ライオンの夢はこのことを明瞭に語っているといいのである。

5. 信念のある老人

「むかしの人々」で、フォークナーが書いているように、アイザック・マッキャスリン少年に両親はいない。文字通り、孤児である（*Big Woods* 124　以降、同書からの引用は *BW* と略記）。しかし、彼にはマノーリン少年にとっての大海同様、純粋に惹かれる大森林があり、老人サムがいるのである。ここにアイク少年の逃亡が企てられる。アイク少年は、野営キャンプをたたんで、全員が帰るという時に、父親代わりのいとこに向かって断固たる態度をとる。「ぼくは帰りません……だめ、ぼくはここにいます」(74)と。ここには、繰り返すが、アメリカ文学における少年たちの逃亡の図式が浮き彫りになる。先ほどの、フィリップ・ヤング（Young 230）はもちろんだが、最近では、安井信子が指摘しているように、アメリカ文学の作品の主人公たちに家はない。それは、「わが家のイメージが希薄」（安井 八五）な、『老人と海』を始めとするヘミングウェイの作品にとりわけ言えることなのだが、ハック少年やアイク少年にも当てはまる。家を離れ、規則づくめのむさくるしい社会からあえて逃れようとする少年たちの頭にあるものは、大自然であり、老人たちなのである。

サンチャゴ老人が漁師ならサム老人は猟師である。サムはチカソー・インディアンの酋長の血をひく黒人で、かつてキャロザーズ・マッキャスリンという大農場主の奴隷だった。元田脩一は、「熊」の中で、「彼［サム］は父方のインディアンから大自然に生きるための技と知恵を受け継ぎ、母方のニグロから『苦難を通して、謙虚さを学び、苦難を生きのびる忍耐を通して誇りを知った民族の連綿とした歴史』を継承した森の聖者である」（元田 一七二）と述べている。この聖者を、少年アイザックは、「彼は年をとった人だ。あの人には子供もなければ世間もない……」(*BW* 36) とあとで回想している。サムが森の聖者なら、サンチャゴは海の聖者であると言えよう。そして、家を離れた少年たちにとって、これらの聖者たちは陰ながら彼らの精神的支えとなっているのである。

6. 精神的父親としての老人

マノーリン少年やアイク少年にとって、これら大自然に生きる老人たちは、フォークナーの言葉を借りれば、少年たちの「師匠」（*BW* 31）であり、「精神的父親」（92）だったのである。二人の少年たちはこれら精神的父親から、釣りや狩猟の仕方ばかりか、大自然に生きる行動のおきてなるものを教えられているのである。老人たちの教えは厳しいが、老人たちに接する少年たちの気持ちはすこぶる優しい。とりわけ、マノーリン少年のサンチャゴ老人に対する態度は献身的とさえ言える。老人の小屋に夕飯を運んだり（*OMS* 19）、ある時は、行きつけのテラス軒で、老人のために熱いコーヒーを頼んだりする（123）。時には毛布をかけたり（18）、ある時には老人の打ちのめされた姿に涙を流す（122）。マノーリン少年は老人が好きなのである。だから、自分の父親を離れ、こうして老人に尽すのである。一方、マノーリン少年をサンチャゴ老人もとりわけ好きなのである。佐木隆三は『老人と海』を「友情物語」とみなしているが、じつはその理由もこうしたところにあるのである（佐木 一七二）。

だから、大魚マーリンとの闘いが苦しい時に、サンチャゴ老人はじつに八度も大声をあげて叫ぶ。「あの子がついていてくれたらなあ」（45, 48, 50, 51, 56, 83）と。この言葉をどう解釈すべきだろう。もちろん、老人はこの勇ましい姿を一目マノーリン少年に見せてやりたかったはずだ。それは事実である。しかし、この場面での老人はそうではないだろう。ここでの老人は心から少年に助けを求めているのである。というのも、ヘミングウェイは『持つと持たぬと』以来、「人間は一人では何もできない。一人では。」（*To Have and Have Not* 225）ということを信じてきているのであるから。

老人はやっとのおもいで大魚マーリンを捕らえ、小舟の舷側にくくり付けて帰る。しかし、その途中、今度は鮫の襲撃に遭遇する。「いいことってものは長続きしないものなんだ」(*OMS* 101) と老人は思うが、次の瞬間、老人は、私は好きでよく引用するのだが、「だけど、人間は負けるようには造られてはいないんだ……そりゃ、人間は破壊されることはあっても、打ち負かされることはないんだ」(103) と叫ぶ。この考えをサンチャゴ老人から徹底的に教えられ、体験させられ、成長するのがマノーリンという少年なのである。ここにはまさしく老人から少年への継承が見られると言っていいのである。

したがって、つぎつぎ襲う鮫との闘いに、老人はたしかに打ちのめされていたとしても、私たち読者には、明日もまた漁に出るぞ、という希望を抱いた老人の姿の方を強く感じないわけにはいかないのである。それは、先ほども触れた「ライオンの夢」などにも明瞭に語られていると言っていいのだが、なにはともあれ、「希望を捨てるなんてばかな話だ」(104) とつぶやく老人の言葉そのものに、その答えがはっきりと打ち出されてはいないだろうか。そして、「かたわらにじっと座って老人を見つめている」(127) マノーリン少年は、この老人から、先ほどの教訓をしっかりとたたき込まれているのである。

7．生き方を体験させる老人

フォークナーは、いま述べたように、『大森林』の「熊」の第四章で、「アイク少年を育てた精神的父親がいるとすれば、老人サム」(*BW* 92) なのであり、アイク少年を育てた母親がいるとすれば、「死滅することのない大自然」(92) なのであるとはっきりと述べている。しかし、このことは『老人と海』

のマノーリン少年とサンチャゴ老人の場合にも全く同様のことが言えるのではなかろうか。つまり、マノーリン少年を育てた父親がいるとすれば、精神的父親であるサンチャゴ老人であるし、マノーリン少年を育てた母親がいるとすれば、カリブの海にほかならないからである。このことは作者が海に女性の定冠詞を付けて「ラ・メール」（*OMS* 29）と呼んでいるところにも私はしっかりと語られているような気がする。

フォークナーは「熊」の第一章で、サムに師事するアイク少年を、「はじめに、少年が狩のまねごとを覚えて兎などを追った時もサムが横に座っていたものだが、いまも少年は大自然での猟の修行をサムと二人で始めるのだった」（*BW* 15）と書いている。私には、サム老人もサンチャゴ老人同様、少年に狩猟を通して行動のおきてばかりか、その土地でのしっかりとした生き方を体験させているように思われてならない。しかし、サム老人の場合は、カリブの海を舞台とするサンチャゴ老人と違って、アメリカの南部という長い歴史を持つ土地を通して行われているということなのである。

長い南部の歴史を見事に語っているものがあるとすれば、大森林にほかならないわけなのだが、この広大な「大森林」（14）へアイク少年は「オールド・ベン」（11）と名付けられた、「荒野の神」（Utley 172）とさえ言える巨大な熊を撃つために出かけて行くことになる。いや、撃つためというよりはむしろ「出会うため」（*BW* 14）と言ったほうがいいのかもしれない。ところが、少年はなかなか大熊に遭遇することができない。そんなアイク少年に、老人は「銃のせいだよ」（27）と教える。しかし、銃のみを捨てただけでは熊に遭遇するのには十分ではなかった。引き続き、アイク少年は今度は自ら、「磁石と時計を置いて」（29）出かけて行くことになるのだが、ここには、「サム老人から受けた教えと訓練」

(29) がしっかりと受け継がれている。

8. 原始的武器を頼りにする老人たち

フォークナーは「銃」、「磁石」、「時計」といったいわば機械を、文明の利器ととらえていて、そうした機械をかなぐり捨て (*BW* 27, 29)、人も熊と平等の立場に立たなければ森の神聖な主であるオールド・ベンを撃つどころか、出会う資格さえもないと考えているのである。このことは、「鮫の肝臓」(*OMS* 29-30) で儲けた若い漁師連中が、うきの代わりに、「ブイ」(26) を使ったり、また、「エンジン付きのモーターボート」(26) で魚を追い回したりしているのに対して、サンチャゴ老人の乗る舟は、「手漕ぎの小さな小舟」(10) であったりするのと非常によく似ている。さらに、サンチャゴ老人の乗る小舟には、「ラジオ」(37) もなければ、「磁石」(97) もない。もしそうでなければ、大魚マーリンを釣り上げるどころか、遭遇する資格さえもないと作者、ヘミングウェイ自身も考えているように思われる。老人は、迫り来る獰猛な鮫の襲撃の時ですら、「銛とナイフを取り付けたオール」(108) といった、いわば粗末な原始的武器しか使わない。ここには、文明の利器を嫌い、あえて、原始的武器に頼る両作家の共通点がしっかりと打ち出されているように思う。

なお、こうした考えは、老いた熊のオールド・ベンを殺すことを余儀なくされた時にも窺える。つまり、熊のオールド・ベンは、ライオンという野犬 (*BW* 65) とブーンという半野人 (66) のナイフによって殺されるのだが、それとともにライオンは死に、サム老人も何故か「不思議な運命で」(大橋 一二)

この世を去るという事態になる（*BW* 79）。つまり、ここには、滅びゆく運命にある荒野ではあるけれども、直接文明人の手によって殺されたのではないということが暗に語られていて、誠に興味深い。たしかに、ベンが象徴する荒野は、大橋健三郎も指摘するように、「死んだ。だが、『荒野』はむざむざと『文明』に殺戮されたのではなく、いわばみずからその生命を断つことによって、その精神を力強く保留した」（大橋 二〇-二一）と言えるのである。だから、サム老人は死んだのではない。少なくとも、老人の意志は少年にしっかりと受け継がれているのであるし。

9．材木列車が語る運命

「熊」の中に見られる文明の利器はなにもいま述べた「銃」、「磁石」、「時計」といった小さな物ばかりではない。荒野の入り口に「積み重ねられた鉄道レール」（*BW* 83）にしても、「クレオソートの臭う枕木の山」（83）にしても、すべてが文明の産物ではないか。しかし、それらにもまして、極め付けは、これまた、「熊」の第四章で、原始的姿を残す荒野の中へ吸い込まれるように消えてゆく、「材木列車」（85）ではなかろうか。それは古い大森林を持つ南部という土地が崩壊していく運命にあることを象徴的に語っていると言っていい。アイク少年は昔の荒野を次のように回想している。

> 列車はまだ狩の邪魔にはならなかったのだ。野営地にはいると、たしかに材木列車の通る音は聞こえたが、それも時おり耳に入るという程度であり、誰にも気にならなかった。たとえば列車の入ってゆくのが

聞こえたが、それは軽く早く走っていったのであり、レールの立てる音は軽かったし豆機関車の排気音や汽笛はピーナッツ煎り器の立てる程度で、それもほんの短いあいだだから、たちまちこの沈鬱な広大な森の中へこだまも残さず吸い込まれてしまう。（*BW* 85、傍点筆者）

フォークナーはまた、同じ第四章の別の箇所では、「一度は、傷の全くない牡鹿が森を飛びだして鉄道線路のある土手を駆けくだってまた森にとびこんでゆくのを見た」（86）と書いている。両箇所ともなんとのどかな光景であろう。しかし、作者はすぐに、「だが、いまは違っていた。」（86）と付け加えることを忘れない。ここには、先ほども触れた文明の利器はもちろんだが、レオ・マークスが主張する『楽園と機械文明』のテーマが鮮明に語られている。しかし、アメリカ文学作品には、もとより、あらゆる蒸気船や蒸気機関車も含めた「機械の不吉な音は……絶えず鳴り響いていた」（Marx 15-16）のである。それは、機械というより、もっと大きく鉄道と言ってしまった方がいいのかもしれない。『老人と海』にこそ出てはこないが、ヘミングウェイも、とりわけ初期の作品において、拙論でも指摘したことがあるように、こうしたテーマを持つ鉄道を見事に描いていた。ともあれ、フォークナーの描く原始的大森林は、こうして、徐々にだが、確実に消滅していったのである。

10. 人間の不滅と勝利

『老人と海』の終わりの方に、テラス軒に立ち寄った観光客の中の一人の女性が、海面に揺れている、サンチャゴ老人が持ち帰った「大きな尻尾をつけた白い巨大な背骨」(*OMS* 126) を見て、「あれ、何かしら?」(126) と給仕の一人に尋ねる場面がある。給仕は「一生懸命、事の顛末を説明しようとする」(127) が、女性には真相は伝わらない。この場面を、西尾巌は、「(ヘミングウェイは) 一般大衆の愚かしい姿を象徴的に描いている」(西尾 三〇九) と説明しているが、このことは「熊」の第三章の終わりの方で、死んだ大熊を「空き地に見に行って」(*BW* 72)「立ち去って」(72) 帰る、町の製材会社で働く男たちを含めた住民たち (73) にもほぼ同様のことが言えるのではなかろうか。つまり、野次馬のような女性を始めとする文明社会に生きる観光客や、町の製材会社で働く男性連中にとって、当の老人たちがどうなったのかなどといった心配などいっさい関係ないのである。ただ、少年たちだけが、心から老人たちのことを気にかけているのである。

サンチャゴ老人はせっかく苦労して釣った大魚マーリンを鮫に食われ、守ることが出来なかったし、サム老人も結局は守るべき大熊のベンを死なせてしまう。したがって、二人の老人は、この意味で、お互いに、ヘミングウェイの言葉を借りれば、打ちのめされた状態を経験していることは間違いない。だが、ここで、フォークナーの言葉を持ち出せば、「詩人、作家というものは…人間が耐え忍んでいく支えとなることを書くことが義務であり、特権である」(Jelliffe 206) のである。この考えは、もちろん、ここで見てきた「熊」の中に鮮明に表れていると断言していいのだが、このことは、ヘミングウェイの『老人と海』にも、また、見事に当てはまると言っていいのではなかろうか。

11. ヘミングウェイが描くそのほかの老人たち

ヘミングウェイの作品に描かれた老人といったら、それほど多くはないが、それでも、『老人と海』のサンチャゴ老人だけが唯一の老人というわけではない。すぐに思い浮かぶ、老人が出てくる短編といったら、「清潔で明るい場所」と「橋のたもとの老人」の二作品位のものではなかろうか。『河を渡って木立の中へ』という長編もあるにはあるが、五十才のリチャード・キャントウェル大佐をこうした老人たちの仲間に入れるのには無理がある。

「清潔で明るい場所」の老人は、カフェで毎晩、深夜まで飲む八十才位の、自殺に失敗した、妻のいない、飲兵衛である。しかし、それでも、帰る時はなにか「威厳を保って」(*The Complete Short Stories of Ernest Hemingway* 290) いるようにも見える。また、スペイン内乱中に書かれたとされる「橋のたもとの老人」は、動物の世話をしていて、町を出るのが遅くなってしまったと語る七十七歳の、これまた、身寄りのない老人である。この二人に共通するところがあるとすれば、妻がいなく、孤独で頑固という位のものではなかろうか。

もちろん、サンチャゴ老人とて、妻に先立たれ、孤独で頑固という点においてはこの二人の老人にひけをとらない。だが、これらの老人たちと明らかに違って、しかも大事なところは、サンチャゴ老人には信念というものがあり、しかも、それゆえに慕ってくる少年がいるというところなのである。二人の作家は、間違いなく、ただ単にこれらの作品にこうした老人を描いているのではないはずだ。しかも、同時代にあって、アメリカの二大巨匠たちがこのような物語を、別々に、しかも見事に描き、人間の未来を語っていたというところは、今更ながら、注目に値する。このことに関して、渡辺利雄は、「(アメリカの）五〇年代……人びとは豊かな生活を享受し、そうした中で、文学者も人間の未来に対する肯定的なメッセージを伝える予言者的な役割を期待されていたのではないか」（渡辺 二九九）と推測しているが、私はそれと同時に、裏には、やはり、極度に発達した文明社会に幻滅したロスト・ジェネレーションといわれる作家たちの脱却の姿勢が厳然としてあるような気がしてならないのだ。

12. おわりに

大著『アメリカ合衆国文学史』で有名なロバート・E・スピラーは、その副産物である『アメリカ文学の展開』の中で、ヘミングウェイについて次のように述べている。

> 生きようとする意志がそこにあったのである。そして、その向こうに、のちに、フォークナーがノーベル賞受賞演説で大胆に主張したように、打ち勝とうとする意志があったのである。この基礎の上に、［ヘミングウェイの］芸術は打ち建てられたのである……ヘミングウェイの作品の主人公たちは、いよいよという時になって、死を迎える覚悟があるにもかかわらず、決して自殺をしないのである。(Spiller 202)

この指摘は『老人と海』のみばかりか、ヘミングウェイの作品全体を見事に言い当てている。

一九五四年、ヘミングウェイの作品は、芸術度、完成度の高さから絶賛され、特に、『老人と海』において確立された、力強い文体の完成」（ストレムベリィ 七）にノーベル文学賞が贈られたのであった。ヘミングウェイはこれを受けて行われたノーベル賞受賞演説には、健康上の理由で欠席せざるをえなかったが、「すぐれた作家というものは、日ごと永遠に、もしくはその不在というものに立ち向かわねばならないのです」（Bruccoli 196）とアメリカ大使に代読させた。ということは、裏返せば、『老人と海』という作品こそ、永遠というものに立ち向かった結果として、出来上がった作品なのだということになる。ヘミングウェイにとって、永遠性があるか、ないかということは、今村楯夫『ヘミングウェイの言葉』によれば、「『真実の一文』……それを［人々の］心に永遠に刻む」（今村 一七六）という意味なのである。ちなみに、「真実の一文」とは、カーロス・ベイカーの『ヘミングウェイ伝』によると、「見たものだけ、それ以上でも以下でもいけない。伝えたいと思う情緒は、報告された事実から自ずから透けてくる」（Baker 84）というものなのである。だから、こうした文章を作り出すためには、『午後の死』の中でもヘミングウェイは言っているように、「眼を閉じていては不可能」（*Death in the Afternoon* 3）なのである。

ここで取り上げ、考察してきた両作品とも、改めて読んでみて気がつくのだが、謎が多い。ヘミングウェイは『老人と海』に関して、「偉大な作品は解剖することのできない『謎』を含んでおり、永遠の価値を持っているのです」（Baker 503）と述べているが、この謎については、野間正二「ヘミングウェイの『老人と海』を謎を手がかりに読む」（二〇一一年）が詳しいので、そちらに譲ることにする。しかし、「熊」の場合でも、本論で述べた以外に、例えば、デイヴィッド・ティムズも指摘しているように、「なぜ、アイク少年は熊を撃たなかったのだろうか」（Timms 163）とか、「いったい誰がサム老人を撃ったのだろうか」といったような謎が残されている。本稿では、二作品の、特に老人と少年の関係に中心を置き、検討を加えながら、最終的に二人の文学の本質の一端に触れてみた。

注

［1］本稿は、二〇一二年五月十二日、熊本大学（黒髪北キャンパス）で開催された九州アメリカ文学会第五十八回大会の「ヘミングウェイと老い」と題するシンポジウムの席で読み上げた原稿、「サンチャゴ老人とマノーリン少年――「熊」との関係から」に加筆修正を施したものである。なお、引用部分の邦訳は『老人と海』を福田恆存訳（新潮社、二〇〇三年）、「熊」を加島祥造訳（岩波書店、二〇〇〇年）に主に依ったが、適宜変更を加えたものである。また、二つの異なったテキストを持つ「熊」には、「狩猟物語」として読むために、『行け、モーセ』に収められたものではなく、『大森林』に収められたものの方を使用したことを記しておく。

参考文献

Baker, Carlos. *Ernest Hemingway: A Life Story*. New York: Scribner's, 1969.
Bruccoli, Matthew J. *Conversations with Ernest Hemingway*. Jackson: UP of Mississippi, 1986.
Faulkner, William. *Big Woods*. New York: Random House, 1955.
Harada, Keiichi. "The Marlin and the Shark: A Note on *The Old Man and the Sea*." *Hemingway and His Critics*. Ed. Carlos Baker. New York: Hill and Wang, 1961.

Hemingway, Ernest. *The Complete Short Stories of Ernest Hemingway: The Finca Vigia Edition*. New York: Collier, 1987.
———. *Death in the Afternoon*. New York: Scribner's, 1932.
———. *To Have and Have Not*. New York: Scribner's, 1937.
———. *The Nick Adams Stories*. New York: Scribner's, 1972.
———. *The Old Man and the Sea*. New York: Scribner's, 1952.
Jelliffe, Robert A., ed. *Faulkner at Nagano*. Tokyo: Kenkyusha, 1956.
Marx, Leo. *The Machine in the Garden: Technology and the Pastoral Ideal in America*. New York: Oxford UP, 1964.
Melville, Herman. *Moby-Dick*. New York: Norton, 1967.
Spiller, Robert E. *The Cycle of American Literature: An Essay in Historical Criticism*. New York: Free Press, 1955.
Timms, David. "Contrasts in Form: Hemingway's *The Old Man and the Sea* and Faulkner's 'The Bear.'" *Ernest Hemingway's The Old Man and the Sea: Modern Critical Interpretations*. Ed. Harold Bloom. Philadelphia: Chelsea House, 1999.
Twain, Mark. *Adventures of Huckleberry Finn*. Berkeley: U. of California P, 2003.
Utley, Francis Lee, Lynn Z. Bloom, and Arthur F. Kinney, eds. *Bear, Man & God: Eight Approaches to William Faulkner's "The Bear*," New York: Random House, 1971.
Young, Philip. *Ernest Hemingway*. New York: Rinehart, 1952.
磯田光一「『老人と海』」『二十世紀英米文学案内　一五　ヘミングウェイ』佐伯彰一編（研究社、一九六六年）一六〇-七二頁
今村楯夫『ヘミングウェイの言葉』（新潮社、二〇〇五年）
エステルリング、アンダーシュ「ヘミングウェイに対するノーベル文学賞授与に際しての歓迎演説」『ノーベル賞文学全集　一二』佐伯彰一訳（主婦の友社、一九七〇年）九-一一頁
大橋健三郎『荒野と文明——二十世紀アメリカ小説の世界』（研究社、一九六五年）
佐木隆三「今こそ、友情物語を」『十七歳のための読書案内』筑摩書房編集部編（筑摩書房、二〇〇七年）一七五-

七八頁
ストレムベリィ、シェル「アーネスト・ヘミングウェイに対するノーベル文学賞授与の選考経過」『ノーベル賞文学全集 一二』石一郎、竹村猛訳（主婦の友社、一九七〇年）六-九頁
谷本千雅子「『老人』と『海』の危険な関係――エイジング／コロニアリズム／ジェンダー」『フィクションの諸相――松山信直先生古希記念論文集』南井正廣編著（英宝社、一九九九年）一九五-二一五頁
千葉義也「ヘミングウェイの作品が語るオジブウェイ・インディアンたちの暮し――アメリカ文化を垣間見ながら」『アーネスト・ヘミングウェイ――二十一世紀から読む作家の地平』日本ヘミングウェイ協会編（臨川書店、二〇一一年）一三九-五六頁
塚田幸光「ライティング・ブラインドネス――ヘミングウェイと『老い』の詩学」『アーネスト・ヘミングウェイ――二十一世紀から読む作家の地平』日本ヘミングウェイ協会編（臨川書店、二〇一一年）三一八-三二頁
――「『老い』の／と政治学――冷戦、カリブ、『老人と海』」『アメリカ文学における「老い」の政治学』金澤哲編著（松籟社、二〇一二年）一五五-七五頁
西成彦『ターミナルライフ――終末期の風景』（作品社、二〇一一年）
西尾巌『ヘミングウェイ小説の構図』（研究社、一九九二年）
野間正二『小説の読み方／論文の書き方』（昭和堂、二〇一一年）
樋口日出雄「ヘミングウェイと老人――『老人と海』を中心に」『文学における老い』佐藤泰正編（笠間書院、一九九一年）一三七-五〇頁
元田脩一『エデンの探求――アメリカ小説の一特質』（開文社、一九六三年）
――「熊」『二十世紀英米文学案内 一六 フォークナー』西川正身編（研究社、一九六六年）一七一-八四頁
安井信子『荒野と家――アメリカ文学と自然』（青簡舎、二〇一一年）
渡辺利雄『講義アメリカ文学史〔全三巻〕――東京大学文学部英文科講義録第二巻』（研究社、二〇〇七年）

第5章

フィッツジェラルドから見たヘミングウェイ文学の「老い」

――『日はまた昇る』から『老人と海』へ

上西　哲雄

1. フィッツジェラルドとどう比較するか

アーネスト・ヘミングウェイの文学のテーマと言えば、真っ先に死を思い浮かべるというのが一般的な反応ではないか。戦争や闘牛がデビュー当時から長い間彼にとって重要な題材であり、個々の作品の中でも死が直接にも間接にも様々な形で扱われていることは否めない。従って、ヘミングウェイ文学を老いという観点から考える際に、死との関連で検討しようとするのは、ごく自然なことである。

しかし一方で、人が老いを意識するのが死を意識する時ばかりとは限らないのも、否定することはできまい。若者や壮年がそれぞれの年代に固有のものとされる心的な状態を失う時、それを生の衰えと見て「老けた」とするにせよ、成熟と見て「老成した」とするにせよ、その変化は「老いる」方向に向かっているとみなされる。逆に生理的な年齢を重ねても、「若い」あるいは「未熟」と言われることもある。老いは人生の春秋の中で、年齢と関係なくやってくる。『老人と海』のサンチャゴ老人は、「彼は歳をとっている」（*The Old Man and the Sea* 3　以降、同書からの引用は *OMS* と略記）とされるからと言って、老けていると無条件に言っていいのか。生の衰えや成熟という観点から、彼にとって老いはどのような意味があるのか。

以上のような角度からヘミングウェイにとっての老いを検討するために本論では、F・スコット・フィッツジェラルドとの比較を試みる。フィッツジェラルドが同時代、同世代の作家であり、ヘミングウェイと親交のあった作家の中でも特に強く愛憎の交錯する関係を結んでいたことに加えて、以下で詳述するように様々な点で違いが鮮明に表れているため、ヘミングウェイ文学を違った角度から見てみるのには格好の補助線の役割を果たすものと期待するからである。

それにしても、一九四〇年の暮れに四十四歳で亡くなったフィッツジェラルドを、一九六一年に六十二歳の誕生日目前に亡くなったヘミングウェイと、老いを巡って単純に比較することはできない。ヘミングウェイが死を目前にしていた六十歳前後という年齢を、老いとあらゆる意味で無関係だとするのが難しいのと同様、フィッツジェラルドの晩年に当たる四十代半ばが、老いを考えなければならない年齢だとするのにも相当留保が必要だろう。そこで本論では、フィッツジェラルドの視点や価値観からヘミングウェイを検討するという方法をとり、ヘミングウェイ文学における老いの新しい姿を浮き彫りにすることを目指す。

2. フィッツジェラルド文学のテーマ――「仕事」

フィッツジェラルドの文学のテーマとは何だろうか。彼は長編小説を書く余裕を作るために短編小説を書いていると公言して憚らず、自らの文学の柱として長編小説を重視していた。フィッツジェラルドが自らの文学のテーマや手法についてどのように意識していたかを知るには、彼の長編小説をひとまとまりのものとして並べてみるのがてっとり早い。未完も含めて五冊の長編小説を虚心坦懐に眺めてみた時、誰でも気がつくのは、彼の文学のテーマが仕事であること、その扱い方が『偉大なるギャツビー』から大きく変化していることである。

『偉大なるギャツビー』は主人公のギャングという仕事が、愛の成就と破綻という物語の展開を進める上で重要な役割を果たしている。物語は、主人公が愛を獲得するために用意する大邸宅と派手な大パーティーが、主人公の背後にあるギャング・ビジネスによって可能になっていたことが明かされて、ヒロインの心は離れるという構成になっており、仕事が物語を展開する推進役になっている。次の『夜はやさし』は、精神科医と裕福な患者の結婚生活の破綻が物語の軸になっていて、夫婦関係の破綻や主人公の人間的な崩壊が、仕事の失敗と重なり合って展開する。未完で終わる『ラスト・タイクーン』はハリウッドの実力プロデューサーである主人公が、仕事上の難問山積の中で経営陣の間での権力争いにからんで殺人に手を染め、自らも命を落とすという物語になっている。いずれの物語も、様々な点から時代の流れの中で先端を行く主人公達の仕事を細かく調べ上げて、物語展開に効果的に導入するものである。フィッツジェラルドの後期長編小説三作は、仕事が物語の枠組みでありテーマとなっている。

これに対して、最初の二作の長編小説は、気をつけないと仕事が重要であることを見逃しかねない。最初の長編小説『楽園のこちら側』は、資産家の家に生まれた主人公の、幼い頃から大学を卒業して仕事に就いたばかりの頃までの成長の物語である。仕事に就いてからも仕事の描写はほとんど無く、文学についての思索、女性との交際、友人との馬鹿騒ぎなどが脈絡も無く語られる。二作目の『美しく呪われし者』は、主人公が仕事を始めてもおかしくない年齢である二十五歳で物語が始まるが、ほとんど仕事に就くことはなく、文学に耽溺する同好の友人たちとの無軌道な交流が綴られていく。

どちらの場合も、テクストの表面に流れるプロットを追って行くと、仕事とは無関係あるいは仕事には背を向けた主人公の物語になっていて、この仕事に背を向ける姿勢が物語の結末に向かう展開でことさら強調されており無視できない。『楽園のこちら側』の結末は、主人公がヒッチハイクをするエピソードで構成されていて、車に乗せてくれた二人の男性と仕事を巡って議論し、大学を卒業して就職しても仕事を巡る悩みから抜け出しきれない主人公の姿を鮮明に描いている。一方、次の作品『美しく呪われし者』の結末は、働くことなく祖父の遺産を手に入れるべく訴訟を起こした主人公が、困窮にもかかわらず働かないという意志を貫き、最後は遺産を勝ち取るというものである。いずれの主人公とも、あれこれ悩み苦しみながら青春を生き抜いた果てに、仕事をすることに対する疑念あるいは否定に到達する物語となっており、到達点からみると仕事がこの成長物語のテーマと言える。

そうした文脈で読み直してみると、その後の長編小説三作とも主人公は、成功が約束されているかのような時代の先端を行く花形職業に就くにもかかわらず、結末では破綻する物語となっている。フィッツジェラルド文学の柱である長編小説五作で、一貫して彼が追及し続けているテーマは仕事の意義であり、結末はことごとく否定的なものとなっている。[1]

こうした仕事の物語という枠組みは、ヘミングウェイ文学にうまく当てはまるのか。当てはまるとすればどのように描かれているのか。

3. ヘミングウェイ文学と仕事――『日はまた昇る』と『老人と海』

冒頭でも言及したように、ヘミングウェイ文学は戦争や闘牛といった非日常的な場を舞台にした物語が多いが、日々の仕事を描いた物語も少なくない。そんな中にあって、ヘミングウェイ文学を代表していると広く目されている初期の『日はまた昇る』と後期の『老人と海』は、主人公の日々の仕事の描写が多く、本論の議論に適した作品と言える。

『日はまた昇る』は、パリで無軌道な暮らしをするアメリカの若者の生態を生き生きと描いているため、地道に働く庶民の日常生活とはかけ離れた物語のようだが、新聞記者である語り手ジェイク・バーンズの言動を注意深く拾っていくと、謹厳実直に働く姿が浮かび上がる。繰り返し遊びに誘いだそうとする友人達に付き合う彼だが、それは「仕事をしていないように見せるのがこの世界のルールであ」るからであり（*The Sun Also Rises* 19　以降、同書からの引用は *SAR* と略記）、「電報を打たなければ」（20）と言い訳をしながら早々と仕事に戻るすべを身につけている。女性から翌日の遊びの誘いを受けても断わり

(41)、翌朝早くからオフィスの仕事を片付けて、外務省の記者会見に駆けつける (44)。帰りは途中まで記者仲間とタクシーに乗るが、どこかへ一杯やりに行くのではなくて、まじめにオフィスに戻るのである (45)。

一方で、この物語はパリのサラリーマン生活を描いているのではなくて、後半のスペインにおける闘牛こそが核心であるかのような印象を受けるが、語り手にとってスペイン旅行も、仕事中心の生活の中の一服の清涼剤に過ぎないかのようだ。語り手がスペイン旅行を楽しみにしていることは間違いなく、闘牛見物をするパンプローナの街には数年前から夏になると必ず通っている (137) とされているが、そのために仕事を疎かにすることはなく、旅行の直前には残業をして旅行中の仕事を前もって片付けている (75)。闘牛の祭りが終わり、パンプローナに集っていた語り手の友人達が三々五々帰路につく中、語り手はもうしばらくスペインにとどまろうとする。ただそれは気まぐれにではなくて、「もう一週間は帰らなくて良い」(232) と、仕事の余裕の中に事前に組み込まれたものだ。

スペイン旅行があくまで日常生活を補完する休暇でしかないと思わせるのは、先にパリに帰る友人を送りに国境を越えてフランスの小さな町に出た時だ。「フランスを離れるのは嫌だ」、「先の見通しの立たない……スペインにさらに一週間とどまろうとする自分はバカだ」(236-37) とまで言っている。

さらに主人公が、根本的には非日常的なものを抱えているのではなくて、謹厳実直に生きる日常性に染まっていると思わされるのは、休暇が始まったばかりの時、スペインに入ってからパンプローナで闘牛を見る前に、山すその村で釣をする場面だ。友人がまだ寝入っている早朝に起きだした語り手は餌にするミミズを採りに出かけ、ホテルに戻ると、起きだして来た友人に皮肉を込めて律義な準備を感謝される（117-18）。休暇そのものも仕事のように取り組んでしまう語り手の謹厳実直が表れている。仕事は否定されるどころか、何でも仕事のようにまじめに取り組むことが身に染みついているのである。

では、ヘミングウェイがタイトルで主人公が老人であることを明記し、書き出しも「彼は歳をとっている」とした『老人と海』では、仕事に対して否定的に、少なくとも消極的に描かれているかと言えば、そんなことはない。

『老人と海』は『日はまた昇る』に比べると、明らかに仕事の物語そのものである。三カ月近く不漁が続いた漁師が、漁に出て驚くほど大型のまかじきに出会い、格闘の末釣り上げることに成功するものの、帰路鮫などに襲われて肉を次々と食いちぎられ、港に辿りついた時の獲物の姿は骨だけになってしまっていたというものだ。物語はこの間の漁師の言動や心の動きを淡々と語り、漁師という仕事を生き生きと描き出している。

この物語を仕事の物語とした時、フィッツジェラルドの長編群と比較して、仕事に対するスタンスは否定的だろうか肯定的だろうか。二度と出会えないような大型の獲物を獲得することに成功したものの、その獲物を鮫に襲われて骨だけにされてしまうという結末は、仕事としては成果がなく否定的な印象が残る。

しかしその経過を少し丁寧に振り返ってみると、必ずしも否定的とは言い切れない。獲物が骨だけになってしまうのは、獲物を船体に括りつけて海中に放置しながら長時間航海することによって、長い間その身体を鮫に対して無防備に晒すことによる。ただこれには理由があって、獲物が大き過ぎて船に入れると船が沈んでしまうために獲物を船に入れなかったのであり（73）、長時間航海したのは三カ月近く不漁であったため漁場を遠くに移す必要に迫られたため（18）とされており、老人の仕事をする体力や能力の問題とはされていない。むしろ老人がしばしば口にする「運」がついていなかったということになる。しかも、老人は仕事が運に左右されることを自覚しつつ「運がつくに越したことはない。それより自分はきちんとやりたいんだ」（22）と、結果はともかく仕事をきちんとやり遂げたいと考えている。漁の描写を辿る限り、彼は様々な状況の変化に細かく的確に判断して対応しており、成果の如何にかかわらず、彼が目指したように最後まで仕事をきちんとやり遂げたことは間違いない。獲物を持ちかえることができなかったのは、あくまで「運」であって、仕事振りを見る限り職人ならではの的確な判断と技を存分に発揮し、仕事が肯定的に描かれた物語と言える。その仕事振りは、『日はまた昇る』の語り手のそれと同じく、謹厳実直と呼んでも差し支えないもので、仕事はあくまで肯定的に扱われている。

このようにヘミングウェイにも仕事の枠組みは存在するが、フィッツジェラルドとは対照的に、仕事を肯定的に描いていることも明らかだ。フィッツジェラルドと同じような基準で、仕事を巡って老いについて検討することができるのか。そこでこのことを検討する前に、フィッツジェラルド文学では仕事の枠組みにおける老いとはどのようなものかを、より詳しく見てみる。

4. フィッツジェラルドにとっての老い――「崩壊」と「金持の青年」

『エスクァイア』誌の一九三六年二月号、三月号、四月号に掲載されたフィッツジェラルドのエッセイ

「崩壊」、「継ぎ合わせ」、「取り扱い注意」は、三篇でひとまとまりのエッセイを構成していて、全体として自らの精神的な衰えを分析するという内容になっている。細かく見ると、まとまりや辻褄に欠ける内容だが、伝記的な背景を考慮すると、妻ゼルダの病、自らの飲酒癖、莫大な借金に追われて短編小説の執筆に明け暮れ、疲れ果てたフィッツジェラルドの姿が、テクストの裏側に透けて見える。同時代の作家や評論家の間では、その自己憐憫の姿勢に評判が悪かったが、生活を続ける上で様々な事柄に気を配る気力が失せていく自らを冷徹に描いており、作家人生の節目における肉声が表現されていると評価するべきだ。

一九三六年に自覚したこの崩壊を、フィッツジェラルドは「老い」と意識していた節がある。彼はこの崩壊が四十九歳頃に起こると長い間考えてきたとしている（"Crack-Up" 140）。彼に言わせれば、類似の崩壊は十代後半からたびたび経験してきたが、崩壊による絶望に対しては常に希望を持ってバランスを保ちながら生きてきた（"Pasting It Together" 146）、そしてそのバランスは「四十九歳までは大丈夫と思っていた」と言う（"Crack-Up" 140）のである。バランスが崩れる年齢と漠然と彼が考えていた五十歳前後は、二十代、三十代の彼にとっては働き盛りの壮年を過ぎる時、つまりは生の衰える時、老いの始まる時と考えていたのではないか。それが、早くも四十歳を目前に、いま訪れてしまったというのが、この一連のエッセイの趣旨である。そうであるとすれば、彼が五十歳頃に訪れると考えていた老いは、絶望と希望のバランスが絶望の方向に崩れ、老衰へと堕ち始める時に訪れるものということになる。本論冒頭でも言ったように年齢とは無関係に、老いがフィッツジェラルドに訪れたのである。

ではその時の絶望とは何か。バランスをとっている希望と絶望について、ここでは「努力の必要性」

と「努力の空しさ」、あるいは「成功するぞという決心」と「必ず失敗するという確信」というように、労働倫理を想起させる選択肢で説明されている（"Crack-Up" 140）。このバランスが絶望の方に向かって崩れたフィッツジェラルドは、「大人になって、より優れた人間になろうとすることは不幸をもたらす」（"Handle With Care" 153-4）との認識に至ったというのだ。「優れた人間になる」というような高邁な理想に向かって大人が「奮闘努力する」（154）といった、いわゆるピューリタン的謹厳実直な労働観に対する絶望、簡単に言うと「やる気をなくす」ことこそが老いというわけである。

では、こうしたバランスの維持やその崩壊を、フィッツジェラルドはその文学の中でどのように描いているのか。

フィッツジェラルドの長編小説五作を見ると、実は以上のようなバランスを描いていないことに気づく。初期二作においては、仕事をすることに対する疑念あるいは価値の否定がそのまま出ていて、仕事に対しては初めからバランスの針が絶望の極点近くに漂っているか、極点にまで振り切っている。それに対して後期三作においては、花形の職業に就いて奮闘努力した末に仕事の中で破綻するという物語のパタンであるため、登場人物達の仕事に対するバランスの針は、希望の側に振り切ったまま破綻することが前提である。十七年にわたって保っていたとする希望と絶望のバランスは、作家フィッツジェラルド自身の中でのみ機能していたのであって、彼の文学の柱である長編小説には表出していないのだろうか。

ここで注目したいのは、幻の長編小説の存在である。先に紹介したように、フィッツジェラルドは『偉大なるギャツビー』以降、初期の二作のように主人公が仕事の意義そのものを追求する物語から、花形の職業に就いたヒーローが仕事の中で破綻していく物語へと、仕事というテーマの扱い方をシフトする。しかし、実は『偉大なるギャツビー』の出版直後に、思いなおして初期の二作のような追求の仕方で長編を書くことを試みている。後に短編小説「金持の青年」として発表されるものは、『偉大なるギャツビー』の次の長編小説として構想されたものであった[2]。

「金持の青年」は初期二作と同じく働く必要のない金持の青年が主人公であり、仕事の描写もほとんどないが、初期二作とは違って、主人公は仕事に積極的に関わり成功を収めるという設定になっている。物語の結末は、三十歳になった彼が鬱状態に陥り、周囲の勧めがあって長期休暇をとり、ヨーロッパ旅行に旅立つというものである。第一次世界大戦後いち早く証券会社に入社した主人公は、身も心も捧げて働いてあっという間に評価が高まり（"Rich Boy" 15）、勤め始めたばかりの会社の共同経営者に推挙されたばかりか（25）、証券取引所の会員権を手に入れるまでになる（27）。にもかかわらず三十歳頃になって鬱状態に陥り、彼の存在が社内に暗い影を落として、取引の足を引っ張るようになったとされている。この突然の変化の、仕事面での直接の原因は説明されていない。

鬱状態に陥るのが若い頃に恋した女性の死と時期が重なっていること、物語の結末が豪華客船の船上で若い女性に声をかけて少し元気を取り戻して終わる形になっていることから、女性との恋が物語の軸であり、鬱は女性関係に対する絶望とも読める。しかしさらに丁寧に読むと、女性の死は休暇のために船に乗る三日前とされており、もっと前に始まった鬱の直接のきっかけとは言い難い。では何が原因か。

このことを考えるためには、主人公が働く必要のない金持であるということを思い出さなければならない。仕事には熱心に取り組むとは言われているものの仕事をする必要はなく、フィッツジェラルドの後期長編小説三作の主人公達のように、花形の職業で成功しようとする意欲のようなものは窺えない。そもそも彼が大学時代は目立たぬ学生であったにもかかわらず仕事で成功したのは、家柄、知性、体力によるとされている。特に人間関係を巡っては、学生時代には評価されることのなかった家柄に支えられたコネクションと他人を助けたり物事を取り仕切ったりすることを好む性格から、同窓生の間で学生時代とは比べ物にならない人気者になっていた。家柄を背景に、まめに世話をする性向が仕事の成功に大きな役割を果たしていたものと思われる。共同経営者になる直前の二十七歳の頃には、既に「年齢よりも老成して見え」(17)、どんなに忙しくても疲れていても、頼まれれば救いの手を差し伸べ、それが習性となり情熱にまでなったとされている (25)。

ところが、それが三十歳近くになって、過去に恋愛遊戯を楽しんだ女性が結婚して自分が歳をとったと感じ (25)、彼が「もっとも多くの時間を割き心を砕いた同窓生仲間」が結婚によって彼の前から消えて行く (33)。この頃彼の心を占めていたのは、ひとつは孤独であり (32)、いまひとつは三十歳になったこと (40) とされる。彼の周辺の男女が彼と共に三十歳近くなって彼が孤独に陥ったこと、これが彼のバランスを崩したのである。では、バランスとは何と何のバランスなのか。

極端な大金持とされる彼にとって仕事は根本的に必要なく、一生懸命働く成果が報酬で換算される世の中にあって全く意義はない。そんな、ある意味では働く意義を見いだせない絶望的な立場に対して、「一生彼から離れることのない……金についても地位についても権威についても人々の中心にな」(6) りたいとの欲望が、希望となってバランスをとっていた。それが、三十歳を迎えて女性も大学の同窓生達も彼から離れ去り、人々の中心にいる希望が色褪せた時、バランスが崩れて仕事に対する絶望がむき出しになってしまったのである。物語の結末で主人公が生気を取り戻しかける様子が弱々しいのは、取り戻すきっかけとなるのが仕事における人間関係の展開ではなくて、船上で若い女性と知り合うことに過ぎないため、今回の絶望からの回復が仕事にまで広がる展望がないことを反映している。仕事が破綻するわけではなくて、彼の生が衰えるのである。

一連の崩壊エッセイの中で言われていたフィッツジェラルドが十代の頃からたびたび経験してきた崩壊は、この物語に当てはめると、自分になびいているはずの女性が婚約したり結婚したりする度に、すなわち自分が世界の中心ではないと思い知らされる度に起こっていたことだ。その頃は仕事に没頭することで、もっと言えば仕事における人間関係で世界の中心であることを確認することでバランスをとってきた。物語を閉じた後で、同じような崩壊が主人公に次に起こる時、仕事での人間関係の賑わいがもはや昔日のものとなっていることを考えると、その崩壊は回復不能なものとなり主人公が老けこんでしまうことは、三十歳という彼の年齢にかかわらず、間違いなく避けられない。

5. フィッツジェラルドから見たヘミングウェイ文学の老い

フィッツジェラルド文学における老いの枠組みをヘミングウェイ文学に当てはめるためには、そもそも以上のようなバランスをヘミングウェイ文学に見いだすことができるのかが問題となる。仕事を全面的に肯定し、謹厳実直にきちんと取り組む主人公達の中に、ああした希望と絶望のバランスのようなものが存在するのか。

先に検討したように、『日はまた昇る』にしても『老人と海』にしても、仕事についてはバランスどころか前向きな態度しか見いだせないのだが、それを支えるものとして、余計なことを考えないという姿勢があることに注目しなければならない。

『日はまた昇る』においては、女性との関係について煩悶する場面で、思いは働くことに及び、「何かのために働く」のは確かだが「それは何かなどと気にしたことはなかった。知りたかったのは、いかに生きるかだけだ。いかに生きるかが分かれば、何のために働いているかわかるだろう」（*SAR* 152）との思いに至る。希望や絶望を考えるのではなくて、目の前にある仕事に粛々と取り組むのである。本論で既に見た主人公の仕事振りから、このことが仕事においてよく実践されていることは明らかだ。一方の『老人と海』においては、釣り上げた獲物が台無しにされ仕事の意義を否定される状況に追い込まれて、さすがにその失望感から逃れたいとの思いもあるだろうが、失望どころか絶望しそうになる度に主人公は「考えるな」（*OMS* 80）、「おまえは考え過ぎる」（81）、「もう考えるな……何も考えなくていい」（86）、「つまらないことを考えてはいけない」（91）と、繰り返し深く考えることを避けようとする。

精神のバランスということで言えば、こうした語り方は興味深い。「考えたことがなかった」、あるいは「考えまい」という表現は、言うまでもなく自らの心にそうした考えが浮かぶ可能性を自覚していることを意味しているからだ。考えないようにするその先に、バランスを取ろうとする意志あるいは欲望が透けて見える。では、何を考えないようにしているのか。

『日はまた昇る』の場合、先に触れた仕事を巡って「何のために働くかは考えない」という立場を本論の文脈に当てはめると、仕事は何かのために行なうのであって、それ自体には価値がないという否定的な思いの、強く言えば絶望の種が、停止した思考の本来ならば行きつく先に、ぼんやりとではあるが見え隠れする。スペイン旅行は仕事のための清涼剤ではなくて、仕事こそがスペイン旅行の代償であり、「好きなものに見合っただけ支払った」(*SAR* 152)のである。こうした思いが思考の停止の対象だ。

このように、語りの裏に語り手の仕事に対する否定的な心情が透けて見えるのは、物語の核心であるかのように扱われるアフィシオン(情熱)についての説明にも見られる。「突然の臆病風、弁解できないまずい振る舞い、すべての些細なミス。アフィシオンさえあればすべてを許す」(137)と列挙されている本来なら許されざる事柄は、言うまでもなく直接には闘牛士が注意しなければいけない事柄であるだろうが、語り手自身もアフィシオンがあると評価されている(137)ことから、スペインでは彼も許される事柄である。それは言い換えれば、スペインを離れ、帰国して仕事に戻れば許されないこと、犯すのではないかと気になることと解釈できる。従って、パリに戻れば謹厳実直にこなす仕事のインセンティブは、仕事に積極的に取り組む意義ではなくて、臆病風やドジやミスに対する怯えでしかないのかということになる。仕事に対する絶望の種が、ここにも潜んでいる。

こうした怯えから彼を守りすべてを許してくれるアフィシオンが幻想に過ぎないと、何らかの形で明らかになれば、スペイン旅行が仕事とのバランスを保つ休暇として機能しなくなれば、語り手は「金持の青年」の主人公と同じく仕事においての衰え、つまりは老いに陥る可能性を孕んでいる。思考の停止は、その可能性を少なくとも無意識に感じ始めている証左と言える。しかも実際に、語り手は連れの女性にからんで、スペインや闘牛に関して語り手の指南役とでも言うべきモントーヤの不興を買っている

(180-81)。スペイン旅行が今後とも仕事を補完する休暇として機能するかどうか、何とも言えない。この後モントーヤについては、物語の結末近くで事務的な電報を送ること以外に一切言及されることはないが、ここにも絶望の種を抱えた思考の停止を見ることができる。

『老人と海』は、『日はまた昇る』に比べるとその思考停止の効果は、さらに危うい。先に触れたように、深く考えないようにするのは過酷な状況のために思考が悲観的、否定的に向かうことを避ける企てという色合いが強く、むしろバランスの一方を構成するだけの希望すら持てない中で、バランスそのものを考えることを封じて目の前の仕事に専念しようと自らを鼓舞している。中でもここで注目したい思考停止は、まだ半分残る獲物の肉を前に鮫と闘う武器を用意すると、風が出て船が進み始める時だ。希望を捨てるのは罪だとピューリタン的な労働観を自らに鼓舞した際に、罪についてあれこれ考えるのはよそうと考え、仕事に戻るのである（*OMS* 81）。

この思考の停止には、希望を捨てる可能性に対する脅えが潜んでいる。現実に獲物が完全に骨だけになってしまった時、老人は思わず「完全に打ちのめされて、取り返しがつかないと自覚した」(93) と絶望が容易に頭をもたげる。しかし思考の停止は引き続きバランスの崩壊を回避する、あるいは崩壊を少なくとも棚上げにする方向で一時的には有効に機能している。気をとり直して「舵を取る以外、何にも注意を払わない」と、帰港するために必要な船の操作を淡々と進めて無事に戻る。思考を停止して目の前に用意された仕事に気持ちを集中するこの時、仕事を巡る迷いは意識の表面にもうない。

一旦は絶望の淵を覗き込んだものの思考を停止して港に戻った老人の心は、仕事を肯定的に見ているのか否定的に見ているのか、閉じた物語の中では崩壊の兆しを見せない『日はまた昇る』の語り手に比べて遥かに曖昧である。老人は、この物語を通過することで老いることはなかったのか。『日はまた昇る』同様に思考の対象から外された、仕事を巡る希望と絶望のバランスは、ここでも全く動かなかったのか。そもそも『日はまた昇る』と『老人と海』に、老いを巡る違いはないのか。

6. サンチャゴ老人に老いは見られるか

仕事の物語という観点から『日はまた昇る』と比較した時の『老人と海』のテーマの違いは、仕事が無意味な状況を舞台としているということだ。『日はまた昇る』においては、仕事は対価として彼の生活やスペインでの休暇を支えたりするのに対して、『老人と海』は様々な事情の組み合わせにより、立派な仕事が成果を一切生み出さないという不条理の中で、自分の仕事に意義を見いだせるかということが主人公に問われている。

意義を見いだしにくい状況で仕事の意義を考えるというこのテーマは、フィッツジェラルドの初期の長編小説二作および「金持の青年」にも共通している。フィッツジェラルドの三作においては、働く必要がないほど金持である（かつ最初の長編小説二作においてはまだ若い）ことから、立派に仕事を行っても成果と感じることができるのか、仕事に意義を感じることができるのかが問題であった。「金持の青年」にあっては、立派に仕事で成功しているにもかかわらず、仕事とは直接関係のない女友達や大学時代の同窓生の間で主人公が人々の中心にいるとの感覚を持てなくなった時、仕事に対する気力の衰えが出始め、仕事振りそのものに老いが出てしまった。『老人と海』においては、物語冒頭で老人の目に宿っていた「不屈の生気」(4) が、意義のない仕事を立派に行うという不条理な経験を経て、物語の結末においてどうなったかが物語の要となる。

ここで注目したいのは、老人が若者マノーリンに「奴らはおれを打ちのめしやがったよ」(96)、あるいは「おれには運がついていない」(97) などと漁師としての自分の力を卑下するように言うことだ。若者がこうした卑下を否定することは老人にとって、そして読者にとっても、物語の冒頭の若者の老人に対する気遣いの言葉の数々から自明のことである。老人が敢えてこのような会話に持ち込もうとするのは、若者に老人の言葉を否定する執り成しの言葉を期待しているからであるのは明らかだ。「金持の青年」において主人公が他人の評価によって自らの希望を掻きたててバランスを取るのに良く似ている。極限の状況の中で仕事の意義についての疑念に直面するという、フィッツジェラルド的には崩壊を経験した老人は、「金持の青年」の主人公と同じく人々の評価とのバランスによって乗り越えようとしている。

このような他人の評価の価値は、『日はまた昇る』ではきっぱりと否定されている。モントーヤとの会話の中で二人は、アメリカ大使の招待を闘牛士は断るべきだとの意見で一致する。モントーヤの「彼らは彼［闘牛士］の価値を知らない。……外国人はちやほやしてグランド・ホテルに招いたりする。それに応じていたら、一年後には駄目になる」(*SAR* 176) との言葉には、仕事の価値は他人が決めるものではなくて、絶対的なものだとの語り手の思いが仮託されている。

これに対して『老人と海』の中で老人は物語冒頭では同じく、若者の父親の評価や漁師仲間の評価を意に介さないかのように振舞っていたのだが、崩壊を経験した後に若者の評価でバランスを取る立場へとシフトする。こうすることで、フィッツジェラルド的な老いを回避する一方、フィッツジェラルドが一九三六年に自覚したような老衰へといつか堕ちて行く、最後の崩壊の種を抱え込むことになるのである。

7．交差する老いの枠組み——バランスと思考停止を巡って

人は生の営みの中で、とりわけ一人前の大人の場合は仕事を巡って、折々に絶望の淵に直面しては一縷の希望を手がかりにバランスを取りながら、生きながらえて行く。フィッツジェラルドは、そのバランスが維持できなくなった時に絶望の淵に落下していくことをもって、老いとした。それに対して『日はまた昇る』、『老人と海』においてヘミングウェイの老いは、こうしたバランスも含めて人生や仕事の意義について考えることを停止することで回避するものとして表現されている。であるからこそ逆に、停止した思考の先には、万が一考えれば、崩れてしまうバランスあるいはそのバランスの一方の極にある絶望が透けて見えるというのが、本論の主張するところである。

それにしても、バランスが崩れた先にある絶望とは何か。先に紹介したように一九三六年のエッセイの中でフィッツジェラルドは、向上する努力の空しさを挙げていたが、そうだとしても、具体的にはどのように生きることなのか。同じエッセイの結末部分で彼は、バランスが崩れた後の生き方を「親切であろうとしたり、誠実であろうとしたり、寛大であろうとしたりは一切しない」、「自分自身を他人に与えることはしない」（“Handle With Care” 151）としている。「金持の青年」で仕事の絶望とのバランスにお

いて対極を支えた人間関係重視あるいは他人による評価について考えることをやめて、目の前の仕事に専念するというのだ。皮肉なことにバランスを崩したフィッツジェラルドの方は、思考停止というヘミングウェイ的な老いの回避の仕方に、最後の作家としての命脈を賭けようとしている。

一方、ヘミングウェイは死後出版の『移動祝祭日』の中で、他人の評価に振り回されるフィッツジェラルドを激しく批判する自らの若い頃の姿を描きつつ、その一連のエピソードの最後に、フィッツジェラルドの死後何年も経って二人の行きつけのバーを訪れ、他人の評価に合わせて何でも語ると臆面もなく言い放つなじみのバーテンダーを柔らかく受け入れる、歳を経た自らの姿を結論として付け加えている。[3] フィッツジェラルドが老いの回避の方法としていた態度に対して、思考の停止を解こうとするヘミングウェイの姿がここにはある。

ヘミングウェイとフィッツジェラルドの老いに対する思いは、老いを巡ってバランスと思考停止というそれぞれの枠組みを交差させながら、それぞれの老境に持ち込まれて行った。

注

*本研究は科学研究費補助金（二四五二〇二七四）の助成を受けたものである。

［1］長編小説五作におけるフィッツジェラルドの仕事の扱い方については、上西「ビジネス・ロマンスは可能か」で詳しく論じている。

［2］「金持の青年」執筆の経緯については、ブルッコリが詳しく紹介している（Bruccoli 228-29）。

［3］ヘミングウェイの『移動祝祭日』におけるフィッツジェラルドを巡る問題については、上西「物語『移動祝祭日』に読むヘミングウェイ」で詳しく論じている。

参考文献

Bruccoli, Matthew J. *Some Sort of Epic Grandeur: The Life of F. Scott Fitzgerald*. U of South Carolina P. 1981.
Fitzgerald, F. Scott. "The Crack-up." *My Lost City*. 139-44.
———. "Handle With Care." *My Lost City*. 150-54.
———. *My Lost City: Personal Essays, 1920-1949*. Ed. James L. W. West III. New York: Cambridge UP, 2008.
———. "Pasting It Together." *My Lost City*. 145-49.
———. "Rich Boy." *All The Sad Young Men*. Ed. James L. W. West III. New York: Cambridge UP, 2007.5-42.
Hemingway, Ernest. *The Old Man and the Sea*. London: Vintage Books, 2000.
———. *The Sun Also Rises*. New York: Scribner's, 1926.
上西哲雄「物語『移動祝祭日』に読むヘミングウェイ――「フィッツジェラルドもの」の場合」『アーネスト・ヘミングウェイ――二十一世紀から読む作家の地平』、日本ヘミングウェイ協会編（臨川書店、二〇一一年）二八八－三〇二頁
――「ビジネス・ロマンスは可能か――F・スコット・フィッツジェラルド文学の大衆性の意味」『アメリカ文学のアリーナ――ロマンス・大衆・文学史』平石貴樹・後藤和彦・諏訪部浩一編（松柏社、二〇一三年）二二五－五七頁

第4部　詩から読むヘミングウェイの老い

第6章

睾丸と鼻
――ヘミングウェイ・ポエトリーと「老い」の身体論

塚田　幸光

1. 睾丸スキャンダル――テクノロジーとポエトリー

ヘミングウェイ、詩編、睾丸移植手術。この組み合わせは奇妙だろうか。一九二〇年、サージ・ヴォロノフ医師の実験結果は、戦後のパリを震撼させ、「老い」の概念に変更を迫る。彼はある「モノ」を男性の性器に移植し、驚異的な「若さ」を回復させたというのだ。あるモノとは、猿の「睾丸」。マイケル・レノルズが指摘するように、この睾丸スキャンダルは、メディアの格好のターゲットとなる（Reynolds 65-66）。例えば、『シカゴ・トリビューン』は、その手術を受けたシカゴの富豪ハロルド・マコーミックの身体を、ダイエットのビフォー・アフターよろしく、手術前後の変貌写真と共に掲載したのだ。それはさながら、「猿の睾丸を持つ男」の公開ショウ。「老い」と「若さ」が共存する身体は、フリークスと呼ぶに相応しい。

アフリカ・チンパンジーの分泌腺が生み出す奇跡は、戦後のパリを賑わすスペクタクルなのか。睾丸スキャンダルは、「モルグ街の殺人」のスピンオフ、或いは『キング・コング』の驚愕を予告するだろう。当然のことながら、「猿」が表象《リプリゼント》／代理するマスキュリニティは、人種的ファクターに接続し、嫌悪と魅惑、羨望と恐怖を呼び起こす（「モルグ街の殺人」のオランウータンも『キング・コング』の巨大猿も、「黒人」のアリュージョンであるからだ）。だが、ここで興味深いのは、パリ時代のヘミングウェイがこの睾丸スキャンダルに反応し、三編の詩を書いている事である――「キプリング」、「スティーヴンソン」、「ロバート・グレーヴズ」。猿、睾丸、詩《ポエトリー》。医療テクノロジーと詩の接続。これは何を意味するのだろうか。

若き身体への渇望。それは、ヴォロノフやマコーミック特有のものではない。だが、戦後の欧州では、ある特殊な幻想が流布していたことも事実である。第一次世界大戦が、大量殺戮兵器を駆使したテクノロジー・ウォーであったことは周知だろう。後に詳しく述べるが、この戦争の功罪は、兵器のみに収斂しない。それは、人間／兵士の身体にも多大な影響を与えたのだ。高度に発達した医療技術が、身体をつなぎ、修正／整形し、再生する。断片化されるつぎはぎの「身体」、或いは整形術の隆盛。フランケンシュタイン的テクノロジーが身体の概念を変えるのだ。身体はいつでも再生可能というように。結果、本来であれば、死すべき身体が街に溢れる。戦争の余波は、テクノロジーの〈鬼子〉、「傷痍軍人」を生み出す。ジャズ・エイジという狂乱、そして睾丸スキャンダルの裏側では、突如として出現した「フリークス」が蠢く。

傷痍軍人／フリークスとは、ウォー・テクノロジーの副産物《バイ・プロダクト》である。メディカル・プロメテウスの産み落とした〈鬼子〉が映し出すのは、身体（機能）の回復と若さへの希求に他ならない。ヴォロノフの魔法は、フリークスを生み出した同時代の医療テクノロジー、或いはその欲望と地続きである。ならば、一九二〇年代、ヘミングウェイの初期詩編は、如何にそのコンテクストを引き受け、「若さ」と「老い」を開示したのか。そして、詩／抒情というモダニストの出発点は、その時代を経由することで、如何なる変貌を辿るのか。そして、詩《ポエトリー》から散文《ノヴェル》へ。テクノロジーとフリークスが織りなす身体論から、「老い《エイジング》」の主題を逆照射する。

2. ジャズ・エイジの表裏――グロテスクと抒情

ジャズ・エイジのアメリカ。それは、第一次世界大戦の戦争特需、未曾有のバブルが生み出した狂乱の時代であり、摩天楼、飛行機、ラジオの普及に象徴される「空」を指向し、欲望する時代だった。空に舞い、空を飛び交う。アン・ダグラスの言う「空熱《エア・マインデッドネス》」は、まさに時代の精神であり、その要約に他ならない（Douglass 434-61）。「ロスト」・ジェネレーションとワイヤ「レス」。アルトー的な「器官なき身体」として、身体と精神は地上を離れ、空に向かう。天空に屹立する摩天楼や、空中を行き交う飛行機／電波は、人々の欲望を代弁し、時代の精神となる。

フレデリック・ルイス・アレンが指摘するように、一九二〇年代は、バブルによって加速した消費欲が人々のリビドーを刺激し、狂乱へとなだれ込んだ時代でもある。摩天楼が上空を目指す〈縦〉の欲望ならば、全米に広がる道路網とモータリゼーション革命は、まさにオクトパスの如く大地に拡散する〈横〉の欲望だろう。オートメーションが消費文化を促進し、世界は資本主義を謳歌する。ヤング・アメリカ。それはテクノロジーの別名であり、新世紀リビドーのメタファーとなるだろう。アレンの記述はこうだ。

> 精神の健康の第一の要件は、奔放なセックス・ライフを持つことであった。健康と幸福を望むのであれば、リビドーに従うべし。フロイトの教えはこんな形でアメリカ人の心に入り込んだ。（中略）自己抑制の美徳について説教する牧師たちは、露骨な批評家たちに注意を促される始末である。自己抑制なんて時代遅れだし、実に危険であると。（Allen 99）

リビドーが導く熱狂。それは、ギャツビー的な狂乱か、ブレッド・アシュリーに顕著なセックス・ライフか。少なくともここには「老い」に対する不安や恐怖は微塵もない。屹立する摩天楼とはメタフォリカルなペニス／ファルスであり、ナショナルな「ヘルス」を表象《リプリゼント》／代理するだろう。アレンの記述は、この時代の狂乱、そして「ヘルス」と「エロス」が共存する祝祭的アメリカを伝えるのだ。そう、フィエスタはアメリカにあったのだ、というように。「老い」の対極であり、エネルギッシュな国家身体とは、ヤング・アメリカと呼ぶに相応しい。狂乱のアメリカ、或いはアメリカン・ヘルス。大戦を対岸の火事として眺め、戦後バブルを謳歌したアメリカは、その狂乱に酔っていたと言うことは可能だろう。だが、ジャズ・エイジの繁栄とは、戦後のリアルを迂回することで成立したかりそめのユートピアと同義ではなかったか。ウォー・テクノロジーの〈鬼子〉、それは、ユートピアのダークサイドに巣くう。

身体を壊し、「身体」を修復する。第一次世界大戦のテクノロジーには、身体に関する二つの側面がある。そもそもこの大戦が、軍事テクノロジーの見本市だったことは周知だろう。戦車、軍用機、潜水艦、毒ガス、迫撃砲、野戦重砲、軽機関銃、そして自動小銃。「核」以外のあらゆる軍事技術はこの戦争の産物《プロダクト》であり、二次元（平面）から三次元（立体）への戦争形態の移行に伴い、身体の概念は根本的に変容するのだ。[1] 例えば、プロパガンダ映画『世界の心』(1918) の撮影時、監督D・W・グリフィスが、見えない敵に対して困惑する兵士に注目したエピソードなどは、図らずもこの戦争の本質を言い当てている。身体の不可視化、或いは不在の身体。誰を殺し、誰に殺されるのか。兵士はもはや人ではなく、戦闘単位に過ぎないのだ。

さらに言えば、大戦のアナザー・テクノロジーとは、身体の修復／整形に他ならない。高野泰志が指摘するように、これらのテクノロジーと文学が交差するトポスには、身体の断片化と修復のメタファーが頻出する（高野　五七-七三）。例えば、ヘミングウェイの『春の奔流』において、両手両脚を吹き飛ばされたインディアンが義手と義足を付けていることは重要だろう。損傷した身体は人工器官に置き換えられ、「正常な」身体として補完される。それは、つぎはぎのフランケンシュタイン的身体か、それともサイボーグ的身体か。ティム・アームストロングは、身体観の変容を次のように要約する――「身体の部位は、仮想上の補綴術が織りなすシステムに組み込まれている。それは、身体に欠陥があることを暴き出し、矯正する。結果、それは完全な身体の存在を指し示すのだ。「完全な」身体とは、テクノロジーによって獲得できる」(Armstrong 100)。身体の置換と人工器官の強調。モダニズムの身体とは、身体の断片化と拡張の果て、テクノロジーが補完する「アナザー・ボディ」だろう。大量殺戮兵器は医療技術の発展に接続し、車椅子、人工骨、人工器官、そして義手・義足の進化を促す。そして兵士の傷は、もはや名誉の「傷」ではなく、テクノロジーが修復した屈辱の「傷／スティグマ」となる。テクノロジーの〈鬼子〉、傷痍軍人は、こうして生み出されるのだ。

〈鬼子〉たちは、メディアを通じ、デフォルメされ、怪物となる。例えば、オットー・ディックスの版画では、四肢を失ったロボットのような傷痍軍人がマッチを売る(「マッチ売りの軍人」)。『ノートルダムのせむし男』(1923)のカジモドや『オペラ座の怪人』(1925)のエリック、そして「千の顔を持つ男」ロン・チャニーが演じる不具の男たちも好例だろう。手足の切断、整形、ギプスが照射するのは、テクノロジーが繋ぐグロテスクな身体であり、傷痍軍人のリアルである。ヘミングウェイを例に取れば、『春の奔流』に加え、「異国にて」や『武器よさらば』の身体欠損、そして『日はまた昇る』のインポテンツ、ジェイクが時代のダークサイドを引き受けるだろう。テクノロジーとフリークス、それは二〇年代の双生の悪夢なのか。

戦後のパリがアメリカン・シネマに出現し、アメリカン・モダニストがパリに渡る。二〇年代とは、アメリカとパリが、アート／芸術において、深く結びついていた時代である。シネマ・イメージに限らず、パリこそがモダニストのマインドに多大な影響を与えたトポスであることは疑いようがない。だが何故パリは、ヘミングウェイやフォークナーなど、数多のモダニスト・ライターを惹き付けたのだろうか（そこが文化サロンの中心だからという短絡的な理由では説明できないだろう）。戦後のパリ。そこは、狂乱と厳粛、正常と異常が共存する逆説的トポスであった。或いは、グロテスク／フリークスというリアルを抱えながら、ヘルスなイメージを全開するユートピア／ディストピアと言い換えてもいい。その二重性は、『オペラ座の怪人』が好例だろう。「オペラ座」のステージとその地下にあるラビリンス。絢爛豪華なステージはパリの繁栄とその「若さ」を暗示するだろう。だが、地下空間は光も差さぬ牢獄に等しい。スクリーンに開示される二重性は、戦後パリの光と影を表象／代理する。オモテとウラの共存こそ、同時代のマインドの表出であり、リアルに他ならない。そして、この特殊なトポスでは、主人公エリックもまたその二重性から自由ではない。抑圧された環境こそが、彼の「抒情性」の発露になっているからだ。オペラ座の地下、彼は音楽に興じ、ヒロインを詩的に詠う。それは、牢獄が生み出す抒情だろう（エリックとヒロインの結びつきとは、老いと若さの逆説的コラボレーションである。彼は傷痍軍人のメタファーであり、だからこそ地下にいる必然があるのだ）。この「牢獄的抒情」は、矛盾し、対立する逆説のダイナミズムを生み、物語をドライヴさせる。舌津智之が述べるように、抒情は「逆説の領分」であり、「時間をめぐる情緒の表出」である（舌津八）。逆説的トポスが抒情性を涵養し、そのとき、怪人／傷痍軍人は詩人となる。ヤヌスの鏡としてのパリは、だからこそ抒情を生み、人々を誘うのだ。パリのリアル、それは矛盾が生み出す抒情である。では、ヘミングウェイの睾丸ポエトリーは、この時代と如何に切り結ぶのだろうか。そして、「老い／若さ」と如何に接続するのだろうか。

3．睾丸ポエトリー――ヘルスとグロテスク

マコーミックの身体は真昼のパリに出現したフリークスであり、その睾丸は傷痍軍人の「傷」と無縁ではない。彼の存在とは、オペラ座ステージに出現したエリックと同義であり、だからこそスキャンダルと呼ぶに相応しい。注目すべきは、ヘミングウェイの反応の早さである。彼はこのスキャンダルに何を見たのだろうか。まずは、「キプリング」を見よう。

可愛い乙女猿が東の方、
海を見つめ、
ソプラノ声の新種猿は、木の上でむせび泣く。
そしてハロルドはすこぶる元気で、新聞各紙は皆異論なし。

There's a little monkey maiden looking eastward toward
the sea,
  There's a new monkey soprano a'sobbing in the tree,
And Harold's looking very fit the papers all agree. (*Complete Poems* 54　以降、同書からの引用は *CP* と略記)

「東方の海」を見つめる「乙女猿」は、恋人の猿の帰りを待っている。だが、その彼女の恋人、「ソプラノ声の新種猿」は泣き続けるしかない。その「新種猿」とは、睾丸を切断され、男性機能を喪失した「猿」の変貌した姿に他ならない。そして、その犠牲があるからこそ、手術を受けた「ハロルド（・

マコーミック）」の「若き」身体《フリークス・ボディ》が出現するのだ（それはさながらグロテスクな性器を持つ老人だろう）。猿の睾丸を装着《フィット》し、健康《フィット》を手に入れる。猿の恋人たちのドラマの向こう側には、富豪のグロテスク／フリークスな身体が生起するのだ。猿の睾丸とは、「老い」を若さに変える魔法なのか。或いは、「猿」に仮託されたマスキュリニティとは、老人の見果てぬ夢なのか。「ソプラノ声の新種猿」が変わり果てた姿で「涙」を流す。この悲哀と抒情は、うめき声を美しきソプラノ声へと変換し、テクノロジーが生み出したキメラ／ハロルドのグロテスクを強調するだろう。

「キプリング」は、わずか四行の詩（後に続く「結び」も四行）であり、英国詩人ラドヤード・キプリングの「マンダレイ」（1890）をアレンジしていることは自明である。ヘミングウェイが詩に睾丸スキャンダルを埋め込み、資本家のエゴと若さへの執着を嘲ったのと異なり、キプリングの詩は「マダム・バタフライ」ならぬビルマの現地妻「ミス・マンダレイ」を詠い、オリエンタルな欲望を全開する。「古のモールメインのパゴダのそば、東方の海を見ながら／ビルマの少女が佇む。そう、彼女は僕を思っているのだ。／風が椰子の木をゆらし、寺の鐘が告げる／戻れ、汝英国兵士よ。マンダレイに戻れ！」（By the old Moulmein Pagoda, lookin’ eastward to the sea, / There’s a Burma girl a-settin’, and I know she thinks o’ me; / For the wind is in the palm-trees, and the temple-bells they say: / “Come you back, you British soldier; come you back to Mandalay!”）。ここには、ジョージ・オーウェルが言う「イギリス帝国主義の伝道者」キプリングの姿がある。ビルマの海辺、もう二度と会えない恋人を待つ少女。語り手は「これもみんな過ぎてしまったこと――遠い国での昔の話」（But that’s all shove be’ind me — long ago an’ fur away.）と、ビルマと少女を懐かしみ、「俺には綺麗で緑溢れる国に、素敵な可愛い娘がいるんだ」（I’ve a neater, sweeter maiden in a cleaner, greener land!）と叫ぶ。記憶の中の美しき国を詠い、その残像を見る。これは老人の繰り言なのか。少女はいつも手招きし、年を取らない。キプリングの抒情は、奇妙にも現実感が喪失しているのだ。加えるなら、キプリングとヘミングウェイの詩は、猿／少女と第三世界を性的に結びつけ、コロニアルな主題を前景化する。だが、キプリングのオリエンタルな欲望に対し、ヘミングウェイはグロテスク／フリークスな身体を暗示し、読者を現実へと引き戻すのだ。

「ソプラノ声の新種猿」は、「猿の睾丸付き老人」と対の関係にある。若さへの執着は滑稽であり、老いの悲哀だろう。しかしながらその影で、涙を流すペニス「レス」の猿の姿は、グロテスクであり、抒情的なのだ。そして、ここで注目すべきは、ヘミングウェイの視座が、そのようなマインドを生み出したコンテクストに向けられ、時代の欲望を掬い取っている点である。猿の睾丸とその手術／テクノロジーは、「持つ者」が「持たざる者」を搾取する帝国主義的欲望の上に成り立つ。実際、「マンダレイ」のオリエンタリズムとは、若さ／東洋を吸い取る西欧の別名だろう。「キプリング」は、「マンダレイ」の帝国主義的コンテクストを逆照射しながら、戦後パリのコンテクストを重ねた好例と言えるのだ。

では、「スティーヴンソン」と「ロバート・グレーヴス」はどうだろうか。ヘルスとグロテスクの共存とその批判はさらに辛辣さを増す。

広い星空の下で、
新しい分泌腺を与え、寝させてくれ。
ああ、どれほどの努力、努力、努力をしているだろう、だが、私は意思を遙かに超えるものが必要なのだ。

Under the wide and starry sky,
　Give me new glands and let me lie,
Oh how I try and try and try,
　But I need much more than a will. (*CP* 55)

ヘミングウェイの「スティーヴンソン」は、「分泌腺／睾丸」への希求を語る。「新しい分泌腺」への執着は、「努力」しても立たないペニスと連動し、不能と老いを映し出す。死期を悟り、死を受け入れるスティーヴンソンの「鎮魂歌」(1879) に対し、ヘミングウェイの「スティーヴンソン」は、「鎮魂歌」を換骨奪胎し、老いのグロテスクを詠うのだ。「意思を遙かに超えるもの」とは、テクノロジーが生み出すフリークス的身体だろう。そして、「ロバート・グレーヴス」では、もはや露骨な批判しかない。

資本家には分泌腺を、
フュージリア連隊兵には旗を、
英国詩人にはビールを、
私には強いビールを。

Glands for the financier,
Flags for the Fusilier,

For English poets beer,
Strong beer for me. (*CP* 56)

詩人グレーヴズの「強いビール」が、「分泌腺／睾丸」ポエトリーに変貌する。グレーヴズの詩は、生を愛で、迫り来る死を受け入れるという人生賛歌である。ビールを味わうことが、生の謳歌であり、その肯定なのだ。しかしながら、ヘミングウェイの詩は、パロディですらない。

「キプリング」、「スティーヴンソン」、「ロバート・グレーヴズ」。これら三編の詩は、睾丸スキャンダルに接続し、ヘルスとグロテスクの交差を映し出す。だが、何故ヘミングウェイは、これらの詩人を取り上げたのだろうか。それは、「マンダレイ」、「鎮魂歌」、「強いビール」が、「老い」の意識と緩やかに結びつくからに他ならない。人が年を取り、人生を振り返るとき、そこに何を見るだろうか。それは、記憶の彼方の少女か、「喜びの中に死す」想いか、ビールと生への賛歌か。いずれにせよ、死に対峙し、人生を総括するとき、そこに猿の睾丸は不要なはずだ。この意味において、睾丸スキャンダルとそのテクノロジーは、「終わりの意識」への冒瀆となる。ヘミングウェイの三編は、詩人たちの「老い」への敬意を受け、テクノロジーが生み出す「若さ／ヘルス」の意味を問う。それは、グロテスクなキメラでしかない、というように。

4. 睾丸と鼻——フリークス的身体

パリのフリークス。それは、ヘミングウェイ自身の被弾体験とも無縁ではない。彼はイタリアで被弾して以来、身体損傷に対して強烈な関心を示すのだ。ミラノでの療養中、彼が生殖器損傷病棟を訪れ、そこから『日はまた昇る』の「ジェイク」が生まれたエピソードは好例だろう（ジェイクのペニス損傷は言うまでもない。彼には精巣が残り、自慰行為が可能なことも、キャラクター造形では重要である）。だが、身体損傷の描写は、奇妙にも詩編ではなく、散文に集中する。マコーミックが暗示するグロテスクな身体は、散文ジャンルで全開するのだ。

短編「異国にて」を見よう。物語の舞台はミラノの病院であり、そこで描かれるのはフリークス／傷痍軍人たちの「日常」である。[2] 病院に通う兵士たち。前線から離れたこの街で、彼らは身体の修復を試みる。主人公の描写を見よう。

> 僕は片方の膝が曲がらず、脚はふくらはぎがなくて、膝からくるぶしまでじかに繋がっているような具合だった。その機械にかかると、ちょうど三輪車をこぐときのように、膝を曲げて動かせるようになるはずだった。だが、膝はまだ曲がらない。曲がる箇所にさしかかると、機械の方がガクガクした。医者は言った。「そのうち、すんなりと動くようになる。君は幸せな若者だ。いずれまた、チャンピオンのようにフットボールができるようになるさ。」（*The Complete Short Stories of Ernest Hemingway* 206-207　以降、同書からの引用は CSS と略記）

グロテスク／メカニカルな脚は、不在のペニスを表象／代理し、「若者」から生気を奪う。医者の無配慮な慰みで、「チャンピオン」という言葉は逆説的に響くのだ。その言葉は、死の恐怖から逃れるかわりに、フリークス的身体を受け入れよ、ということか。「異国にて」で描かれるのは、戦場というトポスに集約される極限の身体感覚ではない。むしろ、身体をメカニカルに補填し、修復する兵士たちの「日常」である。だからこそ、主人公の感情は冷ややかだ。傍らにいるグロテスクな少佐に対しても、「赤子のように小さな手」(207) というように、あくまでクールである（この少佐は、ディックス「マッチ売りの軍人」の別ヴァージョンだろう）。また、この病院には、顔を損傷した兵士たちも集う。

その若者は黒い絹のハンカチーフで顔を覆っていた。彼には鼻がなく、近日中に整形手術を受ける予定であった。(207)

四肢や鼻とは、ペニス／ファルスのメタファーではなかったか（『日はまた昇る』のロバート・コーンの鼻が、割礼によって切断されたペニスに接続していたことを想起しよう）。ファルスを失った男たち、或いは、フリークスたちの饗宴。損傷した身体はテクノロジーによって補完、整形され、「正常さ」を偽装する。この光景とは、何かに似ていないだろうか。延命と「若さ」への希求。それは、グロテスクな「老い」の光景に他ならない。この瞬間、マコーミックの「睾丸」は、若者の「鼻」と二重写しとなる。

フリークス的身体。それは、キャラクターたちの「違和感」とも無縁ではない。例えば、先の「脚」

のエピソードは、『武器よさらば』のフレデリックへと、読者の連想を誘うだろう。カポレットの退却場面、彼の意識は、自身の身体へと集中する――「ヴァレンティーニはいい仕事をした。退却の半分は歩きだし、実際、奴の脚でタリアメント川を泳ぎきったし。そう、こいつはもう奴の脚だ。だが、もう片方の脚は私のだ。医者がいろいろやった後では、もはやそれは自分の身体ではなくなるのだ」(*A Farewell to Arms* 231)。修復された身体に対する違和感。フレデリックの身体に対する感覚は、「正常」(かつての身体)からの逸脱を基準とし、違和感に満ちている。「睾丸」、「鼻」、「脚」。メカニカルな身体は、キャラクターの意識に違和感として残存し、不在のファルスを強調するのだ。

ヘミングウェイの描くグロテスクな身体とは、若さの対極を映し出すリアルとなる。それはときに、「老い」のグロテスクに接続され、逆説的な抒情となる。詩編「最後に」を見よう。

彼は真実を吐き出そうとした、
始めは乾いた口で。
しまいには、だらだらくどくどしゃべり、
真理が彼のあごからしたたった。
He tried to spit out the truth;
Dry mouthed at first,
He drooled and slobbered in the end;
Truth dribbling his chin.（*CP* 337）

「始めは《アット・ファースト》」と「しまいには《イン・ジ・エンド》」とは、「若さ」と「老い」の別名だろう。年を取り、老いることは、グロテスクな真理と向き合うことに等しい。そのリアルに対し、すべてを見せること（「真理が彼のあごからしたたった」）。それは例えば、猿の睾丸が生み出すかりそめのヘルス／若さではなく、リアルな身体とそのグロテスクに対し、眼を逸らすなというメッセージとなる。ヘミングウェイの描く「老い」とは、グロテスクなリアルであり、その開示と対峙に他ならない。そして、この意味において、「老い」は「死」と異なる。[3]

ヘミングウェイ文学において、「死」は、「生」の刹那に接続し、「若さ」の意味を帯びる。初期詩編に頻出する「嘔吐」のバリエーションは好例だろう（もちろん「闘牛」は、「死」と「生／性」が重なる最高の例となる。死の刹那、闘牛士は生を実感し、エクスタシーを得るからだ）。嘔吐の瞬間。それは、死に対する拒絶が全開される。例えば、「アイクとトニーとジャックと僕がいた」（"There was Ike and Tony and Jaque and me . . ."）では、語り手は軍事工場の爆発の果て、身体から飛び出た内臓を見る（そして、おそらく嘔吐する）。一九一八年六月、イタリア戦線に赴いたヘミングウェイは、負傷するまでの一ヶ月間、スキオに配属される。その直前、彼はミラノ郊外の軍事工場の爆破処理に従事している。短編「死者の博物誌」の原風景とは、死体の散らばる地獄絵図であった。彼はそのプロセスを詩に刻むのだ。また、「名誉の戦場」においては、毒ガスを吸った兵士がむせて、涎を吐き出す。嘔吐は、「死」の導火線であり、それは「生」の瞬間を強調する。「兵士たちは前のめりになり、咳き込み、痙攣する／世界は赤色と黒色に燃えさかり、唸りを上げる」（Soldiers pitch and cough and twitch;/ All the world roars red and black）（*CP* 27）。やはり、兵士は生きるため／生きようと嘔吐する。それは「老い」とは別の感覚だ。「死」と「生」の重なり。それは、グロテスク／フリークス的身体に対する作家の違和感、或いはプロテストということは可能だろう。

5．「老い」の身体論――詩と散文

ヘミングウェイの初期詩編に「老い」を見る。この試みは、二〇年の睾丸スキャンダルを経由し、同時代パリの二重性を映し出す。大戦の〈鬼子〉、傷痍軍人／フリークスとは、テクノロジーが延命させた「老人」に他ならない。睾丸、鼻、そして脚。不在の身体を補完する新たな部位は、ファルスの不在を逆照射し、「若さ」への悲痛な叫びとなる。

ヘミングウェイの身体欠損とは何だろうか。怪我と病気で満身創痍の身体と、メディア・イメージが作り上げた身体。脆弱とタフネスがせめぎ合う身体とは、何よりヘミングウェイ自身の矛盾する自我そのものだろう。この〈外部〉と〈内部〉の齟齬に対し、キャラクターが担う身体損傷は、ヘミングウェイ自身の煩悶するフラストレーションが表出するトポスとなる。それはグロテスクであり、消せないスティグマ。或いは、彼自身がフリークスだと、告白する瞬間となる。

ヘミングウェイの成長の軌跡を辿るとき、その出発点である「詩」は、複数の意味を担い、単純な解釈を拒む。そこにあるのは、「若さ」に対する思考だけではない。時代を詩に刻み、文学へと昇華する。そのプロセスを知ることが、彼の詩を読む意義だろう。[4] 詩から散文へ。彼はいつ詩を諦め、散文を志向するのか。そのヒントは、詩編「詩、一九二八年」にある。二九年、この詩はベルリンで執筆され、時代の終わりを詠う――「終わった、と人は言う」（They say it's over）（CP 95）。「秩序」、「敬虔さ」、「気品」を求める必要性を説き、「我々の仕事は何かに到達しなければならない」（Our works must lead to something）と続ける。二〇年代の終わり。それは、父の自殺（二八年）に象徴されるだけでなく、大戦の戦後景気との決別であり、世界恐慌の始まりでもある。風雲急を告げる世界に対し、「詩」は一体何ができるのか。その絶望と虚無感は、二九年五月の『リトル・レビュー』の廃刊に接続するだろう。果たせるかな、『リトル・レビュー』の廃刊と同年同月、『武器よさらば』の連載が『スクリブナーズ・マガジン』で開始される。彼は別のジャンルで、「何かに到達」することを目指すのだ。

「詩」の終わりと、「散文」の始まり。詩人が詩を諦め、散文に可能性を見出す背後には、複数の生と死のドラマがある。だが、「死」は「生」に接続し、それは「老い」とはならない。ヘミングウェイにとって、「老い」とは、フリークス的身体が開示するグロテスクであり、リアルに対峙せよという告発となる。当然のことながら、彼の初期詩編に「老い」の痕跡はわずかしかない。だがそれは、若き作家の詩学、或いはその格闘の軌跡を少なからず映し出しているはずだ。

注

［1］例えば、ガードルード・スタインの発言を見よう。「実際、一九一四年から一八年の戦争の構図は、その前のど

の戦争の構図とも違っていた。その構図は、中心に一人がいて、そのまわりを沢山の人々が取り囲むという構図ではない。それは、始まりもなければ終わりもなく、曲がり角がみな同じくらい重要である構図。まさにキュビズムの構図だった」(Stein 11)。

［2］ミラノと身体損傷の結びつきは、短編「死者の博物誌」に顕著である。この短編は三〇年代の出版だが、舞台は紛れもなく第一次大戦であり、詩編「アイクとトニーとジャックと僕がいた」と連動する。主人公／語り手は、ミラノ近郊の爆弾工場での爆破に言及する。現場に急行した主人公たちは、消火活動を終えた後、死体の捜索を命じられる。男女の死体が入り乱れる地獄絵図の中で、いよいよ身体の「断片」回収が始まるのだ。

修復不可能な身体は、フリークスですらない。主人公はこの断片化した身体を冷静に見つめ、感情移入を回避する。そして、その冷静な視線は、一九一八年六月のイタリアとオーストリアの戦場における「死体」へと、読者を導く。人間の死体は如何に朽ち果て、どのように変化するのか。語り手は博物学者のごとく、「死体」を観察する（「死」ではない点は重要だ）――「死者は埋葬されるまで、日に日にその形状を変えてゆく。白色人種の場合、皮膚の色は白から黄色に、ついで黄緑色に、そして黒へと変わってゆく。暑熱の下に長く放置されると、肉の色は、とりわけぱっくり口をあけたり引き裂けたりしている箇所など、コールタールに似てくる。それは虹のように光って見えるタール色だ。死者は日毎に膨張し、ときには軍服におさまり切れないくらい膨れあがって、いまにも破裂しそうに見えてくる。手足は信じられないほど太くなり、顔はパンパンに膨れあがって風船のように丸くなる（CSS 337）。語り手は脳裏にこびり付く「臭い」ですら、記憶の外側へと押しやる――「戦場の臭いは、一つの恋が終わったときのように、完全に忘れてしまう。恋の最中に起きたあれやこれやは覚えていても、そのときの興奮は正確に覚えていないのと同じである」(337)。死体に対する客観的で相対的な視座。この語り手の「距離」は、もちろんニックやジェイクの語りの距離と地続きである。

［3］文芸誌『ダブル・ディーラー』において、若き日のヘミングウェイとフォークナーは、奇妙な邂逅を果たす。一九二二年六月、フォークナーの「肖像」とヘミングウェイの「最後に」が、同じページに掲載されるのだ（同年五月、ヘミングウェイは、同誌に、短編小説「神のしぐさ」を既に発表している）。両者の詩が、「老い」の主

題と緩やかに接続する点は看過すべきではない。ここではフォークナーの詩について補足する。

フォークナーの「肖像」とは、失恋した恋人を慰め、彼女に片思いする男性の詩である。だとすれば、それは稚拙でありながらも、すこぶる健全であり、若き詩人の習作と見なしうる。しかしながら、この語り手に目を向けると、健全／ヘルスとは言い難い「何か」が出現するのだ。第四連を見よう――「君はとても若い。そして、素直に信じている／この世界、この暗い通り、この影になった壁が／君が情熱のままに知っている美に輝き／色あせたり、冷めたり、死んだりするはずがないと。」(You are so young. And frankly you believe / This world, this darkened street, this shadowed wall / Are dim with beauty you passionately know / Cannot fade nor cool nor die at all.) (Faulkner, *Eaely Prose and Poetry* 337)。何故女性の「若さ」を強調するのか。語り手／男性が「色あせたり、冷めたり、死んだりするはずがない」と言うとき、その純粋さと無垢さへの執着は、彼自身の「老い」を逆照射することになる。小山敏夫が指摘するように、男性は孤独と老いを意識し、女性に忠告する。その女性とは、フォークナーの後の妻エステルであり、忠告は愛の囁きに他ならない（小山 一八八-八九）。では何故、若きフォークナーは「若さ」を見つめ、自身を「老人」に例えるのか。

「肖像」は、フォークナーがエステルに送った手製の詩集『春の幻』の一部である（執筆時期は一九二一年頃）。『春の幻』は、「一」の「春の幻」から「十四」の「四月」に至る「春」をめぐる連作詩である。フォークナーは、彼のペルソナとして登場するピエロが、憂鬱と執着心に苛まれながら、内面を変化させていくプロセスを描く。しかしながら、ここで注目すべきは、ピエロ／フォークナーの成長譚ではない。我々はピエロの「老い」、或いはその振る舞いを見るべきなのだ。ピエロは、「老い、疲れ、孤独に」苛まれ（*Vision in Spring* 4）、夢幻の世界に生きる住人となる。この連作詩において、「ピエロ」モチーフは残存・継続し、作品の基調となる。「五」の「肖像」においても、語り手自身が「老い」を自覚しながら街を歩き、無垢な恋人へのかなわぬ思いを詠うのだ。「気になる毎日の些事を話そう」と述べた語り手は、さらに次のように問いかけ、詩を閉じる――「深遠に人生を、単純な真理を語りなよ、／君の声が素直な驚きに澄んでいるあいだに。」(Profoundly speak of life, of simple truths, / The while your voice is clear with frank surprise.)。若さ故、恋を語れ、というのは滑稽だ。そもそも、語り手こそが若く、恋しているのは彼自身に他ならない。「老い」の側から、若さを見つめ、自身の未熟さを隠すこと。若きフォークナーが、老いたピエロの仮面を被るとき、女性が流す「涙」とは一体何なのか。それは、彼自身の涙ではなかったか。そして、ピエロとは彼のナルシス、女性は彼自身だろう。ナルシシズムの発露は逆説的であり、それは裏返された「涙」を通じ、抒情を生む。

[4] ヘミングウェイは詩人として創作活動を開始した。アメリカ文学を紐解く限り、この事実は珍しいことではない。詩人への憧れと挫折。それは彼に限らず、フォークナーやキャザー、ノリスやテネシー・ウィリアムズなどに共通する経験だろう。抒情詩から離れ、抒情的散文を手に入れるという逆説こそ、モダニズム作家のモードなのだろうか。永遠を希求する抒情詩は、モダニストが未練と憧憬を抱くことで、散文ジャンルで輝きを見せる。ヘミングウェイの詩とは、模倣と失敗に満ちた葛藤の産物なのだ。

参考文献

Allen, Frederick Lewis. *Only Yesterday: An Informal History of the 1920s*. New York: Harper & Row, Publishers, 1931.

Armstrong, Tim. *Modernism, Technology, and the Body: A Cultural Study*. Cambridge: Cambridge UP, 1998.

Doherty, Thomas. *Pre-Code Hollywood: Sex, Immorality, and Insurrection in American Cinema 1930-1934*. New York: Columbia UP, 1999.

Douglas, Ann. *Terrible Honesty: Mongrel Manhattan in the 1920s*. New York: Farrar, Straus and Giroux, 1995.

Faulkner, William. *Early Prose and Poetry*. Ed. Carvel Collins. Boston: Little, Brown and Company, 1962.

———. *Vision in Spring*. Austin: U of Texas P, 1984.

Hemingway, Ernest. *A Farewell to Arms*. New York: Scribner's, 1995.

——. *Complete Poems.* Lincoln and London: U of Nebraska P, 1979.

——. *The Complete Short Stories of Ernest Hemingway: The Finca Vigía Edition.* New York: Scribner's, 1987.

Kipling, Rudyard. *The Collected Poems of Rudyard Kipling.* Hertfordshire: Wordsworth Editions Limited, 1994.

Lynn, Kenneth S. *Hemingway.* Cambridge: Harvard UP, 1987.

Moddelmog, Debra A. *Reading Desire: In Pursuit of Ernest Hemingway.* Ithaca: Cornell UP, 1999.

Reynolds, Michael. *Hemingway: The Paris Years.* New York: Norton, 1989.

Stein, Gertrude. *Picasso.* New York: Dover Publications, 1984.

Wilson, Edmund. *The Shores of Light: A Literary Chronicle of the 1920s and 1930s.* New York: Farrar, 1952.

今村楯夫、島村法夫監修『ヘミングウェイ大事典』（勉誠出版、二〇一二年）

小山敏夫『ウィリアム・フォークナーの詩の世界　楽園喪失からアポクリファルな創造世界へ』（関西学院大学出版会、二〇〇六年）

舌津智之『抒情するアメリカ——モダニズム文学の明滅』（研究社、二〇〇九年）

高野泰志『引き裂かれた身体——ゆらぎの中のヘミングウェイ文学』（松籟社、二〇〇八年）

デイヴィッド・スカル『モンスター・ショー——怪奇映画の文化史』栩木玲子訳（国書刊行会、一九九八年）

ポール・ヴィリリオ『戦争と映画——知覚の兵站術』石井直志・千葉文夫訳（平凡社、一九九九年）

第7章

「老い」の詩学

――ヘミングウェイの一九四〇年代以後の詩を中心に

真鍋　晶子

1.　はじめに

ヘミングウェイの詩を時間的経過から大きく分類すると、幼い時から一九三五年までに書かれた一群と、一九四四年四番目の妻となるメアリーに出逢って以後に書かれた一群の二つに分けられる。作品数は前者が圧倒的に多く、特に一九二〇年代にその多くが書かれているが、本稿では、このうち後半の一群にヘミングウェイにとっての「理想の老いのイメージ」が描かれていることを検証し、またそこに「老いの心理」が流れていることを見てとる。[1] ヘミングウェイの晩年の詩には、彼がこうありたい、あるべきだと思う理想の老いの姿を投影させた存在がアルターエゴのように描かれるが、その姿は現実にはそうなりきれないが故の願望の裏返しで、そこに老いの心理が見え隠れする。また、詩に書くことで現実に対して第三者的視点を投影させ、自らに言い聞かせ、自らを納得させようとしているふしもうかがえる。そして、若い頃は、足かせをはめることなく、想いに忠実に突き進んで行けたが、晩年は、自らの年齢を意識し、年齢相応の行動をとらなければいけない、と自重しようとしている姿も垣間見ることができる。このあたりにも老いの心理が反映されている。

当然のことだが、詩もヘミングウェイの「作品」であり、彼の想像力とcraftを駆使して創造された芸術であるが、そこには、彼の生の声が満ちている。小説にも自伝的要素が強く見られるヘミングウェイであるが、詩にはその時々の心情が、より直截的に吐露されるため、伝記的事実との呼応が一層強く見られる。ヘミングウェイと数多くの関係者による書簡という形での生の声の交換、カーロス・ベイカーを初めとする伝記作家による多岐に亘る背景情報の提供に加え、詩中で、あるいは完成した詩と関わる逸話、そしてそこで重要な働きをしている人物、例えばメアリー、アドリアーナ・イヴァンチッチ、マレーネ・ディートリッヒなどが、様々な機会に発言した記録が残されている。それぞれが自伝や思い出の記を出版しているため詩のテクスト内外の背景について、私たちに様々な視点が与えられている。[2]それらを、多面性を与えてくれるものとして参考にしつつも極力詩の言葉から、老いの心理を読みとることとしたい。なお本稿は、これまで余り知られてこなかったヘミングウェイの詩を扱っているため、その引用とそれに対する私の読みを付した部分に多くの頁が割かれることになった。その点は、お許しをいただきたい。

2. 序～死の変奏～

本題に入る前に、「老い」との関連でひとつ指摘しておきたい。若い頃から詩のテーマとしてしばしば扱われ、特に後半の一群に一貫して流れるテーマは「死」である。一般的に考えれば「老い」れば、若い頃より自然と「死」に近づくのは当然なので、本書の全体テーマと通ずると思えるかもしれないが、ヘミングウェイは若い頃から一貫して「死」から目をそむけずにあえて直面し、若き日の詩にも「死」が満ち、彼の場合は「死」と「老い」が必ずしも結びつかない。老いて自然に死に至るという視点ではなく、死に真剣に向き合うことは生きることそのものであるという視点が最後まで貫かれる。若き日に第一次世界大戦で、多くの死を目撃し、自分自身も臨死体験をして以来、「死を生きる」とでも言うべき生き様が育まれたと思われる。一九二〇年代に書かれた第一次世界大戦の体験を直截的に扱った一連の「捕虜たち」、「名誉の戦場」、「戦死　ピアーヴェ――七月八日――一九一八年」、「[全ての軍隊は同じ…]」、「突撃隊」、「突撃隊」、「死んでしまったたいいやつらへ」、「[アルシエロ、アジアゴ…]」、「詩」といった詩や、その後に書かれた闘牛や自殺という生と死の臨界領域を扱った詩にそれが顕著に現れる。ここでは死と対峙し、命を賭すことに生きる価値を見出そうとする彼が、生きることや命と真剣に向き合っていると高く評価した人々と、逆に生死をぞんざいに扱っていると否定的に見た人物を対照的に描いている一編「悲劇的な女性詩人へ」(*Complete Poems* 87 以降、同書からの引用は *CP* と略記) を紹介することで、死に向かい合うことこそ生きることという態度がいかに詩に表出しているかを見ておきたい。一九二六年に執筆されたこの詩は、ニューヨークを中心に活動、ハリウッドで映画の脚本家としても活躍し、辛辣なウィットで有名であった詩人ドロシー・パーカーを扱っている。本詩のなかで彼女は、堕胎や死ぬつもりのない自殺未遂を繰り返し、生から距離をおいて無責任に生を軽く扱う人物として描かれる。パーカーは、アーサー王の円卓の騎士達を意識した「円卓」の名のもとに、詩人、作家、評論家、脚本家、俳優などが集まっていたグループの主要メンバーとして、ニューヨークのアルゴンキンホテルで日々メンバーと昼食をともにしていた。しかし、作家は個として仕事をするべきであるとの信念を持っていたヘミングウェイは、「円卓」に批判的で、同時期に書かれた詩「[ほんの数滴のグレイン・アルコール……]」(CP 86) でも、「円卓」の中心的存在としてのパーカーを諷刺している。このようなパーカーと対照的に示されるのが、真摯に生死と向き合うことを究めた闘牛士として、ヘミングウェイが高く評価したマエーラことマヌエル・ガルシアの死の瞬間のイメージである。ヘミングウェイはここで、師であるエズラ・パウンドが目指したイメージである「その一瞬に知と情の複合体を提示する」「最大限のエネルギーが終結した点」という視点から、彼の死を強烈なイメージで描ききっている[3]。マエーラは病院のベッド下の床、胸に刺された管が折れた状態で、闘牛のケープを丸め枕代わりにし、三等船室で船旅をした少年の頃に戻り、微笑みを浮かべ体を丸めて亡くなっている。この重層的な意味を提示しているただ一つのイメージを中心に、生を見つめた結果自殺を試みたスペインの人々についての挿話が列挙される。壮絶な挿話を淡々と列挙することで、彼らの生に対する真摯さ、気高さが描かれる。このようにヘミングウェイにとっての「死」は、生の究極の形である[4]。

後半の詩を執筆した頃にヘミングウェイ自身が実際に生死、戦争の極限的な実体験をしたのはチャールズ・ラナムのもとでの、第二次世界大戦である。特に最悪の戦いであったヒュルトゲンヴァルトの戦いを体験した後、一旦ヨーロッパを去ろうとしていた時に、再びラナムの所に戻った際の経験が書かれている「ルクセンブルグ防御線」（CP 115-16）は、若い頃第一次世界大戦で死と対峙して書かれた一連の詩がさらに発展した「戦争と死」が極められた作品である。第二次世界大戦と「死」をテーマとした詩の作品群数点もこの時期の彼の心理を追求するための重要な一群だが、本題の老いと離れるので、後日扱うこととする。

死に関してもう一点だけ指摘しておくと、晩年の詩の中には、このように死というテーマが通奏低音のように常に内在しているが、自らの死に関しては敢えて直面を避けるかのようにほぼ扱われていない。ただ一つ、一九五六年二月十四日フィンカ・ビヒアで手作りのヴァレンタインカードとしてメアリーに送ったお茶目で滑稽な二行詩にはそのモチーフが見られる。

ぼくのヴァレンタインデーの恋人、君がいないなら
ぼくは君のクリスマスツリーで首を吊っちゃうよ。

If my Valentine you won't be,
I'll hang myself on your Christmas tree.
（*CP* 127）

この詩は現在確認できるヘミングウェイの詩の中で、最後に書かれたもので、ヴァレンタインデーと季節外れのクリスマスツリーが共存して描かれ、時のずれの面白みが全体を支配する。詩の中で、通例一

月初旬のキリスト顕現の日に片付けられるクリスマスツリーがヴァレンタインデーに置かれている。このクリスマスツリーは、アメリカからハバナに運ばれ、ハバナ市内で売られていたものをメアリーが購入してフィンカに持ち帰ったもので、クリスマスが終わった後も庭師ピチロの世話のお陰で、暑さにも耐えツリーは北の森の甘い香りを長い間保持した。それをヘミングウェイは気に入り、クリスマスを越えた後もずっと処分を拒否していたという逸話の裏づけがある。この詩はこの詩として独立して、妻への親愛感を表すお茶目で暖かなかわいい詩と受け取るべきであることは確かだ。ただし、先にも述べた、詩と彼の人生との強い相関性に鑑みるとヘミングウェイが自ら命を絶ったという事実と「首を吊る」という詩句、また自然の時の流れに違和感を覚えさせる背景を考えると、現存する最後の詩に自殺のテーマが響いていることは指摘しておきたい[5]。

3．賢明な老人へのあこがれ

～「ある少女の二十一回目の誕生日の五日後に捧げる詩」～

さて、老いの心理がどのように現れるかを、前述のメアリーに送った戯れ歌のような詩を除き、現在入手できる詩のなかで実質上最後のものと言える「ある少女の二十一回目の誕生日の五日後に捧げる詩」（CP 125-26）に検討したい。この詩には「老い」の心理のさまざまな面が見えてくるが、生物学上現実の「死」に近づいているにもかかわらず、四四年以後の詩のなかでは珍しく、「死」が直接的には感じられない。これまで述べたようにヘミングウェイの場合、「死」は生の究極の形であるから、「老い」の心理が表出するこの作品に生の極みとしての死が見えないのは、一般の論理と逆に当然とも言える。彼は若い時期から「パパ」と呼ばれ、二十代で既に、七歳年長のアーチボルド・マクリーシュへの手紙に「パパ」とサインするほど、自らもその名称を受け入れ、頼られる年長者であるパパ・イメージを一般に植えつけてきた。[6] 一九五〇年十二月に執筆されたこの詩には、実際「老い」を意識する年齢になって（とはいえ、五十一歳に過ぎないが）、若い友人、しかも心惹かれる女性に対して、経験豊富で賢明な年長者が語りかけるという晩年の彼の詩の特徴が顕著に現れている。年輪を重ねたものわかりの良い落ち着いた大人の男性とその男性に反抗するような態度を見せながらも優しく甘える若い女性の構図に、彼がそうありたいと願う「理想の老い」を描こうとする心理が働いていると感じられる。老いを衰えと結びつけるのではなく、年月を積み重ねた結果と肯定的に捉え、年輪が刻まれて落ち着き賢明に老いた人・男となった自身を描きたい心理が見えてくる。老いて行くことへの焦りの心理が裏返って吐露されているのだが、ここまで自分を格好よく描かれると読む側が気恥ずかしくなってくるほどである。（老いてますます心身ともに passion が凄まじくなったと自覚をし、それをコントロールできなくなってきていることを赤裸々に叫んだW・B・イェイツの晩年の詩と対照的な感がある。）この若きミューズの出現により、より強く直面せざるを得なくなった老いの現実と、それ故にますます増幅する、理想の老いの姿、こうありたいと願う老いの心理が本詩に展開する。また重要なことに、五十二行というヘミングウェイの詩の中では長いこの作品は、構成上三部に分けることができ、そのそれぞれの部分に詩としての形式上の試みがなされていて、「老い」の心理が描かれる中に新しい試みを持ち込み、詩人としては、まだまだ新しい詩型を実験する若々しい創作の意欲をみせている。この三部に従って、実際の詩行を追っていきたい。

題名に表され、この詩が捧げられている女性はアドリアーナ・イヴァンチッチである。本詩は一九五〇年十二月にフィンカ・ビヒアで執筆されており、一九三〇年一月一日生まれの彼女の二十一回目の誕生日を祝して書かれたものである。一九四八年十二月に友人ナンユキ・フランケッティ男爵が所有する北イタリアの猟場で出逢ったその日に彼女はヘミングウェイの心を捉えたのだが、執筆時には既に交流を深めて二年の時が経っている。五〇年十月末から五一年一月下旬まで、アドリアーナは母ドーラとともに、ハバナのヘミングウェイ夫妻を訪問、フィンカ・ビヒアに滞在し、彼女は邸内の「白い塔」で絵の創作をしていた。つまり、この詩を執筆し捧げた時、彼女はヘミングウェイの傍らで、ミューズとしての力を十分に発揮していたのである。ヘミングウェイは、アドリアーナのお陰で十二月に入って突然創作に力が入るようになったと語っており、実際『海流の中の島々』と『老人と海』の創作が進むのである。このように、この創作への力が沸き起こった時期と本詩の創作時期は一致している。そして、アドリアーナとの出逢いから、創作への情熱がほとばしり「再生」した彼は、『河を渡って木立の中へ』でアドリアーナの分身的人物に、そのことを感謝するように「再生」を意味する「レナータ」の名前をつけている。一方、旺盛な創作意欲をみせるこの時期にもかかわらず、その詩の中に老いの心理が吐露されていることを、この詩を読む際に看過するわけにいかない。[7]

(i) 冒頭部

前述のように本作品は構成上三部に分けることができる。詩の第一部は以下のような冒頭十二行で、主題となる女性の提示の仕方に注目したい。

宮殿に戻らん
そして石たる家へ
彼《か》の女性は最も速く旅する
一人旅する女性は
牧場に戻らん
そして骨たる家へ
彼《か》の女性は最も速く旅する
一人旅する女性は――
無へ戻らん
そして孤独へ
彼《か》の女性は最も速く旅する
一人旅する女性は

Back To The Palace
And home to a stone
She travels the fastest
Who travels alone

Back to the pasture
And home to a bone
She travels the fastest
Who travels alone —
Back to all nothing
And back to alone
She travels the fastest
Who travels alone

一行が非常に短いことが目にも耳にも印象的なこの冒頭は、若い頃ヘミングウェイに影響を与えた詩人ラドヤード・キプリングの詩「勝者たち」のリフレイン「孤独に旅する者は最も速く移動する」("He travels the fastest who travels alone.") を二行に分け、"He" を "She" に変更してそのままリフレインとして用いたもので、孤高に旅する凛とした女性の姿が印象づけられる。キプリングなど、自分自身が高く評価している先輩詩人の作品をパロディ化して諷刺詩を作ることは若い頃からヘミングウェイが得意とするところであったが、ここでは、これまでになく真面目に、先人の作品を下敷きに彼自身の詩世界を展開している。話題とされている女性は「彼女」と第三者的視点で距離をもって提示され、そこに古典的な響きをもつキプリングの詩をパリンプセストに書かれたように重層的に響かせることで、彼女の姿の孤高な気高さが動く絵・イメージとして紹介されている。つまり、書き手が彼女に対して一定の距離を保って歌い上げていることを、まず、意識しておきたい。

さて、この詩の独特の効果に貢献しているのは、一つには音・リズムである。ヘミングウェイの詩は概して、個性的な音の世界を作り上げ、詩は「歌」であることを示すが、ここでのリフレインはそのリズムを生み出す原動力になっている。キプリングの詩は一連が六行で構成されたものが、四連で作り上げられた二十四行の詩で、このリフレインは各連最終行に繰り返され、印象的なリズムを生み出しているが、本作品では冒頭十二行の半分もがこのリフレインで占められることで、彼女の孤高な気高さが読者の心に刻み込まれる。一行が短く簡潔でリズミカルな中、リフレインが読者の耳から離れないだけでなく、これ以外にも様々な繰り返しが音と内容を絡み合わせてこの詩のイメージを形作っているが、なかでも注目したいのが、奇数行の冒頭が全て"back to"で始まる点で、まさにこれが老いの心理を表したものになっていると思われるのである。"Back to"で彼女がヴェニスに戻ることが示唆される。繰り返される"back to"は「戻れ」と命令しているのか、「戻る」という事実の叙述なのか、動詞がないため明らかでない。彼女は本来属するヴェニスに戻るべきであり、賢明な老人であれば「そうしなさい」と言うことは解っていながら、そう言い切れない。彼は行動を促す動詞を入れて"Go back"と明確に命じる所にまでいたらない、かといって、二十一回目の誕生日を迎えようとする、将来が開けている女性に老いた自分のそばに居続けてくれとも言えないジレンマが動詞のない所に読みとれる。リフレインでは女性は理想化され距離を持って描かれているが、その距離を保ちきるかどうかの書き手の身の処しどころを定められないところに賢明な老人へのあこがれと、そうはなりきれない現実の書き手の心の動き、つまり彼の老いの心理が反映される。

戻る場所がヴェニスであることは、十三行目からの中間部に明らかなのだが、アドリアーナがヴェニスの貴族の娘であるという事実を前提に、伝記的事実をテクストに読みこむと、冒頭部の細部にもヴェニスのイメージが織り込まれていることがわかる。“The Palace”は『全詩集』の編集者ニコラス・ゲロギアニスが指摘する様にヘミングウェイがヴェニスでよく利用し、アドリアーナたちと食事をともにしたグリッティ・パレス・ホテルを指すのであろう（CP 157）。同時に、グリッティ・パレス・ホテルから程近くにある彼女の邸宅パラッツォ（palazzo）も英訳すればpalaceであり、彼女の邸宅のことも示していると考えられる。

さらに、この冒頭から「孤独」のテーマが提示されているのは重要である。彼女がヴェニスに戻る、とは、「無（“all nothing”）」そして「孤独」に戻るということ、そしてその孤独は彼女のもののみならず、ヘミングウェイ自身の孤独に繋がる。形の面でも、リフレイン最後の“alone”が他の偶数行の最後の語である“stone, bone, alone”と押韻され、音・リズムを駆使して孤独が強調される。この押韻して関連づけられている“stone, bone”も、石畳の街ヴェニスはもちろんのこと、石や骨という根本的で本質的なものを指すと同時に、硬く冷たく寒々としたイメージを喚起する。[8] 若い女性の気高い孤高な姿が理想化されて描かれるのと対照的に老人の孤独感が顕在化させられている。また、伝記的事実としても、先ほど指摘したように作家は個人で仕事をすべきだとの信念を持つ一方で、創作・創造に関わる以外の時に一人になると、孤独で寂しいと訴えるというのも彼の一面で、もちろんアドリアーナに対しては、会えない時に“lonely”、君を想って寂しい（“lonely for you”）を繰り返す手紙を書き続けている。彼女とパリで再会した後、彼女がヴェニスへ、自分たちがキューバに戻る際の彼の絶望感をメアリーが哀れんでいる程である（Mary 324）。

（ii）中間部

冒頭部が終わった途端、聴衆・読者に語りかける口調で、突然の展開をみせて、中間部が始まる。

でも、紳士のみなさま方、ご心配ご無用
なぜなら、ハリーズ・バーは存在し
アフデーラはリドにおり
車高の低い黄色い車に乗っているのだから*
エウロペーオの出版
モンダドーリの払いは滞る
友人を嫌いなさい
全ての嘘を愛しなさい
干し草を餌にする仔馬もいる
朝目覚めれば
ヴェニスは未だにそこに存在する
　*翻訳者の注：H氏は狂ってる。リドには車なんてないのに。
But never worry, gentlemen

Because theres Harrys Bar
Afderas on The Lido
In a low slung yellow car *
Europeos publishing
Mondadori doesnt pay
Hate your friends
Love all false things
Some colts are fed on hay
Wake up in the mornings
Venive still is there

*Translators note: Mr. H must be insane. They do not have cars on The Lido.

冒頭十二行を独立した詩として扱い、その詩を朗読した詩人が、聴衆に語りかけているような自己劇化を行い、冒頭部分の詩が枠・フレームの中に入れられた独立した作品のようになる。冒頭では詩人の心の中の声しか聞こえなかったのに対して、この中間部ではそれについて外からコメントをすることで、一種滑稽な空気が広がる。これは状況提示の相対化で、冒頭部最後の孤独のテーマの導入により老いのセンティメンタリズムに陥りかねなかった心を仕切り直し、賢明な年長者としての役割を果たそうとしている姿が見えてくる。この中間部では「～しなさい」が多用され忠言を与える理想的な年長者としての自分を描ききることになるが、この自己劇化がそのお膳立てをしているのである。

内容としては二人が共有できるヴェニスに関わる固有名詞が列挙され、現実に存在する場としてのヴェニスが生き生きと描かれる。ヘミングウェイお気に入りのバーで、出会いの翌日アドリアーナを招待した場であり、その後もしばしば二人で訪れたハリーズ・バーや彼らが出逢うきっかけとなったナンユキ・フランケッティの妹でアドリアーナの友人アフデーラなどが取り上げられる。加えて、アフデーラが、ヘミングウェイは自分自身にぞっこんで、『河を渡って木立の中へ』のレナータは自分とアドリアーナの二人がモデルになっていると語ったことが報道された雑誌『エウレペオ』の名前もアフデーラの名前とともに挙げられている。しかし、固有名詞が列挙されるだけで、彼にとってのその一つ一つの意味は説明されない。事物を説明なしに列挙し、事物それ自体に語らしめることを目指したパウンドの理想とするイメージの実践がここにも見えてくる。事物が内包する意味を最も共有できるのは、背景を知る人なのであるから、この詩がもつ広がりや深みに達するのは、一義的には彼自身と彼との経験を共有した人たち、より限定的にはこの詩が捧げられた女性ということになる。そして、その女性に対する年長者からの忠言が名詞の列挙のなかに挿入され、ここで理想の老いのイメージが提示されている。

さらに注意すべきことに、先ほどの聴衆への語りかけに加えて、もうひとつ、彼とアドリアーナの個人的体験が盛り込まれた場所や人の羅列が、私的な感情に流されてセンチメンタルにならないように自制するかのような工夫がなされている。わざわざ翻訳家が注釈を付すというような形で、第三者の視点を導入しているのだ。このことで、自らを相対化し、個人的感情に耽溺しないようにしているのだが、これはある意味、自制をする老いの心理の反映と言える。さらには、中間部の後半に彼の心の核心が述べられる（最初の一行は、先程の最終行）。

ヴェニスは未だにそこに存在する
鳩は出会い、求愛し、子を殖す
陽の光が広場にあたらない所で
僕たちが愛してきたものは灰色の潟の中
僕たちが歩いた石畳の上
一人で石畳を歩きなさい
一人で生き、好きになりなさい
一日の間、好きになりなさい

Venice is still there
Pigeons meet and beg and breed
Where no sun lights the square.
The things that we have loved are in the gray lagoon
All the stones we walked on
Walk on them alone
Live alone and like it
Like it for a day

ヴェニスは、確固として存在し、彼女の街であり、二人が共有した空間と時間が街とともに存在することが確認されると同時に、最後には孤独のテーマに戻っていく。この部分の最後にも年長者が若い人に諭す口調が現れる。二人の思い出が満ちあふれた土地で一人で生きろと。そしてサンマルコ広場のいたるところに見られる鳩のつがいに二人の姿が重ね合わせられ、ロマンティックな雰囲気のなか理想化され、老いた賢人の声が響く。

(iii) 最終部

年長者が大きな心で若い女性に優しく、暖かく諭すこの調子を維持したまま、次の最終部へと移行する。ここではヘミングウェイが、この詩以前には使ったことのない対話詩の手法を初めて用いている。引用符は全くないまま二人の会話が続く。

でも、私は決して一人ではないわ、彼女は怒って言った。
君の心の中でだけだよ、彼は言った。君の頭の中でだけ。
でも、私は一人でいるのが好きよ、彼女は怒って言った。
そうだね、解ってるよ、彼は答えた
そうだね解ってるよ、彼は言った。
でも、私はだれよりも一番でいるわ、私がみんなを導くの。

そうだ、もちろん、君がそうすることは解ってるよ。君はそうなる権利を持ってる。

But I will not *be* alone, angrily she said.
Only in your heart, he said. Only in your head.
But I love to be alone, angrily she said.
Yes, I know, he answered
Yes I know, he said.
But I will be the best one, I will lead the pack.
Sure, of course, I know you will. You have a right to be.

男性は、あくまでも落ち着いた大人が相手の言うことを受け入れながら諭す調子。女性は「怒って」に現れるように、男性の意見に噛みつき反抗する。むきになり矛盾することも口にするが、それでも男性は受け入れる。彼の行動を表す動詞は“know”のみで、彼が知識に満ちた包容力ある老人であることが強調される。しかも、女性はここまで反論していながら、これに続くのが、

いつか戻って来て、私に話して。私に解る（見える）ように戻って来て。
あなたとあなたの問題全てを。あなたが日々どんなに懸命に働いているかを。
そうだね解ってるよ、彼は答えた。

Come back some time and tell me. Come back so I can see.

You and all your troubles. How hard you work each day.
Yes I know he answered.

彼女は甘える調子である。彼は一貫して、彼女の言うことを肯定する“yes”と、「解ってるよ」と知識を表すと同時になだめる響きのある“I know”を繰り返す。知識（knowledge）の集積としての老いであり、知恵（wisdom）ではないところも微妙に重要で、知恵をもつ人間なら、この詩に見られる心の揺れはないはずだ。この詩を書くことで、揺れを収めようとしているとも感じられる。

続く最後の十二行はこの詩の流れから言って、男性から女性への忠告と第一義的には理解すべきだが、男性からの忠告とも女性からの忠告とも、どちらと読むことも可能な形で書かれていて、二人は心を交換することが可能なくらい一体化していることを示唆しているのではないかと感じられる。[9]

「それをあなたのやり方で必ず行いなさい」で始まる続く八行のうち七行は命令形でその全てが“do”と“it”という最も基本的な動詞と代名詞を組み合わせた「それをしなさい」の形をとる。何もかも削ぎ落とした「骨」に通じる本質的なものを表する表現で、何をするのかはitで明確化されないが、彼女自身の判断を信じて、彼女自身のやり方を見つけて、一人で生きて行きなさいという年長者の忠言である。「あなた自身のやり方」は前述の孤独のテーマにも通ずる。しつこいまでの繰り返しを、その効果を見るため、訳をつけずに列挙する。

Please *do* it your own way.

Do it in the mornings when your mind is cold
Do it in the evenings when everything is sold.
Do it in the springtime when springtime isn't there
Do it in the winter
We know winter well
Do it on very hot days
Try doing it in hell.

この部分は、若い頃に教えを受けたガートルード・スタインの繰り返しの妙を見るようである。繰り返しに繰り返しを重ねて、相手の頭に刷り込む助言リストの後、続く二行で「ベッドは鉛筆と交換しなさい／悲しみは本の頁と交換しなさい」と具体的な忠言を始める。ヘミングウェイとアドリアーナという具体的な人物を投影すると、詩を書くこと、絵を描くことに長けていた彼女に対して、創作に身も心も専念させなさいと言っていると一義的には取れる。ただ、上述のアイデンティティの交換を適用すれば、彼女から彼に執筆を促す忠告ともなる。さて、このように言っているがすぐに、やはり距離を保たなければいけないという意識が働くかのように、こんな具体的な忠言は避けなければならないとばかりに「いや、自分自身で見いだしなさい／君の年齢にふさわしい幸運を手に入れなさい」と彼女の能力を信じ、彼とは別個に「一人で」彼女自身の人生とその幸福を見つけることを願って、この詩は終わる。最後も、ともに人生を作ろうというのではなく、あくまでも距離を保って彼女に接し、若い友人の人生を祝い幸せを願いながら、大きな心で包みこむように見守る賢明な老人という立場を堅持している。

4．守護天使願望、旅、思い出、そして自らの死

～「メアリー嬢への詩」、「旅の詩」～

以上、出逢いの直後から娘（"Daughter"）と呼びかけていた年若い友人、しかも単なる友人ではなく女性としての魅力を感じていた女性に捧げた詩を一行ずつ読むことで彼の老いの心理を見てとった。[10] 男性としての恋愛感情を前面に出してはならないと自制することを試み、賢明な年長者たらんとするところに老いの心理の表出が見えたが、次に一九四九年十一月からクリスマス直前まで、ヘミングウェイ夫妻がパリで過ごした間に書かれた六編のうちの、妻メアリーに直接呼びかけている二編の詩「メアリー嬢への詩」（*CP* 119）と「旅の詩」（*CP* 124）に、老いの心理のもう一つの現れを見たい。ここでは、メアリーのことを抑えきれない恋愛感情の対象となる恋人としては描かず、一見夫としての穏やかな視点で彼女への愛情を描いているように見える。この二編でも、自分自身の心の持ち方を理想化し過ぎているきらいはあるが、年長の男性が大きな穏やかな愛情を持って年少の女性を見守る姿や包み込むような情愛を描いている。守護天使のように見守っているかのようである。現実には八歳の年齢差があるに過ぎないメアリーを、詩の中では、かなり年下の女性として扱い、彼自身もそれに見合った身の処し方を描いている。さらに、この詩は「旅」と「思い出・記憶」という老いと関連づけうる二つの重要なテーマを内包し、「死」、特に自らの死も明確に描いている。

まず題名にメアリーの名前を冠した「メアリー嬢への詩」である。「メアリーへの詩」を題名に持つ詩の三編目で、四四年の出会いの直後に書かれた同種の題名をもつ二編が、出会った直後の彼女への熱い恋愛感情と死・戦争について直情的に書かれ、恋する相手のメアリーに自分自身を売り込もうとしているものだったのと対照的に、二人で歩んできたことを思い返し、眠るメアリーに歌いかけるララバイのような本詩は、娘を優しい愛情で見守る父親のようである。題名でMissを名前に付しているが、これは既婚女性に呼びかける正式の用法ではあるものの、Missを姓につければ未婚女性のイメージがつきまとい、それゆえ、メアリーを若いものと捉えている印象が与えられ、さらには夫が存在しない状況――彼に会う前や彼と別れた後、彼の死後など――をも暗示している。冒頭から、「さあ、メアリー、お前はしっかり向き合える／そして独り身になっても上手く向き合えるから」("Now, Mary, you can face it good/ And face it in your widow-hood")と、暖かく思いやりに満ちた呼びかけではあるものの、彼女が未亡人になった時、つまりは自分自身が亡くなった後のことを想定し、単純なララバイとは取り難い状況設定をする。メアリーの若さが印象づけられると同時に、年長者である自分が先に死を迎えるという前提に老いの意識が現れている。[11] さて、向き合う対象は二人で体験してきたこと、そしてそれらは「とてもとてもすてきだった」("they were very, very nice,")と子どもでも理解できる表現で語られる。そしてそれは、メアリーに子どもに対する視線で接していることの現れである。[12] 二人が体験してきた様々なこと全てを表すために、「茶色いもの、黄色いもの、そして緑のもの」("The brown, the yellow and the green")と並列し、これら全ての性質を述べるのに、対立し矛盾する形容詞「小さく、大きくそして不正確で／あるいはとても明確でかなり正確な」("Were small, and big and un-precise / Or very clear and quite precise”）を並列させ、世界を対立項のごった混ぜとみなす。ヘミングウェイは詩のなかでシェイクスピアをよく用いるが、『マクベス』の魔女が「きれいはきたない、きたないはきれい」と言うことに類似する。さて、ここで注目すべきことに、生や世界、二人での体験に対する態度に、若い頃に見られない揺れ・ぶれが見られるのである。存在している様々なものに対して、上のように二人の体験を「すてき」（“nice”）と言ったにもかかわらず、それらが「シラミのように僕たちの体の上を這い回った／賽を投げて捨て去るまで。」（“And crawled on us like country lice, / Until we rolled them off with dice.”）とまとわりつく異様なイメージで示される。直前の“nice”とここのシラミ（“lice”）、賭けで一挙に全てを失わせる可能性を表す賽（“dice”）が（さらに直前二行の“un-precise”と“precise”も）押韻するので、内容が強く繋がっていることが強調されている。そして続く行では、またさらに一転、こういった体験は「すてき」（“lovely”）だと受け入れを示唆するといったふうに、二転三転する。メアリーとの関係に対する彼の心理の揺れを反映していることが窺える。

　さらに最終部で自分のなすべきことを果たしてしまったら、自分自身の鋤（“spade”）を持ちなさいとまた、謎めいた忠告をする。しかもこの「鋤はいいもので、親切で、優しく／でも十分深く切り取ることができる」（“A spade is good and kind and sweet / Yet it can cut sufficient deep.”）ものであるという。“nice”や“lovely”と同じくらい簡単な“good and kind and sweet”という形容詞で説明される鋤が何を意味しているのかは明確ではないが、一般に鋤は豊穣と死という二つの対立するものを象徴し、ここでも豊穣な恵みを与える農耕と結びつく大地を掘り起こす道具としての鋤ではあるが、地中に死者を埋めるための道具としてのイメージも表されている。（本詩の創作の直後に書かれた「複勝式」（“Across the Board,”

Poems 120）にも地中に眠る死者のイメージが扱われている。また、伝統的にスペードは暗闇を象徴するものでもある。）二人で育んできた豊かなものをメアリーがもって人生を刻み生き続けて欲しいとの願いを示す中に、死がアンダートーンとして響いている。そして最後に「だからゆっくりおやすみ、愛しい君。／お願いだ、ゆっくり休みなさい」（"So sleep well, darling. / Sleep well, please."）と優しい愛情をもって見守っているような言葉が続く。詩の最終の一行は、「そして、ぼくが穏やかに落ちついていると解っておくれ。」（"And know that I am at my ease."）とやはり命令文で締めくくる。最後の一行は穏やかな妻の寝顔を見たおかげで自分は落ち着いているので安心してくれとも読めるが、現世での苦痛から解き放たれ安らかに眠っていると解ってくれとも、他の女性への愛情に心乱れていないから安心してくれとも読める。年齢を重ねた男性が年下の女性を穏やかな愛情をもって見守り、忠言を与えるという大枠の中、老いてこれまでの人生をどのように受けとめるかについて心が定まらない様子、さらに自らの死を前提とする、老いた詩人の心理が明確に現れる作品である。

次に、経験豊富な年長者が若い女性に語りかけているもう一つの詩「旅の詩」を見たい。今検討した「メアリー嬢への詩」が書かれた一九四九年の十二月二十四日、夫妻で一月ほど滞在したパリを後にし、南フランス経由でヴェニスへと移動する直前に旅することの重要性をメアリーに教え聞かせる詩である。（最終目的地はアドリアーナのいるヴェニスである。）ここに、「旅」と「思い出・記憶」というテーマも「老い」の心理に関わるものとして見ておきたい。冒頭から、我々が既に見慣れている命令文の形式を用いてメアリーに旅することを促す。

行きなさい、メアリー、汝に告げたい
どこここへと行きなさい。そうすれば見ることができるから
経済や歴史を。
Go Mary I would say to thee
Go everywhere so you might see
Economics and history.

簡単な語彙と文の構造を用いて、まじめで諭す調子で詩が始まり、この調子で彼女に旅を促す。現実にはヘミングウェイも旅するのだが、本作品のなかでは、二人（実際は運転手はじめ数人が同行）で旅するという背景は感じられず、とにかく彼女へ忠言を与えるという態度を崩さない。若い頃に書いた『ハムレット』のポローニアスの息子への金言リストのパロディ「ポローニアスの忠告の現代版」（*CP* 19）や、三男グレゴリーの誕生直前に書いた「息子への忠言」（*CP* 98）は滑稽で戯画的な調子が貫かれるのだが、それに対し、妻に対してではあるが、娘への助言の趣をもつこの詩は、賢明な年長者のトーンが貫かれるように、内容も比較的まじめに書かれ、それに合わすように形も整然と、第三行以外の全てが二行ずつ押韻されて七つのカプレットを作りあげている。ただし、二カ所でお好みの語「尻」（"ass"）が用いられて、そのふざけた調子のおかげで全体が教訓調になることが回避され、作品全体の雰囲気が和らげられている。しかもその全体が和らぐ部分で「でも旅はぼくたちの全ての部分を開放する／まず、お尻の穴を、最後に心を、」（"But travel broadens all our parts / The ass first, and at last, our hearts:"）と

巧みに旅のテーマが述べられる。年長者のこれまで育まれてきた知恵が、旅という対象に凝縮されているのだ。旅をして偏狭な視野から放たれ、心を開いて、様々な土地で時をかけて「人々が生み出してきたものを受け入れることが出来れば」（"can take what others made"）旅が心を開放し、ゆったりと世界を受け入れる態勢を作ってくれるというのだ。しかもこれまでそのように出来た人は少ないとも述べる。だからこそ全身全霊をかけて経験しなさいと、やはり、人生の何もかも解った年長者が年少者に忠言を与える調子で詩を締めくくる。ここも、繰り返しでリズムを生み出し、野球の比喩にとれるイメージを使って、簡単な語彙で子どもに歌って聞かせるようである。

でもそのように出来た人はほとんどいない
そうだから、行きなさい、そして投げなさい、そして投げて、行きなさい
壁を越えてそれをつかむ人もいれば
球に全くとどかない人もいる。
But few have ever learned it so
So go, and throw, and throw and go
Some will catch it off the wall
Others not reach the ball at all.

何を投げるのか。おそらく自らの全てを投げ出して経験しなさいということだろう。そして、「投げる」

ということから野球のイメージが暗示されるが、ボールの意味が微妙に変化している。旅という経験に身を晒し、体を伸ばしきって、塀・フェンスを越えて経験を摑み取る人もいれば（"off the wall" のアメリカの用法で「風変わりな、普通でない、突飛な」も含意され、「あなたに特有の、他の人から見たら変に思える様な方法で」摑み取る人もいればという意味も含まれるだろう。）、旅が投げかけてくれるボールに達せず、経験から何も得ない人もいると。これも前に述べたテーマである、生に真剣に向き合って生きる人と、生をおざなりにしている人との差を描いているものと思われる。そして詩人の態度としては、一緒に旅しようとはならず、自分はそばにはいないが旅しなさいという、先の詩に通じる「自分はいない」という距離感が感じられる。

さて、最後に思い出、記憶のテーマである。冒頭三行目、旅で学びなさいとあげた対象は「経済と歴史」であった。そしてそれを表すものの例としてあげられているのが、「壁の絵」（"Painting on the wall"）である。この執筆直後旅する南仏やイタリアの城、教会、美術館には、壁画や壁にかけられた多くの絵画が長年の時を越えてもその価値を失わずに存在している。絵自体が、芸術、伝統、文化そのものを背負っており、その絵が経過してきたこと、またその絵が描かれた時代を理解することは「歴史」を学ぶことに通じ、さらにその絵が描かれた背景、つまり「歴史」を動かしてきた「経済」や政治の理解なしにはその絵の本質には近づけない。さらに、絵に関して続く二行が私にはパウンドとの若かりし時の旅の思い出に繋がっていると思えて仕方がない。老いて思い返すなかで貴重なものとして老人の心の根幹に存在するものが、パウンドとの旅であり、そこで彼が身につけたものは過去から引き継がれてきた伝統を内包する文化・芸術作品で、それを若い人に引き継ぐことこそ老人の努めであるとの自覚のもとに、それをパウンドから学んだ言葉の使い方を駆使して本詩で残しているのである。

壁の絵が見つけられる
そして誰も自分の猟犬を描く必要はなく、
また王（のお尻）に追従する必要もない
Painting on the walls is found
And no one has to paint his hound
Nor kiss the ass of any king

パウンドは、芸術を理解した理想の君主と見なした十五世紀北イタリア、リミニの軍事的君主ジギスムンド・マラテスタの実質について理解したいと考え、そのためには、信頼していたヘミングウェイの軍事に関する生きた専門知識が必要であると感じていた。そして、そのためにピエムビノやオーベロなど、トスカナ地方のマラテスタの戦場をともに訪れることを望み、一九二三年二月にヘミングウェイ夫婦とパウンド夫婦での徒歩旅行（最終的には汽車でパウンドの理想の地の一つ、ガーダ湖岸サーミニオーニに至る）が実現した。最初は渋っていたヘミングウェイだが、パウンドがルネサンスの歴史を語り、ヘミングウェイが現実に起こったと想定できる戦いを再現するということを続けるうちに次第に、旅にのめり込むようになっていった。そして、その旅は、二人にとって充実したものとなった。この結果が、パウンドによる『マラテスタ詩編』と呼ばれる「詩編八〜十一」に結実することとなる。「歴史」「経済」はパウンドの重大な一面を示すキーワードで、それはこの詩編にも展開されるが、パウンドは後に「歴史」を重視し、独特の「経済」論を構築することになる。[13] さて、ピエロ・デラ・フランチェスカによって描かれた、そのジギスムンド・マラテスタの見事な肖像画がリミニの聖堂テンピオにあり、残忍であったマラテスタの冷酷な表情と同じくらい強い印象を与えるのが、そこに描かれた黒白二匹のグレーハウンド犬である。次々に暗殺を繰り返す冷酷非情な君主マラテスタに、周囲の者は「追従する」必要があったことは想像に難くない。このように、この引用部の最後の二行にこの絵が言及されていると思われるのである。二三年の旅でリミニを二人でともに訪れることはなかったが、ヘミングウェイは二七年に、友人である『ブルックリン・デイリー・イーグル』紙のガイ・ヒコックとリミニを訪れており、この肖像画を見た可能性は高い。パウンドにとってテンピオが聖なる地であり、この絵がいかに重要であったかは『詩編』に明らかである。四九年のメアリーとの旅は、パウンドとの旅の軌跡とは異なるが、パリから南仏、北イタリアへの旅を前にして、若い頃の旅が思い起こされ、それがこの詩に現れていると思われる。実際四九年の旅行中、訪問地の歴史や文化をヘミングウェイは語りに語ったという。思い出は誰しも持つものではあるが、「現在」を常に見据えて前を見続けていたヘミングウェイが、五十歳とはいえ忍びよる老いの気配を感じ、若い頃の「思い出」に目を向けているのも、「老い」の現れと言える。回顧するのは自らの根幹に触れるパウンドとの旅であり、そこで彼が身につけたことを若い人に引き継ぐという年長者の努め、それを詩人としての一歩を踏み始めた頃にパウンドから学んだものを熟成させた形で本詩に残しているのである。そしてその彼も次の世代に引き継がれ、語られることで思い出され記憶に留められるのである。

この後に書かれた『老人と海』においても、「覚えている」はキーワードで冒頭しつこいまでに繰り返され、記憶、思い出がこの時期ヘミングウェイの心の中に重要な位置を占めていたことは想像に難くない。

5. 結論

ヘミングウェイの晩年のいくつかの詩に、彼の老いの心理の反映を見てきた。冒頭にも述べたように、直截的に生の声が響く創作物が詩である。そのなかでも彼が年齢を重ねてから書いたものに「理想の老い」を求める心が表出されている。また、その心を歌うことにおいて、その内容にふさわしい「声」を響かせることを求めて、新しい言葉の使い方を様々に工夫しており、詩人ヘミングウェイは晩年まで健在であった。その根幹は若き日のパウンドとの出逢いで育まれたこと、そして、文化の伝統という流れを自らも引き継ぎ、老いた自分から次の世代に繋がれていくことを期待する。そういった姿も晩年の詩から読み取ることができる。[14]

ここまで、ヘミングウェイの詩における老いを見てきたが、最後に再び死に目を向けると、そこに浮かび上がるヘミングウェイにとっての死は、これまで述べてきたように生の究極の形であり、老いの先にある死は、彼には考えられないものであった。また、老いて死ぬことは彼の選択肢の中にはなく、格好よく生きることができず、無様になってしまうような自らの老いは認めることができなかった。そう考えると、晩年の彼は、現実の老いを理解するがゆえに受け入れることができないジレンマのなか、理想の老いへのあこがれを詩に紡いでいたのかもしれない。

注

［1］現在確認されているヘミングウェイの詩は、一九九二年に出版された『ヘミングウェイ全詩集』（以下、『全詩集』と言う。）に、数編を除いて全て収められており、本稿での引用もこれを基にしている。この『全詩集』は、ヘミングウェイの詩のほとんどが初出となった一九七九年出版の『ヘミングウェイ　八十八の詩』を改訂したものである。

［2］ディートリッヒとの関係は、ジョン・F・ケネディ図書館所有の往復書簡の全てを今村楯夫が解読した「大作家と大女優の「愛の形」　ヘミングウェイとディートリッヒ」に詳しい。

［3］パウンドは様々な所でイメージ論を述べているが、*Gaudier — Brzeska* 81-94, "A Retrospect" (*Literary Essays of Ezra Pound* 3-14）にまとまった形で展開されている。

［4］この詩のなかのマエーラの描写は上記の死の瞬間／直後のイメージのみである。ただ読み手としては、『ワレラノ時代ニ』や『われらの時代に』の各章最初におかれた、散文詩とも言える短いヴィネットで、闘牛を究めて死に至るというフィクションのもとに書かれた壮絶な死を遂げつつあるマエーラ、『午後の死』のなかで写真とともに示されるマエーラの姿が重層的にこのイメージに結びつくことになる。このようにヘミングウェイの詩を読むとは、彼が他所で描いたテクストの交錯により、詩で描かれた世界が膨らみ、インターテクスチュアリティが読者の中で沸騰するという読書体験となるのである。

［5］この詩に現れる親愛表現には執筆時に感じていた暖かい感謝の気持ちを読み取るだけで留めておくべきであろ

うが、メアリーに対して公然と罵ったり、物を投げつけたりと酷い扱いをしていたという周囲の証言を併置すれば、そこに当時の彼の複雑な心理を読みとりたくなる。また、本詩の初出はメアリーの自伝なのだが、アドリアーナなど若い女性にヘミングウェイの愛情が注がれていることが傍目にも明らかである状況で、メアリーが夫の愛情を一身に受けていたと見せつけるかのようにこの詩をわざわざ自伝に掲載したことに現れる女性の老いの気持ちなどを繋ぎ合わせて読み込んでしまわずにはいられない（Mary 542）。

［6］もっと早い時期の記述があるのかもしれないが、一九二七年十月八日付けマクリーシュ宛の手紙の本文中およびサインに自らのことを Papa としている（*Selected Letters* 263）。

［7］アドリアーナの自伝のタイトルがまさに『白い塔』であることからも、彼女の人生の中心にこの滞在が存在し、思いのベクトルはヘミングウェイから一方的に向けられたのではなく、強い相互作用があったことが明らかである。

［8］同時期に執筆された『老人と海』の最後に骨になってしまったカジキマグロも喚起され、「骨」のテーマが響き合う。

［9］実際にヘミングウェイはアドリアーナと愛により一体となっていることを示すためか、手紙で、自分自身のサインを A. Ivancich や Hemingstein Ivancich と書くこともあった（Knigge 63）。頻繁に指摘される彼の両性具有願望も（愛情ゆえの）一体化に通ずるものであり、それと文体の一致がここで見られる。

［10］執筆当時には、ディートリッヒやイングリッド・バーグマンなど気に入った女性に対して Daughter と呼びかけるのが常態化していたヘミングウェイであるが、アドリアーナに対しての場合は、恋愛感情を自ら抑制しようとするために用いたとも考えられる。バーニース・カートは、そのことを「性的渇望を隠すのに好都合な仮面」とまで言うほどである。さらにヘミングウェイにとっては残酷かもしれないが、アドリアーナ自身は自伝のなかで、ヘミングウェイと父親は別個のものであること、またヘミングウェイに対して恋愛感情を抱いたことがないこと、彼は友人であり、彼から多くを学んだということを明言している。さらに、ヘミングウェイに対して直接「私はあなたの娘ではない」とも言っている（Kert 443, Ivancich 136-41, 155-58）。

［11］死のテーマであると同時に、四八年十二月以来のアドリアーナへの恋愛感情を抜きに考えることは出来ず、メアリーとの世界から自らが消え去ってしまった場合にという前提をどうしても念頭におかざるをえない。本文中、生を突き詰めた究極の形としての死を見たが、男女関係においては愛情が消えた状態が死とも言えよう。実際この時期メアリーは自分自身のことを「マックパパ氏の短い幸福な妻（"the short happy wife of Mr. Mc Papa"）」と「フランシス・マカンバーの短い幸福な生涯」を意識した呼び方をしている（Baker 471）。

［12］この簡単な語彙の繰り返しにも現れるように、若き日にガートルード・スタインから学んだリズミカルな対句表現がここでも活用されている。

［13］パウンドはこの理論に基づいて、第二次世界大戦中に、マラテスタ同様に芸術を理解する政治指導者と彼が理想化したムッソリーニを賛美したためにアメリカに対する国家反逆罪で捕らえられ、ヘミングウェイとの思い出の地でもあるピサ郊外にあるアメリカ陸軍規律訓練所に、唯一の一般人として一九四五年に約半年収容されてしまうことになる。

［14］最初にも書いたが、詩は作品でありながら、伝記的事実が介入して来る余地が多く、また、他の作品との絡み合いがテクストを豊かにするという特徴を顕著に示しているため、読み手に彼の小説・短編などとは違った読書体験を与えてくれる。他の作品との呼びかけ合いと言う意味では、本稿で扱った詩を読む時に、同時期に書かれた『河を渡って木立の中へ』と『老人と海』とのインターテクスチュアリティの妙が現れる。娘が欲しいと思っていたと言い続けた彼が晩年授った「娘」でもあり、恋愛感情の対象であり、かつ、創作の原動力となった女性への思いと直接的な願望がキャントウェルとレナータで解消され、理想の親子関係の構図がサンチャゴとマノーリンに投影され昇華している。また、本書の中でこれらの小説を扱った章を読むことで横断的に見えて来ることがあると思われる。

さらに詩を読む際に外部の状況が影響することについて、ひとことだけ加えると、後期の詩のなかで、今回は扱わなかったが「メアリーへの詩（二つ目の詩）」（*CP* 107-13）を第二次世界大戦の慰問に来ていたディートリッヒがパリのリッツホテルのバーで朗読し、感激して涙したという事実がある。本詩を読む際にはどうしてもこの事実が思い起こされ、既に出来上がった作品に関する外部の現象も、テクストに働きかけるという読書体験にかかわる事実を再確認させられた。また、アドリアーナに捧げた真剣に創作された詩の後に一編、メアリーに宛てて書いたおちゃめたっぷりの詩が入り、創作年代を時系列的に編んだ『全詩集』だから、必然的にそうなってしまうのだが、若くて魅力的なミューズへの大きな詩でクライマックスを迎えて詩集が終わるのではなく、かわいい詩で、微笑ましく詩集が終わる。このおかげで、エピローグ、あるいは、彼が若い頃から評価したパウンドやキプリングがよく用いた、しかもヘミングウェイらしいユーモアに満ちた"Envoi"のようなもので作品が終わることになり、詩集編纂の面白みが出ている。また、ミューズにはとてもなれないメアリーの嫉妬とプライドがある程度満たされるであろう点に「女性の老い」も垣間見える。

参考文献

Baker, Carlos. *Ernest Hemingway: A Life Story.* New York: Scribner's, 1969.

Dietrich, Marlene. *My Life.* Trans. Salvator Attanasio. London: Weidenfeld and Nicolson, 1989.

Hemingway, Ernest. *Across the River and into the Trees.* New York: Scribner's, 1970.

——. *Complete Poems.* Ed. introd. and notes. Nicholas Gerogiannis. Revised Edition. Lincoln: U of Nebraska P, 1992.

——. *Death in the Afternoon.* New York: Scribner's, 1960.

——. *88 Poems.* Ed. introd. and notes. Nicholas Gerogiannis. New York: Harcourt Brace Javanovich/ Bruccoli Clark. 1979.

——. *The Letters of Ernest Hemingway Vol. I 1907-1922.* Eds. Sandra Spanier and Robert W. Trogdon. Cambridge: Cambridge University Press, 2011.

——. *The Old Man and the Sea.* New York: Scribner's, 1952 .

——. *Selected Letters 1917-1961.* Ed. Carlos Baker. New York: Scribner's, 1981.

———. *The Short Stories of Ernest Hemingway*. New York: Scribner's, 1986.
Hemingway, Mary Welsh. *How It Was*. New York: Ballantine Books, 1976.
Ivancich, Adriana. *La Torre Bianca*, Milan: Mondadori, 1980.
Kert, Bernice. *The Hemingway Women*. New York: Norton, 1981.
Knigge, Jobst C. "Hemingway's Venetian Muse Adriana Ivancich." Humboldt University Berlin (Open Access) 2011, Web. 20 Sep. 2012.
Pound, Ezra. *The Cantos of Ezra Pound*. New York: New Directions. 1975.
———. *Gaudier-Brzeska: A Memoir*. New York: New Directions, 1970.
———. *Literary Essays of Ezra Pound*. Ed. introd. T.S. Eliot. New York: New Directions. 1968.
Reynolds, Michael. *Hemingway: The Final Years*. New York: Norton, 1989.
———. *Hemingway: The 1930s*. New York: Norton, 1997.
———. *Hemingway: The Paris Years*. New York: Norton, 1989.
———. *The Young Hemingway*. New York: Norton, 1998.
Shakespeare, William. *The Riverside Shakespeare*. Boston: Houghton Mifflin Company, 1974.
Yeats, W.B. *The Poems*. Ed. Daniel Albright. London: Everyman, 1996.
今村楯夫「大作家と大女優の「愛の形」——ヘミングウェイとディートリッヒ」『アメリカ文学研究のニューフロンティア——資料・批評・歴史』田中久男監修、亀井俊介、平石貴樹編著（南雲堂、二〇〇九年）一八四-九九頁
『ヘミングウェイ大事典』今村楯夫、島村法夫監修（勉誠出版、二〇一二年）

第5部　『河を渡って木立の中へ』再評価

第8章

忍び寄る死と美《エロス》の舞踏

――『河を渡って木立の中へ』論

今村 楯夫

Dying is a very simple thing. I've looked at death and really I know.
If I should have died it would have been very easy for me.

"No, no, let us cross over the river and rest under the shade of the trees."

1. はじめに

「老い」は深く「死」と関わる。しかし、ことヘミングウェイに関して言えば、「死」は必ずしも「老い」と関わっているわけではない。冒頭に掲げた言葉はヘミングウェイがミラノの病院から家族に送った手紙（一九一八年十月十八日付）に記されたものであり、十九歳の誕生日から三ヵ月が過ぎようとするときに書かれた。十八歳にして瀕死の重傷を負い、幽体離脱の体験をもち、自らの死を間近に体験したヘミングウェイにとって、死は終世、心に深く刻まれ、作家として著作に携わるようになると、死は最も重要なモティーフとなり、繰り返し、問いただされることとなった。「死との対峙」を描くことがヘミングウェイにとっては、生を見つめることとなる。

「老い」は生を刻んでいく上での一つの過程に過ぎず、それがそのまま「死との対峙」とはならない。一方、ヘミングウェイが「老人」を描いた作品群を鳥瞰すると、そこから自ずとヘミングウェイがとらえていた「老い」のさまざまな様相が見えてくる。最初に老人に焦点をあてて描いた作品は「清潔で明るい場所」である。そこには孤独な日々に虚無を覚え、自殺未遂をした老人と、「清潔さと明るさを備えたカフェ」に対する老人のささやかな喜びと底知れぬ悲しみを理解し、共感を覚えるカフェの老ウェイターが登場する。さらに、スペイン内戦時代の短編「橋のたもとの老人」には、戦火を逃れ、故郷を捨てて、道にたたずみ、故郷に残してきた山羊と猫と鳩の運命に思いを馳せる老人が描かれている。しかし、自らの生に対する固執も、逃れる意思も希薄だ。それぞれヘミングウェイが三十四歳と三十九歳のときに書かれた短編であり、作者自身はまだ若さを謳歌していた時期でありながら、「老い」には虚無と諦観が見られる。さらにその先に「死」が潜んでいるのだが、これらの短編では必ずしも明らかにされてはいない。

死は生の終焉であるという認識に基づき、死後への思いを馳せ、己の死後に生きる者に自らが生きた証を託したいという願いがヘミングウェイの文学で顕在化するのは『誰がために鐘は鳴る』であり、続く『河を渡って木立の中へ』を経て『老人と海』にそれは引き継がれていく。『誰がために鐘は鳴る』において、主人公のロバート・ジョーダンは三十代、若さを内に秘めた壮年である。一方、『河を渡って木立の中へ』においてヘミングウェイは、ここではじめて「老い」を覚える主人公を描いたと言えよう。主人公と同様、五十の齢を迎えたヘミングウェイは「老い」に、はたして何を見たのだろうか。

2. 齢、五十歳の「老い」とは

『河を渡って木立の中へ』の主人公が齢、五十歳にして、不自然なほどに自らの「老い」に負い目を覚えるのはなぜか。

この物語の根幹に関わる、この問いを明らかにしよう。そもそも『河を渡って木立の中へ』が書かれることになった大きな要因はヴェニス育ちのアドリアーナ・イヴァンチッチとの出会いにある。一九四八年十二月、ヘミングウェイと妻メアリーはナンユキ・フランケッティ男爵の招きでイタリア北部、コルティナ・ダンペェッツォ近郊で猟を行った際に、たまたま同行していたアドリアーナと出会い、ヘミングウェイはこのイタリアの十八歳のうら若き乙女に魅了された。それまで書き進めてきた「海を舞台にした小説」（死後に出版されることになる『海流の中の島々』）の執筆を中断し、ヴェニスの物語を書き出したのだ（Baker 663-64）。

主人公は作者と同じく第一次世界大戦でヴェニスより遥か北に流れるピアーヴェ川の流域で重傷を

負い、ほぼ三十年の歳月を経て、その地を再訪し、若き日を追憶する。時代は執筆時期とほぼ同じ一九五〇年前後である。現在時間と三十年前の追想の時間が交錯しながら、第二次世界大戦が終結してわずか五年の「戦後」のイタリアが個人史的な語りの中に刻まれている。

五十歳という年齢が必ずしも老齢とは言えないにもかかわらず、「老い」が繰り返し意識化されるのは、作者ヘミングウェイのみならず主人公が十八歳にしてイタリア戦線で受けた体験と三十年の歳月を経て新たに体験される現実との乖離が、いやおうなく時の隔たりを顕在化させるからである。また同時に、深く心を奪われる十八歳の女性の存在は、五十歳という壮年とも言うべき年齢に一層、自らの「老い」の意識を増幅させることになる。「老い」は必ずしも年齢的に絶対的なものではなく、「若さ」に対する相対的なものとして意識されるものでもある。

たとえば主人公キャントウェルが己の姿見を鏡に映して眺める描写を見てみよう。レナータから贈られた彼女の肖像画（二年前に描かれたとされる十六歳のレナータ）をホテルの自室で眺めた後のことである。

> 彼はなにげなく肖像画をちらりと見ながら通り過ぎ、鏡に映る自分の姿を見た。パジャマを上も下も脱ぎ捨て、批判的に事実あるがままに眺めた。
> 「このおんぼろの老いぼれ野郎め」と彼は鏡に向かって言った。鏡は現実であり、今日の日のものだった。
> (*Across the River Into the Trees* 168　以降、同書からの引用は *ARIT* と略記)

恋する女性の若さは現実の若さよりさらに二歳若い肖像画により、キャントウェルとの年齢差を一層あらわにさせ、己の裸身に刻まれた「老い」を、視覚を通して意識化させる。

ヘミングウェイの作品には「鏡」がしばしば現れるが、『日はまた昇る』でも鏡に映し出された己の姿に失意を覚える情景が描かれている。ここでは主人公、ジェイク・バーンズは裸体を鏡に映し、性的不能となった己の現実の姿に涙を流す。この情景と場面は「鏡は現実で、現在の姿」を映しているという点で呼応する。[1] 違いは一方の鏡は「老い」という現実を映し、もう一方の鏡は「不能」という現実を映している点であるが、いずれもそこに刻まれた「事実」から逃れ得ない状況を自己認識しているところが悲劇的である。「老い」はさらに、齢を重ねることにより、一層、その身体的な特徴をあらわにし、とどまることはない。五十歳を迎えたキャントウェルは、半世紀という人生の大きな節目にあって、己の年齢を意識し、若く美しい乙女との出会いによって、「老い」を強く意識することとなる。十八歳の少女、アドリアーナ・イヴァンチッチに向き合い、魅了されたときに、作者ヘミングウェイ自身が意識せざるを得なかった、自らの「老い」に対する思いが投影されていたにちがいない。

3. なぜヴェニスか

『日はまた昇る』と同様、『河を渡って木立の中へ』もまた、戦後の精神風土を背景にして描かれた小説である。時代的には一九二〇年代初頭、第一次世界大戦後のパリを背景にして描かれた『日はまた昇る』（第一部）に対して、『河を渡って木立の中へ』は第二次世界大戦後のイタリアのヴェニスを背景にして描かれている。前者がパリでの国籍離脱者たちの集団に焦点が当てられているのに対して、後者は二つの大戦を体験した一人のアメリカ軍人の、ヴェニスに住むイタリア人との出会いや交流に焦点を当てて描かれている。第一次世界大戦ではアメリカがイタリアと同盟国の関係にあったのに対して、第二次世界大戦においては両国が敵対関係となったという対極的な変化とそこから生じる複雑さは人間関係においても錯綜した様相を呈することになる。第二次世界大戦が終結してから、わずか数年後に過ぎない戦後の、戦争の傷がいまだ深く人びとの心に暗い影を落としているという状況下にあって、ヘミングウェイはキャントウェルというアメリカ人の老兵にあえて軍服を着せてヴェニスの街を闊歩させる。

長い歴史を誇るイタリアにおいて、十四世紀末に地中海のみならずヨーロッパ全域の交易の中心にあって、ひときわ栄華を誇った都市国家ヴェニスは、その栄光の日々をいたる所に刻んでいる。その後の衰退にもかかわらず、今日にその影をさまざまな建造物に残し、貴族や旧家の末裔に誇りを抱かせ、優美さを継承させているのだ。ヴェニスを再訪するキャントウェル大佐はヴェニスを広く眺望できる地点に車をとめてその美しさを堪能する。大佐と運転手は道路のヴェニス側に向かって歩いて行き、潟湖を見渡す。

山から吹き下ろす冷たい強風が湖面を打ち、くっきりと幾何学的に鋭利な輪郭で建物が街を形作っていた。(35)

澄み切った空のもと、眼下に広がるそのヴェニスの美しさに魅了される五十歳の大佐をヘミングウェイは「十八歳のときに、初めて街を眺めたとき、まだ何も分からず、ただそれが美しいということだけしか知らずに眺めたときと同じように、彼を感動させた」(37) と描く一方で、「この都市を占領するために戦ったことへの恨み」(34) を抱いているかもしれない第二次世界大戦後のイタリア人との遭遇を恐れてもいる。ヴェニスという街に対する変わらぬ賛美に対して、二つの相反する戦争を体験したキャントウェルの内なる矛盾と葛藤もまた三十年の歳月によって刻まれたものである。

このアメリカの老兵がヴェニス再訪に期待するものはトロッチェロ島での鴨猟と、若き美しいレナータとの再会、さらに「秘密結社」と称される親しい「仲間たち」との再会の喜びである。平和な時代にあって、狩猟という生けるものを狩ることを喜びとし、愛する者との生の喜びを共有し、また心通える友との友愛を楽しむ。そこには死を意識することにより一層、生を、そして現在という瞬間を謳歌しようとする姿勢が浮き彫りになる。

4. 戦争の記憶と負の影

ヘミングウェイは『河を渡って木立の中へ』において、初めて「老い」と「死」の相関性を正面からとらえようとした。『誰がために鐘は鳴る』においても「死」に対する恐れはたえず、主人公のロバート・ジョーダンによって意識され、顕在化していたが、それはあくまで戦場での死であり、そこには「老い」とは直接的には関係のない死が描かれている。「老い」と「病」が確実に死に至ることを自ら認知したときの極限的な状況は『河を渡って木立の中へ』において初めて描かれることになる。平和な時代を迎えながら、戦争の記憶は強烈な強迫観念となって心を占め、その記憶を消し去るためには、逆説的ではあるが、その体験と恐怖を言葉にすることである。キャントウェルに長い独白を行わせている(三十五章)のは、ヘミングウェイ自身、長く記憶を消し去ることができなかったためである。それは従軍記者として連合軍と行動を共にし、ドイツ侵攻に際して、ヒュルトゲンヴァルトでの壮絶で悲惨な戦闘を経験したヘミングウェイは、あたかも自らの傷を癒すかのようでもある。[2]

第二次世界大戦におけるドイツ戦線で展開したヒュルトゲンヴァルトの戦いはその類をみない悲惨さと作戦そのものの失敗ゆえに長く、アメリカの戦争史の中で隠蔽され、内実の詳細は語られることがほとんどなかったが、ヘミングウェイはこの戦闘をキャントウェルに刻まれた戦争の深い傷跡として描いている。一方で、キャントウェルが恐れたように、一部のイタリア人にとって、第二次世界大戦は敵国アメリカ人のイタリア占領に対する敵愾心として心に刻まれている。

ヴェニスに着いて最初にはいったバーで「ミラノから娼婦を連れてやってきた戦後成金がキャントウェルを無作法にじろじろ見た」(43)のは、キャントウェルがアメリカ陸軍の制服を着ていたせいである。その挑戦的な視線を向けるイタリア人に対して、「軍服は役者の衣装ではなく、本物だ」とあえて捨て台詞を言って立ち去る場面でも、進駐軍としてイタリアに駐留しているアメリカ兵を不快に思っているイタリア人たちがいることを如実に示している。一方で、政治的信条を別として、キャントウェルに親しく接するイタリア人も多くおり、それがおそらく大戦後のイタリアの現実であったであろう。イタリアという国自体が戦後の混沌とした精神風土を抱えたまま不安定な状況にあったとも言えよう。

この「ミラノの戦争成金と娼婦」は皮肉なことに、ヴェニスの街を散策するキャントウェルとレナータのカップルに向けられた敵意にも似た冷やかしと呼応する。この二人連れを見とがめるのはイタリア人のみならず、イタリアに進駐する若いアメリカの水兵でもある。キャントウェルはあえて明かりの下に立ち、肩章を見せて上官であることの身分を誇示するが、二人の水兵はそれを無視し、ふたたびキャントウェルに向けて口笛を鳴らす（260-61）。キャントウェルは二人を素早い動きで叩きのめす。古参と思われる二人の水兵がキャントウェルに向けた敵意はアメリカの老いたる将校が若いイタリア娘を連れて歩いている姿に対する嫉妬によるものである。その嫉妬に敏感に反応するキャントウェルは「老い」に対する負い目を自ら認知しながら、若い二人の兵士に鉄拳をもって素早く撃退する技と力を発揮する絶好の機会を生かそうとする児戯めいた愚かさを同時に兼ね備えている。

この二つのエピソードはまた別の敵意と冷笑に呼応する。雨模様を察して軍用コートを着て、早朝の市場に向かうキャントウェルを後ろで冷やかし気味に話している二人のイタリアの若者の言葉に耳を傾ける。

> 自分に向けられた非難めいた言葉は、単にアメリカ人一般というのではなく、私個人に向けられたものでもあった。私の白髪、どこか不自然な歩き方、軍靴……。軍服には優雅さがない。なぜ、こんな時間に歩いているのだ、いまはあんな格好では、女は抱けまい、と。（174）

最後の一文の訳は原文を正確には訳出できていない。原文を示そう。

“. . . and now it is their absolute security that I can no longer make love.”

「愛を交わすことができないだろうから、自分たちは絶対に安心だ」とは、アメリカ人の駐留軍人が、自分たちのイタリア娘に手を出すことはできまい、という意味である。キャントウェルの怒りは二人のイタリアの若者が「自分のような身分と年齢の人間に対する敬意を欠いている」ことと、「イタリア語は理解できまいと決めつけている態度」（175）に向けられている。キャントウェルは無言のまま二人の足下に唾を吐き掛けるという侮蔑的な態度を報復としてとっただけではあるが、二人のイタリアの若者は足早に立ち去る。

愛すべきヴェニスの街は「老い」に対して、必ずしも好意的ではない。キャントウェルが二人のアメリカ水兵を叩きのめす行為にどこか児戯めいた愚かさを見たが、キャントウェルにアメリカ軍の将官であることを誇示する軍服を着せて、街を闊歩させる作者ヘミングウェイは意図的に、どこかでピエロにピエロ特有の縞模様の服を着せているかのごとく、その姿見の異端を誇張しているようにも見え、そこにピエロと同類の滑稽さを見ることができよう。どこかに老醜を露呈させながら、若き乙女に恋情を抱くその姿に、トーマス・マンの『ヴェニスに死す』の美少年タージオに魅了されるアッシェンバハを重ねて見ることもできよう。共にヴェニスの美しさに魅せられ、若き美貌の少年（あるいは少女）に心を奪われ、二人の作家はそれぞれの美しさを丹念に言葉で紡ぐ。

ヘミングウェイがマンと著しく異なるのは、一人の「老い」を意識し、死の訪れが間近であることを知る人間を取り巻く状況に、ヘミングウェイは「戦争」と「戦後」を顕在化させていることである。

5. 個人的体験と背後の史実

個人的な「老い」と「病」は、大きな歴史の流れと史実によって縁取られるとき、それは単なる個人的な出来事にとどまらず、より普遍的な歴史の一端を担っていることが明らかとなる。そもそもキャントウェルがグリッティ・ホテルのバーで給仕頭を務める「会長」と称される男と結成している「秘密結社」は会員わずか五名の小さな集団でしかないが、共に第一次世界大戦のときにイタリア戦線での「三つの重要な戦場、パズービオ、グラッパ、ピアーヴェ川の下流」(62) で戦った経験を共有することを会員条件としているようだ。いずれの戦いもイタリア戦線において歴史に刻まれた激戦地である。彼らは一九一五年来の戦友なのであり、第二次世界大戦においてそれぞれの祖国が敵対し、戦勝国と敗戦国となるが、「友愛」は変わることはない。その一人は心不全を抱え、もう一人は「低血圧と潰瘍と借金」(63) を抱えるというように、それぞれの老いを身体に刻み悩まされながらも、同盟国の兵士として第一次世界大戦を共に戦った三十年前の過去に思いを馳せる。第二次世界大戦を経てもなお、二人が交わす会話は老いたる者たちが共有する過去へのセンチメンタルな郷愁に彩られる。愚劣な殺戮戦と誤った指令に屈従せざるを得なかった戦場の不条理に対して、二人は激戦地の地名を挙げるだけで、それ以上に第一次大戦の戦場での出来事の詳細を明らかにすることはない。それはかつてヘミングウェイが作り出した「氷山の一角」説に基づくものである。地名の背後に戦争の歴史が刻まれているからだ。

『河を渡って木立の中へ』は一人の老いたるアメリカ人が、水の都、ヴェニスに生まれ育った美しく若い女性と、残されたわずか二日間の愛の交感を描いた物語である。「老い」と「病」が過酷な現実として、生を奪い、死に至る瞬時を描いた物語であるが、その背景となっている第二次世界大戦後のイタリアという時代と地勢を見ずして、この物語の本質は見えてこないであろう。以下、地名や固有名詞に潜む歴史的な事実を明らかにしよう。それは題名「河を渡って木立の中へ」の元となった南北戦争における南軍の将軍、ジャクソンの最期の言葉（冒頭のエピグラフを参照）がもつアイロニーと呼応し、主人公であるリチャード・キャントウェルの死が意味する不条理性を強調する。

大戦で破れたイタリアにキャントウェルは戦勝国のアメリカ陸軍の進駐軍の一人としてトリエステに駐留しており、心不全の徴候を一時的に消し去るために六硝酸マントニを多量に服用することで軍医から外出許可を得、休暇をとって、ヴェニスに向かうこととなる。アメリカ陸軍歩兵大佐として米軍基地の重要拠点であるトリエステに駐在しているという「事実」に注視し、この港町の近代史を確認しておこう。

トリエステはイタリアとユーゴスラビアの国境にあり、これまでもヨーロッパの列強の間でときに分断され、また支配する国を違え、蹂躙されてきた国際的にも重要な港町である。一九四三年九月にイタリアが連合軍と単独講和を結んだ後、ドイツ軍の支配下にあったトリエステは解放され、チトー率いるユーゴスラビア軍によって支配されることになる。いわゆる「トリエステの四十日」として知られる時期である。領土問題はその後も続き、一九四七年から一九五四年までトリエステは分断され、半分は連合国側の軍事政府下におかれ、残りの半分がユーゴスラビアによって支配されることになる（Trieste 101）。『河を渡って木立の中へ』の時代背景は戦後間もない時期であり、一九四九年に時代設定をしているとすれば、まさにこの分割状況におかれたトリエステの軍事基地にキャントウェル大佐は駐留していたことになる。戦勝国であるアメリカ軍が駐留しているという戦後の歴史的な事実を前提として、ヘミングウェイはあえてこの地を選んだのであろう。敗戦国イタリアにあって、戦後の複雑な精神風土を背景とした壮大なタペストリーを描くという明確な意図をもって、ヘミングウェイはひとりのアメリカの軍人、余命幾ばくもない老兵士を登場させたのだ。それは『日はまた昇る』で描かれた第一次世界大戦後のパリにおける戦後の精神風土とは大きく異なり、歴史の機微が個人に影を落とし複雑である。

「老い」は負の要素として、若き者たちには否定的に受けとめられることになる。「老い」のもつ特性を肯定的にとらえ、そこに英知を見いだし、経験の重みを感じ取る者もいる。それがヴェニス生まれの愛すべきレナータであるとき、負の遺産は肯定に変わり、賞賛されるべき人間性に輝きを増す一方で、その対極に否定的で挑戦的な態度は逆に増幅されることになる。

主人公のキャントウェルは、五十年の歳月を生きてきた故に、さまざまな体験を重ね、その体験は幅広い知識となって蓄積され、その知識によって人生の喜びを味わうことができる。その端的な一面は、イタリア絵画に造詣が深く、ピエロ・デラ・フランチェスカやマンティーニャ、ジオット、ミケランジエロ、ティツィアーノなどについてさりげなく語られる。「老い」に至る歳月は個人の長い人生の中で、個人的には芸術に対する感性を研き、人生に深い喜びを与える。レナータの声に魅了されるキャントウェルは、その響きにパブロ・カザルスのチェロの音色を聞く。しかしその喜びは内なる喜びとしてとどまり、他者と共有されることはない。

『河を渡って木立の中へ』は一つの物語形式として額縁小説の形をとっており、ヴェニスの外れにある島、トロッチェロでの早朝の鴨猟の話が外枠の役割をはたしている。物語の第一章は、物語の時間的な流れからすると二日目の出来事から始まる。トリエステの軍事基地を発ち、ヴェニスに向かう初日の話は第二章におかれ、第一章は鴨猟から始まる。猟はさんざんな結果となる。それは案内人として雇った船頭が、最初から敵意をあらわに、不愉快きわまりない態度で主人公に接し、猟そのものを邪魔立てするからである。

なぜ船頭がそうした態度をとったのかという読者の疑問に回答が与えられるのは物語の終わりに近い四十三章である。船頭が敵意をあらわにした態度で主人公に接していた事情を知らされる男爵が次のような説明をする。男爵によれば船頭は戦時下にあって、モロッコ兵によって自分の妻と娘を強姦されたという（*ARIT* 277）。船頭のモロッコ傭兵に対する憎悪がアメリカ陸軍の軍服を着たキャントウェルに向けられたのは、モロッコ軍がアメリカ軍と同様、連合軍側にあってイタリア軍と敵対したからである。船頭はモロッコ傭兵に対する憎悪を、そのままアメリカの軍人に対して向けたのだ。

第一章に描かれる不可解で敵意に満ちた態度をとった船頭が、実は戦時下にあって、妻と娘を「敵兵」に強姦されたという個人的な体験が明らかにされるとき、それは個人史にとどまらず、第二次世界大戦のみならず戦争そのものが内在させる残虐性を露呈させる。その情報はキャントウェルに強い衝撃を与えるが、動揺を隠しきれない台詞「酒でも飲んだ方がよさそうだな」（277）という、そこからは無力なつぶやきしか聞こえてこない。彼は直接的には加害者ではないが、連合軍の軍属の一人として、被害者にとっては加害者となる。第一章において戦争の悲劇と不条理を、一人の名もなきイタリアの船頭の態度を通して暗示し、後にその「歴史的な」事実に対して無力で逃避的な姿勢でしか対応できない人間の無力さを露呈させたのは、作者ヘミングウェイである。

鴨猟とその直後の場面が、物語の外枠としてあり、その内側にヴェニスで生まれ育った美貌の少女、レナータとの出会いと、しばしの幸せな時間が額物の中の絵画のごとく描かれている。この二重の物語の形の中で、先に見た占領軍の軍服を着た老いたる将校が若いイタリア娘を連れて歩く姿が読者にとって、極めてアイロニカルな意味をもって対照的に描かれていたことに、読者はここで改めてその構図の意図を認識することになる。ヘミングウェイはここでもそれ以上に詳しい歴史的な事実を書き込むことはしない。しかし、モロッコ兵によるさまざまな犯罪行為が、この強姦の背景に歴史的事実として記録されていることはイタリアの歴史をひもとけば容易に知ることができよう。

第二次世界大戦においてアラブ系モロッコ人によって編成された、いわゆるモロッコダム隊は連合国側のアメリカ軍の指揮下におかれ、一九四四年五月十四日から十五日にかけての「モンテ・カッシーノの戦い」においてドイツ軍を撃破し、それが最終的にローマへの道を開く結果となった。一方で、進軍したイタリアの広範囲でモロッコ兵による殺人、強姦、略奪が行われた。イタリア側の情報によれば、強姦された被害者は七〇〇〇人以上とされている。またこのときの残虐行為により“Marocchinate”という新造語が生まれた。字義的には「モロッコ人の行為」の意であるが、「大量殺戮や強姦」を意味する。ヘミングウェイは戦時下における「強姦」という、非戦闘員である市民、それも女性のこのような悲劇的な出来事を戦争の実態として認識し、このことを物語で暗示することを当初から考えていたと言えよう。この出来事が、実はキャントウェルの戦争体験をさらに暗い影で覆い尽くしているのである。戦争の被害者である一介のイタリア人から、軍服を着た老兵は敬意を表されるどころか、敵意と憎悪によって、権威も地位も剥奪されるのだ。それは早朝、キャントウェルに侮蔑の言葉を投げかけたイタリアの若者と通底した敵意と憎悪でもあるだろう。

6.「ジャクソン」を巡って

『河を渡って木立の中へ』における「戦争」は、こうしたイタリア人のアメリカの老兵に向けられたネガティヴな眼差しや態度に反映されているだけではなく、さまざまな形で戦争は人びとに暗い影を落としているのだ。

キャントウェルの運転手を務めるアメリカ兵、ジャクソンもまたこの第二次世界大戦の被害者である。アメリカ北西部、ワイオミング州ローリンズでガソリン・スタンドを兄と共同経営し、ともに戦時下にあって徴兵され、兄は太平洋で戦死、店を任せた男は経営に失敗し、すでに継ぐべき財産もないのだという (30)。第二次世界大戦はアメリカの田舎町にまで及び、人びとの平和を破壊し、日常の生活を奪う。それに対するキャントウェルとジャクソンの対話は空疎で滑稽である。原文で示そう。

"That's bad," the Colonel said.
"You're God-damned right it's bad," the driver said and added, "sir."
The Colonel looked up the road. (30)

兄を戦争で失い、故郷に残してきた店は失われ、帰るべき場所もない戦争の被害者に対して、"That's

bad"（「それはひどい」）と感想を述べるに過ぎない。上官であるキャントウェル大佐は慰める言葉も助言を発することもなく、無言でただ前方を見つめる。一方、その愚かな無意味ともとれる回答 "That's bad" を受けて "God-damned right" と最大限の罵り言葉を発する、怒りとも諦観ともとれる態度は、独白じみているとは言え、またそれが軍隊における粗野な日常語と言えども、上官に向けた言葉としては不遜である。それを償うように "sir" と敬意を表す言葉を付け加える対話は、軍隊における上下関係のもつ不条理を暗示しているばかりか、ここでも戦争がもたらす悲劇に対する個人の無力さを露呈している。大佐は道中、いかにも上官らしく、また豊かな戦争体験に基づく地勢からイタリア芸術への造詣に満ちた知識に至るまで、さまざまな話を下士官に語り続けるが、その知識は聞く者に共有されることはなく、ひとたび戦争の悲劇が個人的な体験として語られるとき、言葉は深遠さを失う。「老い」は必ずしも人間的な成熟をもたらすわけでも理性を深めるものでもない。

死を前にキャントウェルは若き運転手である下士官のジャクソンに向かって、南軍将軍、トマス・J・ジャクソンの最期の言葉「いや、いや、われわれは河を渡って、木陰で休息をしよう」という言葉を暗誦する。運転手を務める下士官のジャクソンと将軍ジャクソンの姓名を一致させて描いたのはヘミングウェイである。同姓の名をもつ二人の全く異なる人物から生まれるアイロニーは、トリエステからヴェニスに向かう冒頭場面を振り返ってみると一層明らかである。キャントウェルは運転手の名前を「ジャクソン」ではなく、「バーナム」[3]と呼び、間違いをジャクソンから指摘される（23）。名前の取り違えを犯すのはしばしば起きることではあるが、ここでは「老い」の典型的な症状のひとつの「記憶力の減退」として、まさに忘却と喪失そのものを露呈させていると言えよう。

ジャクソン将軍が発したとされる最期の言葉は、アイロニカルな「名言」として歴史に刻まれることとなった。一方、『河を渡って木立の中へ』のキャントウェル大佐の最期の言葉はどうだろうか。

“Good. I'm now going to get into the large back seat of this god-damned, over-sized luxurious automobile.” (282)

字義通りに訳せば「よろしい。私はこのクソ馬鹿でかい、豪華な車の後部座席に移ることとしよう」という意味だが、武将の最期を語る言葉としても、叙事詩にも叙情詩にもならない。何とも優雅さも知性も感じさせない神を罵る言葉で死路への旅立ちが宣言されているのだ。キャントウェルの最期を看取る唯一の人である下士官ジャクソンには死に行く者への同情も、死に対する尊厳を抱く感性もない。そもそも二人の間には当初から何の人間的な心の交流も、相互理解も存在しておらず、それ故に、キャントウェルの死は孤独であり、空しい。

7. 結論

愛する水の都と愛する若き乙女との二日間の時間はあたかも幻想的な世界に展開するファンタジーのごとく、淡く切ない。キャントウェルのトリエステとヴェニスを結ぶ軌跡は戦後の精神風土を浮き彫りにし、そこには戦争の愚行と戦争が引き起こした狂気と殺戮の歴史が刻まれ、運命に翻弄された人びとの悲劇が幾重にも重なる。夢を追い求め、一方で過去の栄光に追いすがり、現実を直視しようとしない、きわめてロマンティックな一人の老いたる男の最期は、それ故に悲劇的であり、敬意も理解ももたない一介の兵士の運転する車で、孤独な内に一人、死を迎えるのだ。

かくして『河を渡って木立の中へ』は結末を迎える。ヴェニスこそキャントウェルのみならず、ヘミングウェイ自身が最も深く愛した街であり、その美しさに魅了された街であった。そのヴェニスの魅力とヴェニスに生まれた一人の若き美しい女性に心を奪われたヘミングウェイはそれぞれの美しさを文字によって刻むことにより、それを永遠にとどめようとしたのだろう。その美に向けられた耽溺する心を陽画としたとき、一方にそれに魅了された「老い」を自らの内にかかえた一人の男の死は陰画となって、暗い影を潜ませる。

この陽画と陰画の強烈なコントラストによって生み出された小説は、その複雑さと斬新さゆえに出版当初から長く批評家からも一般読者からも正当な評価をされることなく不当な扱いを受けてきたのだ。しかし、ヘミングウェイの長編小説を鳥瞰してみれば分かるように、『河を渡って木立の中へ』に至るまで、いずれの小説も、一見、ヒロイックと思われる主人公たちが反ヒーロー的要素をもって、複雑で深遠な作品を作り上げてきたのである。その意味で『河を渡って木立の中へ』もヘミングウェイ文学の系譜にあって例外ではない。いや、これまで以上により複層化し、錯綜した語りによってその真価が見いだされるのが難しかったのではないだろうか。『河を渡って木立の中へ』はまさに忍び寄る死と美《エロス》の舞踏から生まれた戯画的悲劇的《トラジ・コミック》小説なのだ。

しかしこの小説がただそこにとどまらないのは、『誰がために鐘は鳴る』のロバート・ジョーダンの生きた証を記憶にとどめ、生を継承するマリアのように、『河を渡って木立の中へ』のレナータ（「再生」）はロバート・キャントウェルの生を継承するのだ。一人の死は生き続ける者の心の内に生を存続させる。これら二作品に続く『老人と海』のサンチャゴの生はマノーリンという漁師として海に生きる少年によって継承される。ヘミングウェイが生前、書き上げることができた最後の三つの小説にはいずれも、それぞれの主人公の「意思」と「遺志」を受け継ぐ「若者」が存在する。その意味で悲劇性の中に、未来に向けた「再生」を見ることができよう。

その死と美《エロス》の舞踏の背後にシェイクスピアのオセローとデズデモーナや『神曲』のダンテとビアトリーチェの舞が影を落とす。イタリアの生んだ英雄ガブリエール・ダヌンチオと女優エレオノーラ・ドゥーゼとの恋も密かに潜む。しかし、これらのことは稿を改めて別の機会に譲ろう。

注

［１］『日はまた昇る』の主人公、ジェイクが受けた戦傷についてヘミングウェイはジョージ・プリンプトンのインタビューに答えて「彼の睾丸は完全で傷も負っていなかったのだ」（今村『ヘミングウェイ』二八一）と述べている。

［２］ヘミングウェイと「ヒュルトゲンヴァルトの戦い」に関しては今村楯夫「大作家と大女優の『愛の形』ヘミングウェイとディートリッヒ」を参照のこと。

［３］運転手を務める下士官のジャクソンをバーナム（Burnham）とキャントウェルが取り違えたと記すヘミングウェイは、単にキャントウェルの記憶力の減退を暗示しただけではないのだろう。南軍将軍ジャクソンが死傷を負った「チャンセラーズヴィルの戦い」の際に、敵対していた北軍の大佐、「射撃の名手」の異名で知られる Hiram

Burnham (Civil War) をヘミングウェイは意識していたのであろう。とすると、この取り違えはキャントウェルの単なる老い＝記憶の衰退にとどまらず、第二次世界大戦の記憶とは別に、アメリカ戦争史における重要な南北戦争をヘミングウェイは「キャントウェルの取り違え」の中にアイロニカルに潜ませていたとも言えよう。

参考文献

Baker, Carlos. *Ernest Hemingway: A Life Story*. New York: Scribner's, 1969.

Bruccoli, Mathew J. Ed. *Hemingway and the Mechanism of Fame*. Akin: U of South Carolina P, 2006.

____. *The Only Thing That Counts: The Ernest Hemingway-Maxwell Perkins Correspondence*. New York: Simon, 1996.

Civil War Series: The Battle of Chancellorsville. 28 Aug. 2012. Web

D'Annunzio, Gabriele. *The Flame of Life*. Translated by Baron Gustavo Tosti. New York: P.F. Collier, 1900.

"Marocchinate." Facts, Discussion Forum, and Encyclopedia Article. Web. 09. Sept. 2012.

Hemingway, Ernest. *Across the River and Into the Trees*. 1950. New York: Scribner's, 1978.

____. *By-Line: Ernest Hemingway*. Ed. William White. New York: Scribner's, 1967.

____. *Ernest Hemingway: Selected Letters 1917-1961*. Ed. Carlos Baker. New York: Scribner's, 1981.

____. *The Letters of Ernest Hemingway. Vol. 1 1907-1922*. Eds. Sandra Spanier and Robert W. Trogdon. Cambridge: Cambridge UP, 2011.

____. *The Old Man and the Sea*. 1952. New York: Scribner's, 1999.

Reynolds, Michael. *The Young Hemingway*. Oxford: Blackwell, 1986.

Tintner, Adeline R. "The Significance of D'Annunzio in *Across the River and Into the Trees*." *Hemingway Review* 5.1 (1985): 9-13.

Trieste. *Encyclopedia Americana International Edition*, 1966, 100-103.
今村楯夫『ヘミングウェイ　人と文学』（東京女子大学、二〇〇六年）
――「大作家と大女優の『愛の形』ヘミングウェイとディートリッヒ」（『アメリカ文学研究のニュー・フロンティア』
田中久男監修（南雲堂、二〇〇九年）一八四-九九頁
平川祐弘『ダンテ「神曲」講義』（河出書房新社、二〇一〇年）
トーマス・マン『ベニスに死す』圓子修平訳（集英社、二〇一一年）

第9章

創造と陵辱

――『河を渡って木立の中へ』における性的搾取の戦略

高野　泰志

1．はじめに

これまでのヘミングウェイ研究の発展は、ヘミングウェイの主人公たちを作家本人から切り離すことからスタートしていた。ヘミングウェイは自伝的要素を執筆に利用する作家であったため、最初期の研究においてはしばしば、特に長編小説の主人公と作者ヘミングウェイとが同一視される傾向にあった。『日はまた昇る』のジェイク・バーンズ、『武器よさらば』のフレデリック・ヘンリー、『誰がために鐘は鳴る』のロバート・ジョーダンらは、その当時のヘミングウェイ自身が置かれていた状況と似ており、ともすればヘミングウェイの伝記と作品とを不用意に重ねてしまう研究も多く生み出された。そういった最初期の、ある意味でナイーブな試みから脱却したところから、つまり主人公と作家との距離を正確に認識するところから、事実上これらの作品の研究は始まったのである。たとえ作品の登場人物がいかにヘミングウェイ本人に酷似していようと、それらの人物はヘミングウェイが創り上げたフィクショナルなキャラクターであり、その点をしっかりと意識して作品を読んだとき、初めて『日はまた昇る』は単なる実話小説以上の作品であり、『武器よさらば』がただのラブロマンスではなく、『誰がために鐘は鳴る』がヒロイックな冒険物語以上の意味を帯び始めるのである。

そしてヘミングウェイの長編小説が、主人公と作者を同一視する読みを誘う力を持っていることも確かであると言えるだろう。また作家本人と主人公の同一視がヘミングウェイ作品の人気を形成してきたということも間違いない。一般読者はメディアに形成されたヘミングウェイ本人のパブリックイメージと作品の主人公とを容易に重ね合わせることができたからこそ、ヘミングウェイ作品を熱狂的に受容してきた。批評的評価如何にかかわらず、ヘミングウェイの長編小説がアメリカ文学史上でもまれに見るベストセラーとなってきたのもそのためであると考えられる。

ヘミングウェイ作品の評価はこれまで様々な浮沈をたどってきたが、それは読み手がこの作家と主人公の距離を適切に取れるかどうかという点にかかっていたと言えるだろう。そしてこの距離がいまだはっきりと認識されていない最後のヘミングウェイ作品が『河を渡って木立の中へ』と『老人と海』という、晩年に書かれた二作品ではないかと思われる。前者は主人公を作者本人と同一視してしまうせいで不当に価値が低く見られ、逆に後者は同じ理由で本来の価値以上に高く評価されてきた作品であると言えるのではないだろうか[1]。

本書の各論が一貫して追及しているように、ヘミングウェイと老いというテーマを設定することで、ヘミングウェイの実際の年齢と見た目の乖離に我々はあらためて気づかされるが、その乖離をはっきりと意識することこそが、晩年に書かれたこの二作品の作者と主人公との距離を測る有効な手段となり得るのである。そういう意味で、「老い」をめぐる問題を考えることは、これまで充分に研究されてきたとは言えない晩年の作品への突破口となり得るのではないだろうか。

『老人と海』に関しては本書第六部の論考に譲り、本論では『河を渡って木立の中へ』を扱う。この作品はヘミングウェイ作品でも最大の失敗作とみなされ、これまでほとんど研究の対象とはなって来なかったが、それはひとつには読者がこの老いた主人公をヘミングウェイ本人と混同してしまうためである。ここでは主人公リチャード・キャントウェルに、ヘミングウェイがある程度自分を投影しながらも、自らの老いをいかに相対化して描いていたかを明らかにしたい。この作品は、老いた自己韜晦をそのまま垂れ流しているものとして、従来多くの読者を嫌悪させてきたが、本論ではそのような自己韜晦を距離を置いた地点から眺めている語り手の視点を意識する。そうすることで、作品解釈に新しい光を投げかけたい。

2. 老いと性的不能

多くの読者はこの作品を読むと、死ぬ間際の老人と十九歳にもならない若い女性の恋愛という構図の醜さに目を奪われ、強い嫌悪を誘われる。晩年になった作家本人が自分を投影し、自らの欲望を垂れ流しにしているようにしか見えないからである。これまで『河を渡って木立の中へ』が全く評価されてこなかったのも、こういった観点によるものであろう。たとえばリチャード・ハヴィーは「小説と言うよりは全くの白日夢に近い」(Hovey 178) と酷評している。

老人と若い女性の恋愛という作品の構図自体が、女性を性的対象と見るセクシズムと若さに価値を置くエイジズムの典型的表象であることは異論のないところだろう。そしてそれがヘミングウェイの伝記と容易に重ね合わせることが可能であるために、作品をヘミングウェイの願望充足として捉えたいという誘惑に駆られてしまうのである。実際にヘミングウェイは、セクシズム／エイジズムを体現するような人物としてパブリックイメージを形成してきた。若い頃から自らをパパと呼ばせ、若い女性に「娘」(daughter) と呼びかけるなど、故意に実年齢以上の「老人」として、いわば家父長制最上位の長老の役割を果たそうとしてきたことは、ヘミングウェイに本質的にセクシズム／エイジズム的傾向があったことの証拠に他ならない。

ところがヘミングウェイは四〇年代後半から性的不能に悩まされる。[2] これはたんに自らの男性性を脅かされるだけにとどまらない。なぜなら性的能力はしばしば作家の創作力と同一視されてきたからである。実際一九一〇年〜三〇年代にかけての医学書などでも、生殖能力と身体の若返りの関係が広く論じられており、芸術の世界では身体のエネルギーと創作力が同一視されるようになっていったのである。その結果、一九三四年にアイルランドの詩人、ウィリアム・バトラー・イエイツが、六十九歳で自らの創作力の枯渇を回復するために生殖能力回復手術を受けたことはよく知られている (Gullette 20-22)。へミングウェイも一九四〇年の『誰がために鐘は鳴る』を書いてから十年間、作品を発表することなく創作力の枯渇に悩んでいたが、ちょうどそういった時期に同じような医学書の影響を受けたのである。[3] そして手術こそ受けなかったが、一九四〇年代末から十年間にわたってオレトン‐Ｍという合成テストステロンを服用し続ける（Reynolds 155, 321-22）。これは『河を渡って木立の中へ』の執筆を始めるのとほぼ同じ時期に当たる。

このようにヘミングウェイにはセクシズム／エイジズムの傾向があったことが明らかであるものの、自らの性的不能を自覚するに至って矛盾を抱え始めることになる。自分を年齢以上の「老人」に見せ、年長者として振る舞おうとしながらも、作家としての創作力の枯渇に悩み、「若返り」を試みなければならなかったからである。いわば四十代後半にいたって、性的能力の減退と創作力の枯渇という現実に直面したとき、それまでのようにイノセントに「老いた」家父長としてのペルソナを維持することができなくなったのである。

かつてヘミングウェイは『日はまた昇る』で性的不能に陥ったジェイク・バーンズという主人公を描いている。そこでジェイクがロールモデルとして考えるのがミピポポラス伯爵である。おそらくは高齢から性的不能であると思われるが、ものの価値を知り尽くした伯爵は、もはやそのことを全く気にする気配もなく、泰然としている。まだ若いヘミングウェイにとって、伯爵は老人の理想像であったのかもしれないが、現実に老いて性的能力を失いつつあるとき、ヘミングウェイがミピポポラス伯爵のようには振る舞えなかったらしいことは明らかである。

3. 老いた主人公と語り手との距離

『河を渡って木立の中へ』はちょうどそういった時期に書かれ、作品テーマにもそのような老いの問題が色濃く反映されている。作品は五十一歳のキャントウェル大佐が鴨撃ちをする場面から始まる。心臓が悪くて死期を悟っているキャントウェルは、どういうわけか機嫌の悪いボートの漕ぎ手に悩まされる。しかし心臓に問題を抱え、おそらくこれが人生最後の鴨撃ちになるだろうことを悟っているキャントウェルは、不機嫌な漕ぎ手に鴨撃ちを台無しにされないようにと考える。

この後物語はその二日前にキャントウェルがトリエステからヴェニスに向かうところに戻る。そしてその後の物語の大半は、「人生最後で唯一の恋人」十八歳のレナータと食事をし、語り合い、愛し合う場面で占められる。そのレナータという名前が、イタリア語で「再生」を意味する言葉であることはよく指摘されるが、キャントウェルはレナータと愛し合うことによって、自らの若返りを試みているのである。これは、いわば古いヨーロッパによる若いアメリカの搾取というヘンリー・ジェイムズ的構図の逆転であると言えるだろう。

伝記的にも本書執筆時のヘミングウェイはキャントウェルと同い年であり、レナータと同い年のイタリア人貴族の娘アドリアーナ・イヴァンチッチと出会ったことがこの作品の着想のきっかけであった。ここでこのキャントウェルとヘミングウェイを無批判に重ね合わせると、物語は極めて醜悪に見える。五十歳を超えたヘミングウェイ＝キャントウェルが十九歳にもならない少女アドリアーナ＝レナータを搾取することで失われた若さを取り戻す物語として見えるからである。

しかしこういった評価は、実のところ主人公のキャントウェル大佐を作者ヘミングウェイと同一視した結果として出てきているにすぎない。作品を丁寧に読めば、キャントウェルから距離を置いて相対化しようとする語り手の視点が随所に描き込まれていることが分かるのである。冒頭部分で既に、キャントウェルを離れた位置から眺める語り手の存在が明確である。

「船縁の周りの氷をもっと割ったほうがよくないかね」と、ハンター［キャントウェル］はボートの漕ぎ手に呼びかけた。「鴨を惹きつけるほど水がないようだが」

漕ぎ手は何も言わず、オールでぎざぎざになった氷の外側を砕き始めた。この氷を割る作業は不必要であり、漕ぎ手はそれを知っていた。しかしハンターの方は知らなかったのだ。（*Across the River and Into the Trees* 16、傍点引用者　以降、同書からの引用は *ARIT* と略記）

ともすると読者は完全にキャントウェルの視点から物語を見てしまうが、語り手は慎重にキャントウェルとは違う場所から観察していることを提示しているのである。鴨撃ちに際してキャントウェルは、自分では銃の腕前を自画自賛しているものの、実はハンターとしての判断力に問題があったらしいことがさりげなく書かれているのである。

また語り手は、内的独白の形でキャントウェルの運転手ジャクソンの思考にも入り込む。「こいつ［キャントウェル］はなんでこんなに俺に底意地の悪いことを言うんだ。昔准将だったからって何でも知ってるつもりでいやがる。立派な准将だったんなら、なんで降格されてしまったんだ。めちゃくちゃにやられたせいでパンチドランカーになったんだろうな」(34)、「こいつ［キャントウェル］はまったく意地の悪いくそ野郎だ、とジャクソンは思った。そのくせひどくいいやつになるときもあるんだ」(42)。キャントウェルには分かりようのないジャクソンの心の声によって、キャントウェルが批判的に観察されている。これらの例から、語り手が完全にキャントウェルの視点から語っているわけではなく、ある程度の距離を置いていることは明らかである。[4]

さらにキャントウェルとヘミングウェイには、これまでの研究者が重視しなかった大きな相違点がある。それはキャントウェルが軍人であるという点である。ヘミングウェイはたびたび戦場に赴き、負傷の経験もしているが、実際に軍隊に所属したことは一度もない。第二次世界大戦中にヘミングウェイが従軍記者であるにもかかわらず、軍事行動のまねごとをしたことなどが知られているせいであろうが、これまで研究者はキャントウェルが軍人として描かれていることもまた、ヘミングウェイの願望充足のひとつであるとみなしてきた(Baker 121-22)。しかしキャントウェルが軍人であるために、キャントウェルとレナータとの関係は、ヘミングウェイとアドリアーナの関係とは根本的に異なることになるのである。それは、たんにふたりの間に年齢差があるというだけにとどまらず、戦勝国の軍人と、敗戦国イタリアの貴族という関係性が生まれてしまうからである。

4. 戦争に勝つことの代償

この点をまずは詳しく検討したい。物語では冒頭から既に、彼が戦勝国の軍人であること、そのことに対する周囲の反応に過敏であること、そして時としてその周囲の反応を読み間違っているらしいことが描かれている。ヴェニスの人びとが自分のことを丁重に扱ってくれることに対して、キャントウェルはかつて第一次世界大戦で戦ったときのことを思い返し、「ヴェニスは私の街だ。なぜならまだ少年の頃、ヴェニスのために戦ったからだ。今ではもう百歳の半分の年齢になったたし、連中も私がこの街のために戦ったから街の共同所有者だということを知っていて、だから私によくしてくれるのだ」と考える。しかしつい数年前の第二次世界大戦ではアメリカとイタリアは互いに敵同士となって戦ったのであり、すぐにそのことを思い出して、キャントウェルは「連中がよくしてくれるのは私が戦勝国側の陸軍大佐だからだろうか」と自問する。「いやそんなことは信じない。とにかくそうであってほしくない」というキャントウェルは、ヴェニスを愛しながらも一抹の居心地の悪さを感じていることが見て取れる（*ARIT* 33）。

またミラノのバーでは、軍服を着ている自分をぶしつけな目で見る客に気づき、たんに視線を向けられたことに対して過剰に反応し、乱暴に文句を言う。「軍服《ユニフォーム》を着ていて申し訳ない。しかしこれはユニフォームなのだ。コスチュームではない」（43）。キャントウェルはこのように自分が戦勝国の軍人であることを意識し、そのことに対して過度に防御的になっているのである。そしてそのために、キャントウェルはこれまで自分がイタリア人にどう見られているのかということばかりを気にし、イタリアの人びとの内面を慮ることができていなかった。そのことを思い知らされるのが、これまで自分を気に入ってくれていると思っていたウェイターが突如予期せぬプライドを示す場面である。

彼［キャントウェル］は札を第二ウェイターの手に滑り込ませた。第二ウェイターはそれを返した。「勘定書にチップを書き込んでいただいております。あなたも私もグランマエストロも、飢えてはおりません」

「奥さんと子どもはどうかね？」

「おりません。あなた方の中型爆撃機がトレヴィーゾの家を破壊したので」

「すまない」

「謝る必要はないです」第二ウェイターは言った。「私と同じくあなたも歩兵でしたから」

「どうか謝らせてほしい」

「もちろん」第二ウェイターは言った。「ですがそんなことをして何が変わるっていうんです？　楽しんで下さい、大佐。楽しんで下さい、お嬢様」（141）


飢えているわけではないからと言ってチップを受け取ろうとしないこのウェイターは、アメリカの中型爆撃機による空爆で妻と子供を失ったことを語る。キャントウェルはこれまで、政治に明け暮れ、間違った命令を下す上官たちを軍人としてこき下ろしていたが、ここで初めて自分が加害者でもあることを自覚させられるのである。

　キャントウェルは、誰に対しても命令口調で話す乱暴な軍人気質と、やさしい穏やかな性質との間を揺れ動く人物として描かれており、この作品がその両極を揺れ動く物語であることは既に多くの研究者が指摘している。[5] キャントウェルはレナータと会話をする中でしきりに「そんなに乱暴なことを言わないで」とたしなめられ、グランマエストロやウェイターに対して「お願いします《プリーズ》」という言葉を使うように諭されるが（135, 138）、ここで自発的に「どうか謝らせてほしい」と言うのは、ウェイターに対して強い罪の意識を感じていることの証拠であろう。それまでのキャントウェルは、戦場での自分の判断力や軍人としての能力をひたすら誇示していたが、ここで初めて軍人であることがすなわち加害者であるという当たり前の現実を意識させられるのである。[6]

5. 軍事行動としての性交

この場面の後、キャントウェルとレナータはゴンドラに乗って、毛布の中で濃厚なラブシーンを演じることになるが、語り手は彼らが実際に何をしているかを極めて曖昧に、メタファーを用いて描く。[7] 少し長いが以下に引用する。

大佐は波がひたひたと寄せる音を聞いていた。風は身を切るような冷たさで、毛布のなじみ深いざらざらした肌触りを感じていた。そして彼は少女が冷たくて温かく、愛らしく感じた。盛り上がった胸を左手で軽くなでさすった。それから悪い方の手を彼女の髪に、一度、二度、三度と差し入れて、そして彼女にキスをした。それは絶望よりひどい気分だった。

「お願い」彼女はほとんど毛布の中から話しかけた。「今度は私にキスさせて」

「いや」と彼は言った。「もう一度私だ」

風はとても冷たく、ふたりの顔に打ちつけた。だが毛布の下には風も、何もなかった。ただ彼の駄目に、、、、、なった手が高く切り立った土手の間を流れる大きな河の中にある島を探していた。

「そこよ」と彼女は言った。

それから彼はキスをし、島を探し、見つけては見失い、そしてまた今度はうまく見つけた。うまかろうがまずかろうが、と彼は考えた。永遠にこれを最後に。

「好きだよ」彼は言った。「誰よりも君がいとおしい。お願いだ」

「だめよ。ただとてもきつく抱いていて。そしてその高い場所（high ground）を支配し続けて」

大佐は何も言わなかった。なぜなら、時折男が見せる勇気を除いて唯一信じている秘儀の手助けをしているさなかであり、その秘儀に参加しているのだから。

「お願い、動かないで」少女は言った。「それから思い切り動いて」

大佐は風の中、毛布の中で横たわりながら、男が祖国や母国のためにすることを除けば、たとえなんと考えようが、それが手に入れた女のために男がやる唯一のことであると分かっており、そのまま続行した。

「お願い」少女は言った。「私耐えられそうにないの」

「何も考えないで。一切何も考えてはいけない」

「考えてないわ」

「考えてはいけない」

「ねえ、お願い、話をするのはやめて」

「いいのか？」

「わかってるでしょ」

「きっと？」

「ねえお願い話さないで。お願い」

いいとも、と彼は考えた。お願い、またお願い、だ。

彼女は何も言わなかった。彼もまた何も言わなかった。ゴンドラの閉じた窓のはるか向こうを大きな鳥が飛んでいて、その姿が見えなくなり、どこかに行ってしまった後も、ふたりは何も言わなかった。いい方の腕で、彼は彼女の頭を軽く抱え、もう片方の腕は今、高い場所を確保していた。(143-44、傍点引用者)

何が行われているのか、きわめて曖昧でわかりにくいが、何らかの性行為であることは間違いないだろう。そしてここでの性行為を担っているのが、キャントウェルのつぶれた手であることは非常に重要である。戦場で傷ついた手は、この作品を通して頻繁に描かれるモチーフであるが、ここではキャントウェルの男性性器の代用として用いられている。『日はまた昇る』を持ち出すまでもなく、これまでヘミングウェイ作品では戦場での負傷が性的不能としばしば結びつけられて描かれてきたが、執筆当時、性的能力の減退に悩んでいたヘミングウェイは、この場面で傷ついた手を通し、まるでシンボリカルに性的能力の回復を描き出そうとしているようである。ここでは傷ついて不能となった手が、男性性器の代替として機能し、まだ女性に快楽を与えられることを主張しているのである。

また傍点を付した部分を見れば分かるように、その性行為を語るメタファーが地形と軍事行動の用語で語られている。「高く切り立った土手の間を流れる大きな河の中にある島」を探し、一度発見し、失った後もう一度見つけ、そして「高い場所」を確保する、という書き方から、キャントウェルがレナータの身体を軍事作戦上の地形に見立てていることが分かる。「高い場所」は原文で“high ground”とされているが、もともとは「有利な地形」を意味する軍事用語である。キャントウェルをずっと悩ませているのは、自分の部隊を全滅させることになったヒュルトゲンの森の記憶である。それはキャントウェルの中で川と丘に強く結びつけられている。以下はキャントウェルと運転手ジャクソンとの会話である。


「フィレンツェとローマをとったのはどこでした？」

「我々だよ」

「じゃあああなたもそんなにひどい目にあっていたわけじゃないんですね」

「大佐殿」と大佐は優しく付け加えた。

「申し訳ございません、大佐殿」運転手は素早く言った。「私は第三十六師団におりました、大佐殿」

「記章を見たよ」

「ラピード川のことを考えていたのです、大佐殿。無礼であったり敬意に欠けた振る舞いをするつもりはありませんでした」

「もちろんだよ」大佐は言った。「ただラピードのことを考えていただけなんだ。ただな、ジャクソン、長い間兵士をやってるやつはみんな、自分なりのラピードを持ってるものなんだ。それも一度ならずな」

「一度以上は耐えられそうにありません、大佐殿」(25)

運転手のジャクソンが所属していた第三十六師団は、ラピード川を渡るためにほぼ全滅状態となった。その痛々しい記憶に対して、キャントウェルは軍人なら誰でも一つや二つ、ラピードを抱えているものだと言う。もちろんキャントウェルにとってのラピードとはヒュルトゲンヴァルトで、自分の部隊を全滅させたことである。後に眠っているレナータに向けて「告白」(204) することになるヒュルトゲンヴァルトについて、キャントウェルは「考えないでおこう」と思いながら「ふたつだけ考えてそれでもう忘れてしまおう」と考える。そのうちのひとつが作戦上通らなければならない「むき出しの丘」(a bare-asased piece of hill) である。川を渡ること、丘を超えて「高い場所＝有利な地形」を確保すること、というイメージで捉えられるキャントウェルのトラウマは、レナータとの性行為の際に、レナータの身体の上で再演されることになるのである。

レナータを通して若さ（性的能力＝創作力）を回復しようと試みるキャントウェルの姿には確かに執筆当時のヘミングウェイの願望が投影されていることは間違いない。しかしここには必然的に戦勝国アメリカと敗戦国イタリアの関係が重なってこざるを得ないのである。レナータの身体を流れる「河」は、もちろん作品タイトルとも響き合いながら、物語の様々な場所と呼応している。そもそも『河を渡って木立の中へ』というタイトルの由来になったのは、南北戦争の時に〝ストーンウォール〟ジャクソンが攻撃を始める前に「河を渡って向こうの木立で休もう」と言った言葉に由来するが、これが死に瀕したキャントウェルの最後の渡河と重ね合わせられていることは容易に読み取れるだろう。そして先ほども述べたラピード川（すなわちキャントウェルの中ではヒュルトゲンヴァルト）や、キャントウェルがかつて負傷したタリアメント川（冒頭と最後で鴨撃ちをするのはこの川である）と結び付いている。

つまり河を渡ることがキャントウェルにとっては軍事行動であり、同時に死への旅立ちでもあるという二重性を帯びているのである。そしてレナータの身体をめぐる軍事行動として、川の中の「高い場所」＝「むき出しの丘」を確保することが、つまりレナータの身体を占領するという軍事作戦に成功することが、キャントウェルにとって死へのあらがい＝生命力の回復を意味するのである。

6．若さの回復と暴力性

このゴンドラの場面の直前でウェイターに気づかされたように、軍事作戦に従事する以上は必然的に加害者とならざるを得ない。そしてそれはこのレナータという身体＝地形をめぐっても同様のことが言えるのだろう。ヘミングウェイがただ自分の願望を投影しただけではなく、この加害性をこそ描き出そうとしていたことは、先ほど見た性行為の続きの部分に明らかである。


「私はしてはいけないことを何でもするただの女よ。いえ女の子っていうべきかしら、どっちでもいいけど。もう一度しましょう、お願い、今は私が風下よ」

「島はどこに行った？　どの河にあるんだ？」

「あなたが発見するのよ。私はただ知られざる国だから」

「それほど知られざるわけでもないな」と大佐は言った。

「下品な言い方しないで」と少女は言った。「そしてお願いだからやさしく攻撃して、前と同じ攻撃の仕方で」

「あれは攻撃じゃないよ」と大佐は言った。「何か別のものだ」

「なんだっていいわ。なんだっていい。私が風下にいる間に」（145）

あくまでもレナータ＝イタリアを防衛するつもりでいたキャントウェルだが、ここでレナータはそのメタファーを逆転させている。いかにキャントウェルが違うと言ったところで、キャントウェルの行う性行為が「知られざる国」への「攻撃」であることを暴露しているのである。国や土地を女性の身体にたとえ、男性がそれを征服するというメタファーは、西洋の文学できわめてありふれたものであるが[8]、ここでレナータはあえてそのメタファーを持ち出すことで、女性の身体をめぐる男性中心的な視点を暴き出しているのである。

レナータもまたドイツ人に父親を殺されたというトラウマを抱える人物であるが、キャントウェルの戦場でのトラウマとは性質が決定的に異なっている。レナータはキャントウェルに次のように問いかける。

「好きなドイツ人はたくさんいるの？」

「とてもたくさんいるよ。中でもエルンスト・ウデットが一番好きだが」

「でもあいつらは悪い方にいたのよ」

「もちろん。だが誰が悪い方にいなかったと言えるかね」

「私は絶対にドイツ人を好きにはなれないし、あなたみたいに寛大な態度は取れない。だってドイツ人はお父さんを殺してブレンタにあった私たちの屋敷を焼き払ったのだし、サンマルコ広場でドイツの将校がショットガンで鳩を撃っているのを見たの」

「よく分かるよ」大佐は言った。「だがお願いだ、娘よ、私の態度もよく分かってほしいんだ。あまりにもたくさん殺すと、親切になれるものなんだよ」

「何人くらい殺したの？」

「百二十二人は確実だ。確認できなかったのは除いて」

「良心が痛んだりしない？」

「いや、一度も」（116-17）

これは先ほどのウェイターとの会話の直前の場面である。キャントウェルは敵であったドイツ人の一部に対しても、軍人同士互いに通じ合える相手として好意を寄せているが、父親を殺され、家を焼き払われたという圧倒的に被害者であるレナータにとっては、そのような「寛大な態度」は取れないのである。キャントウェルのような姿勢は、しょせん勝者にのみ許される余裕でしかないが、この段階でキャントウェルはそのことに気づいている様子は見られない。

ベッドでレナータとともに横たわったキャントウェルは、内的独白で唐突に以下のようにシェイクスピアの『オセロー』に言及する。

私たちはオセローとデズデモーナではないのだ、ありがたいことに。街は同じだしこの娘がシェイクスピアの登場人物よりきれいなのは間違いないが。それに私はおしゃべりのムーア人と同じくらい、いやもっと数多く戦ってきたのだが。（211）

自分たちはオセローとデズデモーナではないと言うが、後にレナータはキャントウェルからの唯一の贈り物としてムーア人の人形をほしいと言う。レナータはその人形を、間もなく別れることになるキャントウェルの代理として身につけるのである。これはオセローであることを否定するキャントウェルが、実のところオセロー的人物に他ならないことを、レナータが主張しているようにも見える。キャントウェルはオセローのように嫉妬こそしないが、自分でも認めるように、過剰に男性的な軍人であるという点で大きな共通点がある。最終的にデズデモーナを殺害する人物として、キャントウェルの攻撃性、加害性が主張されているのである。

キャントウェルが自らの加害性を徹底的に認識することになるのは、作品の最後で再び鴨撃ちの場面に戻ってくるところであろう。作品がいわゆるイン・メディアス・レスの構造で、鴨撃ちの場面から始められていることからも、この鴨撃ちこそがもっとも重要な場面として焦点を当てられていることは間違いない。ここでキャントウェルは終始機嫌の悪いボートの漕ぎ手について、友人のアルヴァリートに尋ねてみる。

「なあ、アルヴァリート。私のボートを漕いでいた管理人はどうしたっていうんだ。最初から私を憎んでいるようだったが。最後までずっとだ」

「軍服のせいだよ。連合軍の制服を見ると、あいつはそんなふうになってしまうんだよ。もともと礼儀正しいやつでもなかったしね」

「それで」

「モロッコ人がここまでやってきたとき、連中はあいつの嫁さんと娘をレイプしたんだ」

「酒が飲みたくなったよ」と大佐は言った。

「テーブルにグラッパがある」(277)


これは作品の結末近い場面で、キャントウェルの死の直前であるが、ボートの漕ぎ手の機嫌が悪かったのは、キャントウェルの着ている連合国の軍服のせいであったことが判明する。なぜなら連合国側のモロッコ人がイタリアに攻め込んだときに、この人物の妻と娘をレイプしていたからであり、同じ陣営に属していたキャントウェルをその仲間であると考えていたからである。

この場面が読者に強烈な印象を残すのは、キャントウェルがレナータに対して行った行為が、モロッコ人のレイプ行為と重なってしまうからである。ムーア人とは北西アフリカのイスラム教徒を指す呼称であり、モロッコ人もこれに含まれる。キャントウェルはここでレナータが胸に飾るムーア人の人形と自分とを重ね合わせたはずである。キャントウェルはレナータを通して若さを回復しようと試みていたのだが、この作品が描き出すのは、そのような行為が弱者を搾取する暴力行為につながるということなのである。

7. 結論

ヘミングウェイは生涯家父長的な「老人」像を身にまとい続けるが、ちょうど性的能力の衰え始めた四〇年代後半から、この自画像をそれまでのようにナイーブに維持することができなくなり始める。それはヘミングウェイにとってもはや「老人」が家父長的権力を意味するだけでなく、性的不能＝創作力の枯渇をも意味し始めるからである。この自画像が激しく揺らぐ中で書かれた『河を渡って木立の中へ』は、決してヘミングウェイ本人が思っていたほどの最高傑作ではなかったが、自らの創作力への不安を描き込み、克服しようともがいている極めて興味深い作品であるとは言えるだろう。

本論では主人公キャントウェルと語り手の距離に注目することで、ヘミングウェイがキャントウェルを相対化する視線を持っていたことを明らかにした。もちろんこれまで多くの読者に批判されてきたことからも分かるとおり、ヘミングウェイは意図通り常に距離を取れていたわけではなく、時としてキャントウェルはあまりにもヘミングウェイ本人に近づきすぎる。しかし「老い」というモチーフを通してこの作品を眺めたとき、これまで見過ごされてきた新たな魅力が立ち現れてくるのである。『河を渡って木立の中へ』はこれまで考えられてきたような、ヘミングウェイの欲望を垂れ流しにしたたんなる「白日夢」ではない。この作品を丁寧に読み、キャントウェルを批判的に描こうとした点をすくい上げることで、晩年のヘミングウェイがいかに自らの老いに抗い、格闘し、それを受け入れようと試みたのか、その内なる葛藤が見えてくるのである。そしてなかば失敗しつつも「老い」と必死に格闘する姿は、作品の完成度を超えて感動的であるといってもよいのではないだろうか。

注

＊本研究は科学研究費補助金（二二〇〇四四六六）の助成を受けたものである。

［1］『老人と海』に関しては本書第六部、特に第十一章を参照されたい。

［2］ちなみに最後の息子三男グレゴリーが生まれたのは一九三一年のことである。

［3］ヘミングウェイが読んでいたのは、Paul deKruif, *The Male Hormone* である（Reynolds 155)。

［4］この点に関しては Turner を参照。

［5］たとえば Tanner、Turner を参照。

［6］その後もキャントウェルは街中で自分に対して無礼な態度をとるイタリア人に対して攻撃的に反応するが、「連中を責められない、なぜなら連中は負けたのだから」（175）とも考えるようになる。

［7］何をしているかの分析に関しては Eby 80-81 を参照。

［8］とりわけ植民者による開拓によって作られた国アメリカではこのことが顕著に目立っている。Kolodony を参照。

参考文献

Baker, Sheridan. *Ernest Hemingway: An Introduction and Interpretation*. New York: Holt, 1967.

Eby, Carl P. "'He Felt the Change So That It Hurt Him All Through': Sodomy and Transvestic Hallucination in Hemingway." *The Hemingway Review* 25.1 (2005): 77-95.

Gullette, Margaret Morganroth. "Creativity, Aging, Gender: A Study of Their Intersections, 1910-1935." *Aging & Gender in Literature: Studies in Creativity*. Ed. Anne M. Wyatt-Brown and Janice Rossen. Charlottesville: UP of Virginia, 1993. 19-48.

Hemingway, Ernest. *Across the River and Into the Trees*. 1950. New York: Scribner's, 1996.

Hovey, Richard B. *Hemingway: The Inward Terrain*. Seattle: U of Washington P, 1968.

Kolodony, Annet. *The Lay of the Land: Metaphor as Experience and History in American Life and Letters*. Chapel Hill: U of North Carolina P, 1984.

Reynolds, Michael. *Hemingway: The Final Years*. New York: Scribner's, 1999.

Tanner, Stephen L. "Wrath and Agony in *Across the River and Into the Trees*." *Hemingway's Italy: New Perspectives*. Ed. Rena Sanderson. Baton Louge: Louisiana State UP, 2006. 212-21.

Turner, W. Craig. "Hemingway as Artist in *Across the River and Into the Trees*." *Hemingway: A Revaluation*. Ed. Donald R. Noble. Troy, New York: Whitson, 1983. 187-203.

第6部　『老人と海』再評価

第10章
小学校六年生の『老人と海』

前田一平

1. はじめに

一九五二年三月四日・七日付けの手紙で、ヘミングウェイはスクリブナー社の編集者ウォレス・メーヤーに手紙を書き、まもなく『老人と海』と題されることになる小説は「人間に何ができるかを、また人間の魂の威厳を」(Baker 500) ひとりの人間が実証する物語であると表明している。さらに同十六日付けの手紙では、題名について迷っている旨を伝えている。ヘミングウェイが温めていたとおぼしき題名候補のひとつは『人間の尊厳』であった。この題名は「正確だが仰々しい」(500) とヘミングウェイは自らの判断を述べている。ヘミングウェイ文学の読者にとって、『われらの時代に』に始まる詩的で示唆的な題名は大きな魅力であった。たとえ採用されなかったとは言え、『人間と尊厳』という題名は「仰々しい」というよりも、あまりに露骨かつ道徳的に過ぎる。しかも、ヘミングウェイ自身の考えによると、そこに明示された道徳性たる「人間の［魂の］尊厳」は物語のテーマを「正確」に表現していることになる。よって、この題名を採択しなかったヘミングウェイの判断から、次のことが解読できよう――『老人と海』のテーマは「人間の尊厳」であるが、その道徳的テーマを「仰々しく」露骨に表現することはヘミングウェイの芸術感覚に反する。

小説の題名選択に表出する芸術感覚は、モダニスト・ヘミングウェイの創作技法である「氷山の象徴原理」に収斂する。

小説家は自分が書いていることがよくわかっていれば、わかっていることは省略してもかまわない。作家が真実を書いていれば、読者はその省略された事柄をあたかも作家が述べているかのごとく強く感じとることができるのだ。氷山の威厳はそのわずか八分の一しか水面上に出ていないことによる。わからないゆえに省略する作家は著述の中に空虚なところを残すだけである。(*Death in the Afternoon* 192)

この理論に従えば、題名候補であった「人間の尊厳」は「氷山の威厳」に等しく、省略されて水面下にあってこそ読者は「強く感じとる」ことができるわけである。その理論を実践するかのように、「人間の尊厳」という「仰々しい」題名は採用されなかった。小説『老人と海』で書かれるのはまさしく

「老人」と「海」だけと言っても過言ではない。その二つの言葉を並列しただけの「老人と海」という表現は「仰々しく」も教訓的でもなく、まさにシンプルで詩的で示唆的な題名となる。題名に限ってみても、ヘミングウェイは水面上の目に見える八分の一しか表現しなかったのである。五〇年代においても、「氷山の象徴原理」は依然としてヘミングウェイの意識的な創作技法であったわけである。実際、一九五八年春号の『パリ・レビュー』誌上でも、ヘミングウェイはジョージ・プリンプトンとのインタビューに答えて「氷山の象徴原理」を詳しく語っている。そのインタビューでは、『老人と海』も「氷山の象徴原理」に従って書いた作品であって、漁村の人々の生活を描き込んでいれば千ページを超える大作になっていたであろうと語っている（Bruccoli 125）。『老人と海』は物語も題名もモダニスト・ヘミングウェイの創作技法が実践された作品として読めるし、だからこそ、不遇が指摘される四〇年代を経て、若きヘミングウェイの「揚揚たる復活」（Beegel 271）が歓迎されたのである。

ただ、水面下にあって見えない「氷山の威厳」を読者が内発的に感じとることによってこそ、「氷山の象徴原理」は芸術として機能する。強制されて「感じる」ことは、「氷山の象徴原理」に反することである。この点はヘミングウェイが最も苦心した芸術上の問題のひとつであったようだ。

その頃［パリ修業時代］、私は創作に専念していましたが、最も困難だったことは、そう感じるはずとかそう感じるべく刷り込まれていることではなく、自分が実際に感じたことを真に捉えるということでした。これとは別に困難だったのは、実際に現実で起こったことをいかにして書き留めるかということでした。

(*Death 2*)

ところが、『老人と海』には明らかに「威厳」を「感じる」ことを強要する仕掛けがある。ひとつは物語冒頭の第一段落で描かれるサンチャゴの釣り舟の帆である。その帆は粉袋で継ぎはぎがなされていて、マストに巻きつけると「永遠の敗北の旗印のように見えた」（*The Old Man and the Sea* 9　以降、同書からの引用は *OMS* と略記）。このテクスト冒頭の明喩は、この物語を象徴的に読むよう読者に条件づけている。しかも、「見えた」とは、一体誰に見えたのか。三人称であれ全知であれ、特定されない見る主体は読者に視線を共有させる。その視線はロバート・スコールズが「とても短い話」を分析するときに援用した概念「ディスコース（言説）」に類似する。「行為の報告や時や場所への言及など」を特徴とする「物語」に対して、言説は「修辞性があり、口頭による説得につながる」（111）。言説とは「読者または語りを聞く者に、説得を目的として話しかける作者が、あるいは少なくとも語り手が存在することを暗示する言語」（111）である。まさに、「永遠の敗北の旗印のように見えた」という言語は、『老人と海』というテクストにおける言説として読める。さらに、「永遠の敗北」と明示することによって、帆の象徴的意味を絶対化する。そうすると読者は既に冒頭で、物語の展開を条件反射的に予測あるいは期待することになる。「永遠の敗北」のどん底にいる運命に見放されたような老人が、逆境にもめげずに不屈と忍耐をもって立派に生きるという「人間の魂の威厳」の物語を。

もうひとつの仕掛けは、この物語のメッセージ「人間は潰されるかもしれないが、決して敗北はしない」（103）である。物語の終盤、サメの本格的襲撃を前にしてサンチャゴが発するこの言葉は、物語冒頭の帆の象徴的読みに条件づけられた読者が期待する物語展開を、期待通りに集約する。ただ、そこには継ぎはぎだらけの帆のような象徴はない。あるのはコンテクストである。苦闘の末に大魚を仕留めたものの、絶望的なサメの襲撃を前にして身を奮い立たせる老漁夫というコンテクストである。既に読者はコンテクストにおいて老漁夫の物理的敗北と不屈の精神を読み取っているはずである。テクストは読者が既に内発的に読み取っている小説のメッセージをサンチャゴに発話させ、読者に意味を明示的に示す。

三つ目の仕掛けは、老人サンチャゴが持ち帰り、村の浜辺に置き去りにする大魚の骸骨である。この骸骨は何かの象徴であることは否定しようがない。そして、肉も皮も内臓もそぎ落とされた究極のシンプルネスたる骸骨は、第一に作者ヘミングウェイの創作技法「氷山の象徴原理」の実演である。つまり、大魚の骸骨は氷山の一角なのである。サメによって食いちぎられた肉の不在は、氷山の水面下にあって見えない「人間の威厳」を象徴する。いわば、ヘミングウェイは老人サンチャゴに「はるかに遠出を」させて、みずからの芸術の本質たる氷山の一角を俗界に持ち帰らせたのである。その骸骨を浜辺に置き去りにすることによって、骸骨が象徴する水面下に沈めたはずの「威厳」あるいは「尊厳」を、村人たちや観光客に解読するよう強制することになるのである。物語冒頭で象徴的解釈をするべく条件づけられた読者にとって、大魚の骸骨たる氷山の一角が象徴するものは、「人間は潰されるかもしれないが、決して敗北はしない」という既に明示されているメッセージであろう。しかも、骸骨が象徴する「威厳」を既に目撃している読者は、サンチャゴの威厳について語ることのできる認証者の立場にある。では、大魚の骸骨は誰のための象徴か。少なくとも読者のためではない。なぜなら、骸骨が象徴する意味を読者はすでに物語の文脈で見て理解しているばかりでなく、その意味はメッセージとして言語化され、前もって読者に提示されているからである。では、物語の結末で浜辺に置き去りにされた大魚の骸骨を見る読者は、読みのメカニズムにおいてどのようなポジションにあるのか。象徴によって物語が暗示的に表現するものを内発的に感じたり解釈したりする通常の読みの行為ではなく、象徴が村人や観光客に対してどのように機能するかを観察する立場に読者は置かれる。読者は骨の象徴を解釈する共同体の一員にはならないのである。つまり、『老人と海』は「氷山の象徴原理」という創作技法が読者に対して実践された芸術というよりも、「氷山の象徴原理」はいかに機能するかを作中人物たちに対して具体例をもって実演したテクストとして読めるのである。読者は物語を読むのではなく、創作技法の作用を観察するポジションに置かれている。読者は骨に可視化された「氷山の象徴原理」の機能を観察するという奇妙な経験をすることになる。小説『老人と海』は、いわば手品（象徴）の種明かし（原理）をした上で、同じ手品を結末で別の人間に繰り返し見せているような物語構造をもつ。そのいずれをも、読者は見る立場にある。テクストは作中人物サンチャゴにまるで作家であるかのように象徴を設定させる。作中人物サンチャゴに作者ヘミングウェイが重なり、その融合点には恣意的に芸術上の操作をし、欲望を抑制できないヘミングウェイの老いが見える。

2. 小学校六年生の『老人と海』

日本ヘミングウェイ協会編『アーネスト・ヘミングウェイ　21世紀から読む作家の地平』（臨川書店、二〇一一年）に収められた論文「マノリンは二十二歳　欲望のテキスト『老人と海』で、私は批判的

『老人と海』論を展開した。上述の内容の繰り返しになるが、その要点はこうである。海上で大魚と格闘して誰にも見られることなく、誰にも認められることなく孤高にも「男らしい偉業」を達成したサンチャゴは、その大魚の骸骨を漁村に持ち帰り、浜辺に置き去りにすることによって、その骸骨を村民や観光客の目にさらす。その結果、骸骨はテクストとなり、村民や観光客は読者となる。骸骨はサンチャゴ老人に代わって何があったかを語りたくてうずうずする象徴として機能し、村民や観光客にその象徴的意味を解読するようせまる。換言すれば、大魚の骨は氷山の一角であり、サンチャゴは「はるかに遠出をして」自らの創作技法の本質たる氷山の一角を持ち帰ったのである。持ち帰ることによって、サンチャゴ＝ヘミングウェイは省略が有効な象徴的技法であることを実演し、省略された情報を解読するよう読者に強要することになる。『老人と海』においては、省略が記念碑的装飾になってしまっている。物語のメッセージが物理的敗北における精神的勝利であるならば、サンチャゴは大魚の死骸か骸骨を「はるか遠出」をした沖合のしかるべき自然の場に葬り、みずからの精神的勝利のみ持ち帰ればよかったのである。その精神的勝利は、サンチャゴと読者のみが共有できる文学的啓示でもあったのだ。

上記論文は作家ヘミングウェイの老いと欲望を解釈したものである。つまり、サンチャゴに大魚の骸骨を持ち帰らせたことは、みずからの威厳を世間に示したいと欲望するヘミングウェイの作家としての老いを表象すると解釈した。本論も『老人と海』の批判的解釈という批評姿勢は同じだが、日本の小学校六年生国語教科書『国語　六　創造』（光村図書）との比較研究という点でまったく異なるアプローチをとる。『国語　六　創造』は全国的に普及している教科書で、重松清や茂木健一郎の文章や谷川俊太郎の詩を掲載するなど、かなりレベルの高い読解力が要求される内容である。掲載作品の中で、ヘミングウェイ読者として看過できない作品が立松和平の「海の命」である。本作品は同教科書の平成八年度版から掲載されているので（光村図書出版より情報提供を受けた）、平成二十五年現在において十代から二十代の多くの人たちが読んでいる物語である。しかも、「海の命」は『老人と海』を意識して書かれたのではないか、あるいは『老人と海』をある意味において凌ぐ作品ではないかと思わせる物語である。この物語を紹介し論じることによって、批判的『老人と海』論を截然とさせることが本研究の要諦である。

「海の命」は復讐と愛の物語である。瀬のもぐり漁師だった父親を巨大なクエとの闘いで失った少年太一は、父親のような優れた漁師になるべく村の長老与吉じいさから漁を教わる。与吉じいさの死後、青年へと成長した太一は父親が死んだ瀬にもぐる。その深い岩陰に巨大なクエを見つける。父親を死に追いやった魚だ。復讐に燃える太一はもりを突き刺そうとするが、クエは微動だにしない。千匹に一匹しか魚を取らない与吉じいさから自然の摂理と自然と人間の共生について教わっていた太一は、そのクエを父の仇ではなく、太古から続く海の瀬の主であるという思いに至り、そのクエに父親の存在をも認め、殺さずにおく。その大魚は「海の命」だと思えたし、父親も与吉じいさも死んで海に帰ったのだと信じていたからだ。その後、太一は村一番の漁師になり、結婚し子供に恵まれ、母親は幸せなおばあさんとなる。ただ、「巨大なクエを岩の穴で見かけたのにもりを打たなかったことは、もちろん太一は生涯だれにも話さなかった」（立松　二〇〇二）。

『老人と海』においても、老人サンチャゴは海での経験を誰にも話さない。しかし、彼はヘミングウェイのヒーローらしく、自ら語らずして象徴に語らせる。その象徴が浜辺に置き去りにされた大魚の骨である。「海の命」と『老人と海』の決定的な違いはそこにある。「海の命」を詳細に見てみよう。太一は子どものころから父親の背中を見て育った。「ぼくは漁師になる。おとうといっしょに海に出るんだ」（一九〇）。物語は太一の成長をテーマとしている。太一にとって大人になるということは、父親のような立派な漁師になることである。その父親は誰にも潜れない瀬に潜って二メートルもあるクエを仕留めても、自慢することなく言う。「海のめぐみだからなあ」（一九〇）。その父は「不漁の日が十日間続いても……少しも変わらなかった」（一九〇）。エコロジーの精神のみならず謙遜と忍受という美徳を太一は父親から学んでいた。父親の死後、太一が志願して弟子になった与吉じいさは、「千びきに一ぴきでいいんだ。千びきいるうち一ぴきをつれば、ずっとこの海で生きていけるよ」（一九三–九四）という教えによって、父親の言葉「海のめぐみ」の意味を実例をもって示し、自然と人間の共生を、いや、人間が自然に依存している生態系を説く。太一は与吉じいさの死に際して、「海に帰りましたか」（一九四）と語りかけ、物語も「父がそうであったように、与吉じいさも海に帰っていったのだ」（一九五）と太一の心情を表現して前半部を締めくくる。父と与吉じいさの教えを受けた太一は、人は死んで海に戻り海の命であり続けると信じるのである。

青年となり自立した太一に、母は「おまえの心の中がみえるようで」（一九六）と言って心配する。母が息子の「心の中」に見るものとは、復讐心ではないだろうか。太一は「母の悲しみさえも背負おうとしていた」（一九六）と語られる。つまり、太一は父の仇討ちを決意していたのである。「屈強な若者」（一九六）に成長した太一が抱く思いは、父の仇を討ってこそ、本当の大人に成長できる、母親を喜ばせられるということであろう。あるいは、そうすることによってこそ、父親を乗り越えられると考えているのかもしれない。一年後、父親が潜っていた瀬で太一は岩のように巨大なクエを発見する。ゆうに一五〇キロは超えている。父親はこのクエと闘って、もりのロープを体に巻きつけたまま死んでいたのだ。太一はそのクエに対峙してもりを突き出すが、クエはまったく動こうとはせず、両者は向かい合う。太一は「永遠にここにいられるような気がした」（一九九）。クエはおだやかな目をしていた。これまで魚を殺してきた太一は初めて、「この大魚は自分に殺されたがっている」（二〇〇）という感慨を抱く。そして、「この魚をとらなければ、本当の一人前の漁師にはなれないのだと、太一は泣きそうになりながら思う」（二〇〇）。「一人前の漁師」になるとは成人することである。それは漁師として大成することにとどまらず、父の仇を討って父を超えることと解釈できよう。それはエディプス的に父を殺すことによって達成される。なぜなら、太一はクエに父の存在を見るからである。「おとう、ここにおられたのですか」（二〇一）と太一はクエに語りかける。だから、太一は「泣きそうになりながら」クエを殺さなければならないと思うのである。しかし、太一はもりを下げて、クエに向かって微笑んでいた。太一にとって父親は憎しみの対象ではないからである。復讐心が海の命に対する愛情と畏敬に取って代わり、太一は「瀬の主を殺さないで済んだのだ。大魚はこの海の命だと思えた」（二〇一）からだ。そう考えることによって、太一は本物の大人へと成長を遂げたのである。その大魚を殺そうとして命を落とした父親を真に乗り越えた瞬間であると言えるかもしれない。物語と読者が共有するエピファニーの一瞬である。

本教科書の指導ハンドブックによると、大魚も太一も父親も「海の命」が生み出したものであり、大魚には「父の命が象徴され、自分の命も象徴」（西郷　一三一）されている。その象徴こそが、大魚が「瀬の主」と考えられる所以であろう。そのような境地に達し、そのような経験を経た太一は「村一番の漁師」（立松 二〇〇二）になった。「村一番の漁師」とは村で一番多くの魚を獲る漁師という意味ではない。父親と与吉じいさに導かれて、太一は自然に対して経済的観念を超越した畏敬の念を抱くに至っているのである。太一にとって、父親が死ぬ原因となった巨大なクエは、自然に対する畏敬や崇拝の対象たるシンボルとなったのである。

では、なぜ「巨大なクエを岩の穴で見かけたのにもりを打たなかったことは、もちろん太一は生涯だれにも話さなかった」のだろうか。教科書ガイドの解答例から解釈として説得性があると思われる一例を見てみよう。「簡単にだれかに話す気持ちになれないぐらい、特別なこと、大切なことだと感じていた」（西郷 一八〇）。この解釈は、小学校六年生にも共感をもって理解できよう。自分にとってかけがえのない経験は、むやみやたらに他人に吹聴するものではない、という感覚は小学校六年生にも理解可能であろう。しかも、この感覚はヘミングウェイのそれに類似する。『陽はまた昇る』のエンディング近くで、ロメロと別れたいきさつを饒舌に語ろうとするブレットにジェイクは言う。

「そのことは決してしゃべらないのかと思ってたよ」
「とても無理よ」
「しゃべると、失ってしまうよ」（*The Sun Also Rises* 245）

ジェイクの姿勢はヘミングウェイの創作論を代弁している。「兵士の故郷」のハロルド・クレブズも、戦争体験を吹聴することによって「すべてを失ってしまった」（"Soldier's Home" 70）。氷山の象徴原理はヘミングウェイに特徴的な寡黙なスタイルに結実する。

教材研究書で佐々木智治は、「クエをおとうの仇と思っていた自分の考え方の誤りや未熟さに気づいた太一にとって、クエを打とうとしたことを誰かに話す必要もなかったし、話すことは恥ずかしいことである。だから太一は生涯誰にも話さなかった」（佐々木 八三）とまとめている。同書は太一の父親の死は「漁師としての、『大物をしとめたい』という功名心による不名誉な死」（八四）であり、父親の仇を討つことは「おとうと同じ過ちを繰り返」（八四）すことと解釈し、それを人に「話すことは自分の過ちや未熟さをさらすことであり、村一番の漁師としては恥ずべきこと」（八四）と結論づけている。この解釈は小学生には少し難しいと同時に、必ずしも的を射た解釈のようには思えない。なぜなら、たとえ太一が瀬における経験を人に話しても、太一の行為を過ちや未熟と理解する人はまずいないであろうからである。象徴とか生態系というレベルにある太一の経験と認識は、実に個人的な問題だからである。だからこそ、太一が数や量や金銭という市場価値を代表する村人に「恥」の話をしても理解してもらえないであろうし、理解されないのであれば「自分の過ちや未熟をさらす」ことにはならない。それゆえ、「恥」を理由に据える解釈は、成長物語にアンチクライマックスのような滑稽なエンディングを措定することになり、説得性を欠くように思える。むしろ、「生涯だれにも話さなかった」太一の精神は「恥の隠蔽」というより「エピファニー（直感的に感得した真実）の秘匿」とみなすべきであろう。

別の教材研究書で林廣親はこの点を踏まえて、太一の世界は「思い入れの世界」（林 六〇）だと言う。

対決すべき宿命のクエを目前にして太一は行動不能に陥るが、そこから彼を救い出すのは「思いがけない想念」（五九）「奇抜な方法」（五九）であった。それは巨大なクエに父親を象徴させるということである。よって、太一は「思い入れの世界から抜け出すのではなく、世界を自らの思い入れにとりこんでいる。その冒険の顚末を『生がいだれにも話さなかった。』のは当然のことだろう。他者を必要としない太一の自己充足的性格は、物語を通じて見事に一貫している」し、「主人公の生涯はついに彼にとってのみ意味を持つ生涯である」（六〇）。これは先に表現した「エピファニーの秘匿」の説明となろう。ところが、林はそのような物語を批判して、「物語の世界の人々にさえ共有されないそれに魅了される能力は私にはない」（六〇）と言う。この解釈は小学校の教科書の教材研究としては高度なレベルにあり、六年生には理解困難なように思える。しかし、『老人と海』解釈には大きな示唆となる研究である。つまり、『老人と海』には、共有者を必要としない自己充足的な主人公の世界観をもつ物語と、主人公の世界観を作中人物たちが共有する物語というふたつの物語があるからである。しかも、林が言うように、前者の物語ははたして魅力がないかどうかも検証に値すると思われるからである。

3．象徴としての大魚の骨

『老人と海』において、老人サンチャゴが自らの世界観（男らしいパフォーマンス、自然観、宇宙観）を作中の他者と共有する問題について、トマス・ストリーキャッシュを援用したい。ストリーキャッシュはヘミングウェイの作品に描かれる「男らしさ」のパフォーマンスには必ず観衆がいることを指摘して、次のように言う。

ヘミングウェイが描く男性人物が立派な男として形成されるのは、自立性を達成することによってではなく、観衆との公の関係を通してである。あるいは、内面の変化によってではなく、パフォーマンスによってである。ヘミングウェイは舞台上で演技される男らしさを強調するのである。(Strychacz 8)

ところが、男性的なパフォーマンスを描くヘミングウェイの作品の中で、観衆のいない作品が二つある。「大きな二つの心臓のある川」と『老人と海』である。「大きな二つの心臓のある川」は、戦傷とおぼしき傷を身体と精神に受けていると思えるニックが、戦前に慣れ親しんだ川に戻ってキャンプを張ってマス釣りをする物語である。ストリーキャッシュは「大きな二つの心臓のある川」をこう解釈する。ニックはキャンプを張って川でマス釣りをすることによって自らの傷の治癒を図るが、その治癒行為がなんであれ、それは「男らしさを達成するための部分的なしぐさにすぎない。なぜならば、男らしさの完成は観衆の認証機能に依存しているからである」(235)。ストリーキャッシュは、演劇の舞台の外にいる男はヘミングウェイ文学においては演出不可能である、と言っているのではない。演出の意味合いが違ってくると言っているのである。

ヘミングウェイが描く孤独な男性の世界には、男性的経験に魅了される作家にしては奇妙な行き詰まりや興味深いジレンマがあるように思える。もし、男らしい自己というものが舞台演出によってのみ構築可能なのであれば、舞台をひとり離れている非劇場的状況は、どのように描けばうまくいくのであろうか。十分に表現されたもうひとつの回答を、後期の小説『老人と海』が与えてくれる。(235)

『老人と海』は観衆のいない大海原でたったひとりで英雄的行為を完遂する老人を描いている。老人の英雄的行為はその意味するものを評価する観察者、すなわち認証者を必要としない。ストリーキャッシュによると、ヘミングウェイは男らしさを描くのに、観衆のいない「非劇場型の演出をドラマ化し、観察者不在の状況においてのみ見えるものを可視化できる表現方法を模索していたにちがいない」(239)。『老人と海』がその回答だったわけである。それを認めた上で、ストリーキャッシュは問題提起をする。「人間に何ができ、人間に何が耐えられるか」(*OMS* 66)を証明するサンチャゴは、観察し評価する観衆の視界の外にいるようにみえるにもかかわらず、『老人と海』においては「観衆という問題が常に頭をもたげる」(Strychacz 240)。その観衆とは、読者あるいは批評家と、物語の最後で大魚の骸骨を見る人たちである。この観衆が「解釈行為をプロットの一要素として復活させる」(240)とストリーキャッシュは言う。

ここで問題になるのは、サンチャゴがサメに食いちぎられた大魚の骸骨を持ち帰り、村の浜辺に置き去りにすることである。このような物語の展開に疑問を呈するゲリー・ブレナーを追認して、ストリーキャッシュは次のように言う。

男らしい自己を表現するための肝心かなめは男らしく己の身を処することであるとすれば、戦利品などの記号という形で男らしさを表現することは――それがクーズーの角であれ、マスであれ、マカジキであれ、闘牛の耳であれ、弁髪であれ――まったく意味のないことである。サンチャゴはみずからの痛みと疲労とマカジキの力に対して勝利することで既に自己の威厳を証明しているのだ。……ひとたびサンチャゴがみずからの「全身全霊」を尽くしたからには、戦利品を陸に持ち帰ることは、男らしさの証明にとっては余剰である。(245)

ところが、海上でサンチャゴは「わしがどれほどの男か、あの子に見せられたらなあ」(*OMS* 64) と言って、見られることを欲望する。また、サンチャゴが繰り返す「あの子がいてくれたらなあ」(45) という言葉は「あの子がいてくれたらなあ。手伝ってもらえるし、これを見てもらえる」(48) という欲望に収斂する。観察者の不在と観察者を欲望することは、読者に観察者としての役割を過剰に意識させることになる。大魚の骨が象徴するサンチャゴの物語を既に読み終えている読者も、物語の最後で村人や観光客と共に大魚の骨を見る立場に置かれる。では、物語の最後に来て読者が負う役割はいったい何なのだろうか。ストリーキャッシュの解釈はこうである。

自律的な男らしさというコンセプトの展開にとって、物語の結末が知的な意味でいかに不適切であろうとも、その結末の本来的な役割は、サンチャゴの男らしい行動の意味を(再)交渉する共同体に参加するよう読者に実に強く感情的に訴えることである。(Strychacz 250)

つまり、読者を漁村の人々との解釈共同体に参加させ、他者の目を通して見直すことによって、サンチャゴの孤独な非劇場型ヒロイズムはより豊かで意味深いものとして完成する、というテクストの戦略が見えるということである。ということは、観衆を必要とせず、「男らしさの代理表象たる戦利品という隠喩に譲歩することのない……本来的な［認証者を必要としない］男というコンセプトは消失する」(257)ということである。サンチャゴが大魚の骨を持ち帰り、村の人たちの観衆の目にさらすという結末が意味することは、既に完成された孤高な英雄的行為に思えたものは、実は完成されたものでも自明のことでもない、ということになる(257)。サンチャゴは観衆の存在を必要とするという意味において、典型的にヘミングウェイのヒーローである、とストリーキャッシュは結論する。

しかし、『老人と海』は、あたかも「氷山の象徴原理」を構造化しているかのように、いわば物語の八分の一で漁村を描き、八分の七は大海におけるサンチャゴの孤独な闘いを描く。観衆のいない孤高の物語を、観衆のいる日常世界の場面で挟み込む物語構造は極めて珍しい。自己完結したサンチャゴの孤高の物語の前後に読者以外の認証者を配置するという異例のテクストには、作者による恣意的な操作が読み取れる。読者を結末で大魚の骨の象徴的意味を解釈する共同体に参加させることによって、既知の物語を再解釈させるという物語構造においては、「氷山の象徴原理」は自己破綻している。英雄的な行為を世間の観衆に認めさせるまでは、その行為は不完全なのだというヘミングウェイのパフォーマンス観は、裏返せば、英雄的な行為に衆目を集めたいという欲望の露呈のように思える。観衆を操作するというテクストに刻まれた作者の欲望と象徴化された戦利品に既知の物語を語らせるという演出(theatricality)においては、「氷山の象徴原理」は破綻をきたしている。読者を水面下の八分の七と水面上の八分の一の両方を見る受動的な立場に置くからである。そこにモダニスト・ヘミングウェイの芸術上の老いの兆候が見えるようである。

「海の命」について林廣親が言う「物語の世界の人々にさえ共有されないそれに魅了される能力は私にはない」という評言は、ヘミングウェイのパフォーマンス観と重なる。物語の中に評価する観衆がいてこそ、英雄的な行為であれ、真理であれ、エピファニーであれ、完結するというのが林の立場なのである。しかし、たとえ林が言うように個人的な「思い入れ」ゆえに普遍性と共有性を欠いていようとも、中心人物が真理であると認識したものは、作中に共有者がいなくても、物語の文脈の中で読者が理解し、共感さえする。英雄的な行為の自立性《オートノミー》と認識の自立性は、観衆をもたずともテクストにおいて読者という文学的認証者をもつ。読者は中心人物の行為や認識を媒介としてすぐれた文学的経験をするのである。太一は父や与吉じいさの教えの意味をみずからの経験を通してみずからの認識へと高めたのだと解釈できる。その認識は青年太一の人生の中で最初の大きな学びの瞬間なのである。その認識が覚えさせる畏怖の念が若き太一をして、認識を秘匿させたのである。しゃべっても理解してもらえない。理解してもらおうと誇張や嘘を交えることによって、その認識を損なってしまう、汚してしまう。だから、ジェイク・バーンズが言うように、「しゃべると、失ってしまう」のである。それほど個人的で神聖な認識なのである。その意味で、「海の命」は文字通り若くてみずみずしい成長物語である。

　以上のように、『老人と海』を「海の命」と比較して、ヘミングウェイの筆の衰え、即ち老いを指摘した。批評の組立にはトマス・ストリーキャッシュを援用したが、ストリーキャッシュはサンチャゴに大魚の骨を持ち帰らせ観衆を配置させる物語を疑問視しているのではない。観衆のいない孤高のヒロイズムが観衆の登場によって損なわれるのを批判的に論じながらも、観衆が登場することはヒロイックなパフォーマンスを描くヘミングウェイの典型であって、『老人と海』にもその特徴が刻まれていることを指摘しているのである。しかし、本論はそこに「氷山の象徴理論」の破綻と観衆および象徴の操作を見て、それをヘミングウェイの作家としての老いの兆候とした。

参考文献

Baker, Carlos. *Ernest Hemingway: A Life Story*. New York: Scribner's, 1969.

Beegel, Susan F. "Conclusion: The Critical Reputation of Ernest Hemingway." *The Cambridge Companion to Hemingway*. Ed. Scott Donaldson. New York: Cambridge UP, 1996.

Bruccoli, Matthew J., ed. *Conversations with Ernest Hemingway*. Jackson: UP of Mississippi, 1986.

Hemingway, Ernest. "Soldier's Home." *In Our Time*. New York: Scribner's, 1925.

———. *The Sun Also Rises*. 1926. New York: Scribner's, 1954.

———. *Death in the Afternoon*. 1932. New York: Scribner's, 1960.

———. *The Old Man and the Sea*. 1952. New York: Scribner's, 1980.

Scholes, Robert. *Semiotics and Interpretation*. New Haven: Yale UP, 1982.

Strychacz, Thomas. *Hemingway's Theaters of Masculinity*. Baton Rouge: Louisiana State UP, 2003.

西郷竹彦監修・文芸研編集『ものの見方・考え方を育てる　小学校六学年・国語の授業』（新読書社、二〇一一年）

佐々木智治『文芸研の授業⑩／文芸教材編　「海のいのち」の授業』（明治図書、二〇一二年）

立松和平「海の命」『国語　六　創造』宮地裕他編（光村図書、二〇一二年）

林廣親「古い皮袋に新しい酒は盛られたか――立松和平『海の命』をめぐって――」『文学の力×教材の力　小学校編6年』田中実、須貝千里編（教育出版、二〇一〇年）
前田一平「マノリンは二十二歳――欲望のテキスト『老人と海』」『アーネスト・ヘミングウェイ――21世紀から読む作家の地平』日本ヘミングウェイ協会編（臨川書店、二〇一一年）
『光村図書版　国語　6年　創造　教科書ガイド』（光村教育図書）

第11章

［討論］『老人と海』は名作か否か

今村楯夫　島村法夫
前田一平　高野泰志
［編集］上西哲雄

高野　本日はお集まりいただきましてありがとうございます。今日の討論のタイトルが「『老人と海』は名作か否か」と、非常に挑発的になっておりますが、そもそも今回の討論会を開くきっかけとなったのは、二〇一二年五月に熊本大学で開催された九州アメリカ文学会のシンポジウム「ヘミングウェイと老い」において、私と今村さんの間で『老人と海』をめぐって大きく意見が割れ、論争になったことにありました。そのおかげでシンポジウムは大きく盛り上がったわけですが、その後この点に関して徹底的に討論を行って、その内容を発表してはどうか、という提案がされたのでした。

シンポジウムでは私が『老人と海』があまりにも無条件に「名作」であるという前提で語られることに異議を唱え、今村さんがそれに反論を加えた形で議論が行われました。本日の討論では、私と同じく『老人と海』神話に疑義を呈する側の論者として、前田さんにお越しいただいております。それに対して今村さんと同じく『老人と海』をヘミングウェイの最高傑作の一つであると考える島村さんにもお越しいただき、いわば二対二の徹底討論を行いたいと思います。最晩年の代表作『老人と海』に関して討論することで、自ずから本書のテーマ『ヘミングウェイと老い』につながっていくことと思います。

では早速始めさせていただきます。まず議論を始める前に、日本ヘミングウェイ協会では権威主義を廃し、お互いが平等な立場から発言できるようにということで、目上の協会員に対しても「先生」という呼称を用いずに「さん」づけで呼び合うことが慣例になっております。したがって本日の議論もお互い「さん」付けで呼ばせていただきたいと思います。

[語られたテーマ]

高野　まず議論の出発点といたしまして、『老人と海』冒頭の一番目のパラグラフの最後のところで、"it looked like the flag of permanent defeat" という一節があるのですが、ここが若い頃のヘミングウェイだと間違いなく書かなかっただろう文章だと私は思うのですね。"permanent defeat" のように見えるという言い方ではっきり書いてしまっているけれど、若い頃のもっとも充実していた時期のヘミングウェイであれば、"permanent defeat" であるように読者に感じさせる文章を書いたのではないのかと、こうやってはっきり言わなければならない時点でヘミングウェイの創作の衰えが表れているのではないかという点を検討してみたいのですが、いかがでしょう。

前田　明喩にしろ隠喩にしろ、ヘミングウェイはよく書いてると思うんだけども、物語のテーマに直接関わるようなことを明喩的に、何々のように見えるみたいなことは、ちょっと若い頃のヘミングウェイにはないなっていうところです。モダニスト・ヘミングウェイにはなかったなというところなんです。だからそれを、いやあれは若い時の創作技法であって、五〇年代は違うんだみたいに考えるんだったらまた別の考え方をしなきゃいけないってことです。

島村 これは "like" があることによって、要するに自分は "defeat" しないんだっていう、そういう風には見えないという風に逆に言おうとしたように取れませんか。

前田 だからこそでしょう。だからこそ、逆のことは、むしろテクストというか作者ヘミングウェイが語りたくてしょうがない、モラリティをもう前面に出してきてるってことですよね。そこが高野さんはちょっとヘミングウェイの芸術としては引っかかるんだっていうことなんだろうと思うんですね。

高野 三つ目の段落の最後もそうなんですけど、"undefeated" っていう言葉がはっきり出てくる。後々の有名な "man is not made for defeat. . . . A man can be destroyed but not defeated." もそうですね。

島村 あの場合は老人のインテリア・モノローグみたいなものですね。

高野 いえ、あれははっきり口に出したセリフです。

島村 ヘミングウェイが書いてるには違いないけど、老人が心の中で反芻してるような言葉で、老人の、いわゆる漁師という立場で言ったら、それはそのままで受け入れられるんじゃないかな。僕には抽象概念を使っている風には取れないですね。ヘミングウェイは、僕の研究の一番のテーマだったんですが、その抽象っていうものはダーティだという『武器よさらば』から、そういう抽象語をむしろ前面に押し出す『誰がために鐘は鳴る』に変わっていきますから、僕はそれを衰えとは全然思わなかったんですけどね。「敗れざる者」（"The Undefeated"）っていう作品がありますよね。あれをヘミングウェイは一九二五年ぐらいに使っているわけだけど、それは別にいいんですか。

高野 あの作品は『老人と海』と非常に似たテーマ

を扱っているわけですね。ただやっぱり比べた時に圧倒的に「敗れざる者」のほうがすごいんじゃないかなと私は思うんですよね。確かにタイトルには"Undefeated"という言葉が入っていますが、『老人と海』のようにテーマを随所ではっきりと言語化しているわけではなくて、主人公マヌエル・ガルシアの行動を通してそれを読者に伝えていると思います。

島村　この場合はタイトルで"Undefeated"って言ってるから、読者はものすごくそれに支配されてしまいますね。だから、僕はそんなに筆とか文体とかが衰えたっていう風にはあまり感じないですけど。

前田　いや、『老人と海』っていう作品はすごくよくできている故に、わざわざ描こう語ろうとしたことを言葉でメッセージで、インテリア・モノローグであろうが、作者が介入した言葉であろうが、そのメッセージを言う必要はない。物語そのものが、"A man can be destroyed but not defeated."っていうことを十分語ってるわけですよね。だからメッセージを、作者が書くんじゃなくて読者が内発的に自分の中に見出すというかね、それがヘミングウェイの作品ではなかったかと思うんですけど、それをテクストが言ってしまっちゃったというのが。

島村　前田さんが言うことはよく理解できるんですけど、それまで口に出さざるを得ない老人の状況だったと僕なんかは思ってしまう。つまり追い詰められて大変な状況の中で老人の意識の中に出てくるから、それをそのまま言葉にするみたいなところがあるんじゃないかと。

前田　誰に向かって言ってるんでしょう。あれは。

島村　いや、あれはもちろん己に向かって言ってるんですよ。そりゃ読者に向かって言ってるわけじゃないですよ。

前田　奮い立たせるような。

島村　という風に僕はむしろ取りますけどね。

高野　そういう風に読むんであればある程度納得できるのですが、ただこれまでのその『老人と海』に関して書かれてきたものは、この"man can be destroyed but not defeated."というところを完全に読者に伝えるメッセージとして取る解釈がほとんどじゃないですかね。これを『老人と海』の中の一番素晴らしい文章であって、読者に伝えているメッセージであるという受け取り方をしてるんですけれど、今、島村さんがおっしゃったようにそこまで追い詰められて、土壇場になってどうしようもなくなった老人の心の中の叫びだとしたら、私にとってはものすごく納得いくんだけれど、果たしてそう読まれてきたんだろうかという疑問はちょっと感じます。

島村　僕は『老人と海』っていうのは、ヘミングウェイの文学の終着駅だと思って、ずっとその意味から探ってきたんですよね。ですから、そういう視点から言うとこれはもうヘミングウェイが声に出して言わなくちゃいけない、そういうセリフだったのかなとむしろ思いますね。だから妙に納得するところがあって、確かに高野さんとか前田さんが言ったように、何も作品はこれだけのことを全部言おうとしているんだから、これは書かなくてもいいんじゃないかって。だけど書かなければそのまま残りませんよね。一つのメッセージ性はあったと思いますね。第二次世界大戦が終わった後の人類に希望を託すみたいな意味で僕は取ってしまうものですから、これはヘミングウェイが口に出して言わなくてはならないような面もあったんじゃないかって。これがないとやっぱりヘミングウェイの本当に言いたいことが分からないと僕は思いますけれどもね。

高野　一点だけ先に確認させてください。『老人と海』は、ヘミングウェイが三〇年代以降、『持つと持たぬと』や『誰がために鐘は鳴る』のように、いろいろな実験をする中で最終的に原点に戻ってきた作品だというようなことはよく言われるんですけれど。

島村　言われますよね。

高野　今の島村さんの話を聞いていても、やっぱり若い頃のヘミングウェイとは本質的に違うものがここに出てきてるということは、四人の共通理解として問題ないでしょうか。つまり、たとえば抽象語の問題であったとしても、『武器よさらば』の時は抽象語を避けるべきだと言っていたのが、『誰がために鐘は鳴る』で抽象語を多用し始めるような形に変わっていく。その行き着く先が『老人と海』であるとすると、もう一度若い頃に戻ったのではなくて、『誰がために鐘は鳴る』の先にあるのがこの『老人と海』ということでいいですか。

今村　『武器よさらば』で「栄光、名誉、勇気、神聖」のような抽象的な言葉は「村の名前とか、道路番号みたいな具体的なものと較べると不潔だ」というようなことを主人公に語らせていますが、抽象的な人を鼓舞するような言葉ではなく数字のような無機質なものこそ信じられるんだという、ニヒリズムが底流にあり、それがそのまま戦争批判に凝縮されたものがあの表現にあったと思う。『誰がために鐘は鳴る』だったら、「七十二時間がその凝縮された素晴らしい時間であるならば、七十二年間生きたことと同じ」ほどの意義のあることなのだということをマリアに言いますよね。ヘミングウェイはあまりそういう教訓めいた「名言」を吐かなかった作家だと思うけれども、ひとつの作品に一ヵ所ぐらいそういうものが入っていて、それが強烈なメッセージとして我々の心に残ると思います。そのひとつとして『老人と海』には“not defeated”という言葉があると思うんですね。ですから、『老人と海』の冒頭にこの“defeated”というような作品の本質にかかわる言葉が出てきたことに対して、高野さんは、以前はこういう書き方をしなかったヘミングウェイの文学が変わっちゃったんだって言ってるけども、僕はあまり変わっていない、そのことは大した問題じゃないと思っています。

島村　高野さんはむしろ“like”があるのがいけない、ヘミングウェイらしくないと言うんでしょ。

高野　いえ、そういうことではなくて……

今村　高野さんは、作者がはっきりしたメッセージを言葉に出してしまうんじゃなくて、我々、読者は行間を読んでヘミングウェイの言わんとしたエッセンスを汲み取って読んでいくことが求められ、そこにまさにヘミングウェイ文学の特色があったんじゃないかって言ってるのではないかな。僕は、若い頃に書かれた作品で、こうした本質にかかわるメッセージを言わなかったわけではないし、さまざまな作品に点在してるんだという風に思っています。だから変わったとは思っていない。

前田　基本的にやっぱりヘミングウェイって本当に一〇〇パーセント、モダニストとして出発した作家ですけれども、そのモダニズムの物語創作の特徴、これはウェイン・ブースなんかが言ってる“tell”することと“show”することの違いってことですね。ヘミングウェイは完璧に“show”する作家だったわけで、結果的にそれは象徴などということとも結びついてくるわけですね。ヘミングウェイは象徴ってのを随分嫌ったんですけども、それは自分がすごく意識してるから嫌ったんだろうと思うんですよね。ここは象徴でしょって言われることをですね。だからそういったことから言えば、やはり、言ってしまうと彼の文学は壊れてしまう。芸術が壊れてしまう。言われなくても、その描かれたアクションを読んで、読者がおのずとそこに描かれた物語が伝えるメッセージを、内発的に感じ取ることによって、ヘミングウェイ文学の良さっていうのを我々は味わうことができるんじゃないかって思うんですよね。言っちゃあおしまいよ、みたいなところがありますよ。

今村　いや、それは一面でしかないでしょう。確かに“tell”と“show”の違いは分かるけれど、ヘミングウェイにもその両方があったと思う。スタインベックの『怒りの葡萄』のような場合、登場人物が人生論を語ったり、牧師が説教したりするような“tell”に対して、ヘミングウェイはそれをしなかった作家だと思うけれど、では、ヘミングウェイの文学というのは、そうした“tell”ではなくて“show”だけだったのかと言うと、ヘミングウェイには初期作品から、その両方があったと思います。そのことからすると、たとえば高野さんが第一パラグラフのこのセンテンスが邪魔で、余分ですっていう見方は、奇抜でおもしろいと思うけども、作品全体の中でのほんの一部に着目し針小棒大にとらえて「これはヘミングウェイの失敗でしょう」とまで言うのはどうなんでしょう。

高野　まず、これがあるから『老人と海』が駄目と言っているわけではないんですが、それをおいておいたとして、今村さんの言うそれまでのヘミングウェイにも"tell"する部分があったということに関して言うならば、この『老人と海』で"tell"してるのは明らかにテーマそのものなんですよね。そこがやっぱり本質的に他の作品とは違うんじゃないでしょうか。

今村　『誰がために鐘は鳴る』で語られる「七十二時間、精一杯生きること」というのは戦場にあって、自分の死の時期からカウントバックして今生きてる生を燃焼させるという生き方について到達した「真理」のようなことが『誰がために鐘は鳴る』の本質であるととらえるのであれば、問題となっている『老人と海』で語られている「人は破壊されることはあっても、打ち負かされる("defeated")ことはない」という不屈の精神も、ヘミングウェイ自身が到達した「真理」であり、その次元において違いはないと思う。ヘミングウェイはそういう意味での"tell"という、「語ること」をしてきたんじゃないかな。

島村　だからたとえば、『武器よさらば』だっていっぱい"tell"してるわけですよね。

高野　そうですね、たくさんありますね。

島村　だからその典型的なやつは三つぐらいモノローグっていうか、インテリア・モノローグっていうか、何か独白みたいなのあるでしょ。

高野　ものすごく長いのありますね。

島村　四つぐらい。蟻の話とかね。あれなんか完全な"tell"だから、あんまり"show"とか"tell"とか二分できるものじゃなくて、確かに『われらの時代に』とか短いものは、あれは"show"というか非常に淡々と描写していますから、そこは見事に簡潔性を感じるんですけど、多分ヘミングウェイはそれだけじゃやっぱり足りないんだっていう風に気づいた時期があって……。

高野　だから最初に確認したかったのはその、これがいい悪いとかいう問題以前に……。

今村　変化したんでしょって言ってるんですね、高野さんはね。

高野　はい、原点回帰ではないというのは共有された意見ですかということを確認したかったんですよ。今村さんは違うということですよね。

島村 だからその原点回帰って、たとえばよく使われるのは『老人と海』の場合、「大きな二つの心臓のある川」と非常に似てるとか、言ってる人がいるんですよ。僕も最初、教授に非常に似てますねって言われて、僕は内気だったから、どこが似てるんですかって聞けなくて、今もまだ結論が出ていないんですよ。だけどそういうのがどうもあるらしい。だからそう言われても僕はどこが似てるかっていうのがちょっとはっきりつかめないでいるんですけども、原点回帰みたいに似てるって言う人がいるっていうことは、学生の時に経験して、まだそれはわからないんですけど、僕はやっぱり螺旋状に昇っていってるとは思いますけどね。ヘミングウェイの文学は。

高野 昇っていたかどうかという問題は別にして、やっぱり私も思うのは、三〇年代あたりからヘミングウェイの書くもの、書き方が変わっていったなとは思う。

今村 うん。変わってると思う。だけどそれが本質を大きく変えたとは思えない。僕は高野さんにメールで以前ヘミングウェイは「実験作家」なんだということを書いて、その実験性について問われた時に、「最初の作品から最晩年に至るまで、小説ひとつひとつがまったく違った形態を取っていること」と応えました。前田さんが先ほど「モダニズム作家としてのヘミングウェイ」と言われましたが、ヘミングウェイは終生モダニストだと思うし、それからそのモダニストであるが故に、作品のひとつひとつの視点や語りや構図なんかを考えて変えながら書いていった。では語りの方法や構図が変わってきたとするならば、それはどうしてかと言うと、それぞれの作品のテーマが違うわけだから、そのテーマに即した書き方があったはずです。『老人と海』では三人称の語りによって語られ、一人の老人を小舟に乗せて、そうすると会話ではなくつぶやきというか、独り言になりますよね。あるいは見えない相手に語り続けるっていうような、対話でない一方的な会話が出てきた。その形を取らざるを得なかったと思うんです。だけども、独り言だけでは表現しきれない部分を、作者が補足していきますよね。それが『老人と海』においては適切だっただろうと思うし、語りに対して全知的な視点で情報を読者に伝えるという形をとっており、変わっているのは語りの方法だけであって、ヘミングウェイの文学が初期と晩年で大きく変わったとは思えない。要するに実験的作家であったという点においては、絶えず変容し続けたのだと思う。

かと言って、『老人と海』は書き込みすぎで、ヘミングウェイは晩年 defeat された作家で、この作品はやっぱり失敗作だったんでしょうっていう風にはならない。高野さんはやっぱりこの作品は失敗作だと思ってるんですか。

高野 そこに関してなんですけれど、私がまず一番問題にしたいのは、今も言ったその原点回帰という問題なんですね。多くの『老人と海』を褒める人が、若い頃のヘミングウェイのやり方に戻って『老人と海』は成功したのだという書き方をしています。たとえば『老人と海』は、それまでのヘミングウェイのどの作品とも違う、別の基準で評価して素晴らしいのだというのなら納得するかもしれないけれど、少なくともその原点回帰したという言い方を前提にするならば、二〇年代のヘミングウェイ作品と同じ基準でよいといっているわけですよね。私自身は二〇年代のヘミングウェイと比べてやっぱり全然違うと思うし、もし二〇年代のヘミングウェイを基準として照らし合わせるなら失敗作になるだろうと言いたいんです。

今村 原点回帰か否かはさておき、非常に優れた作品群が二〇年代にあったとして、これこそヘミングウェイの代表作品ですっていうのを、高野さんが二〇年代の作品から一つ挙げたらそれは何ですか。

高野 やっぱり『われらの時代に』の短編群がもっとも優れてると思いますけれども。

今村 『われらの時代に』の作品群が優れてるという点、私もそう思う。じゃあ、どこがどう優れていたか。『老人と海』よりも優れてる作品を一編取り出してみてください。高野さんが一番好きな作品って何ですか。

高野 色々ありますけど、たとえば「季節はずれ」とか。

今村 じゃあ「季節はずれ」が『老人と海』よりも優

れているという理由は何ですか。
高野　『老人と海』がはっきり言葉として説明しているのに対して、「季節はずれ」の場合、説明ではなく、描き出しているからです。
島村　だから言い換えれば“between the lines”とかそういうところが「季節はずれ」なんかのほうがおもしろいっていうか、色々読んでいくと“between the lines”が問題になる。
前田　それもそうなんだけど、別に『老人と海』っていう作品がヘミングウェイの作品でなくても、やっぱりこれはという風に僕は思いますね。えー、こんなにテーマを最初から匂わせておいていいの、みたいな感じはしますね。種明かしをしてるみたいな。
今村　そこが僕と全然考え方が違うところだと思うけど。最初の問題に立ち返ってみたいと思います。高野さんが問題にされた『老人と海』の最初のパラグラフ、これだけ取り出しても、物語全体の中で重要な役割を果たしていて、やっぱりこれは傑作だって思う。「継ぎはぎだらけの帆を巻き付けたマストを担いでいる格好は、永遠の敗北を象徴する旗印にしか見えなかった」という描写は、物語の結末での老人がマストを担いでいく情景と重なります。老人は漁を終え、舟を降り、帆をたたみ、マストを担いで丘を登りながら、何度も倒れて、小屋に辿り着きます。冒頭の場面と最後の場面が重なり円環構造を成しています。生前に出版された最後の三作品『誰がために鐘は鳴る』、『河を渡って木立の中へ』、『老人と海』はいずれもこの円環構造の形をとっています。松林で始まって松林で終わる。あるいはヴェニスに車で行って、ヴェニスからトリエステに帰ろうとして車に戻る、という円環構造はとてもおもしろいと思っています。それはヘミングウェイの死生観であり、大きな宇宙の中での人間の営みが抽象化されている、いわば大きな宇宙の中で人間がただぐるぐる輪を描いているのだ、と。
　それに対して高野さんは、その部分を注視し、細部から本質に迫るという方法をとるわけです。私自身、そうした分析や解釈を行ってきたし、方法論として高野さんが違ってると思いません。一方で、今言ったような全体の構造の中でこの部分の役割を考えると、失敗とは言い切れないんじゃないかなとも思うわけです。

高野　円環構造という点に関しては、今村さんがお話になったことは非常に納得がいきます。今村さんのいう「大きな宇宙の中で人間がただぐるぐる輪を描いている」というところ。ライオンの夢もまた、この円環構造の一部をなしていると思います。最初のほうで老人がライオンの夢を見ていて、最後小屋で一人で眠っている時にまたライオンの夢を見る。これはその"undefeated"というテーマそのものですよね。結局同じ場所で同じ夢を見るということが、明日もまた同じ行動が続くんだと示唆しているわけで、そういう意味でこの『老人と海』の円環構造が、老人が敗北したわけではない、明日もまた同じ生活を続けていくんだということを、直接訴えかける構造なわけですよね。要するに円環という構造そのものが"undefeated"というテーマの主張になってる。

今村　老人が陸地もまったく見えない大海原で、その海の真っ只中でたった一人で小さな舟に乗っているという、この無限に広がる宇宙の中で、一人の人間が個として生きているその状況が、この作品のもっともおもしろいところだろうと思っています。そこで生を賭して巨大な魚と闘う、孤立無援の世界。そういう意味では、ヘミングウェイがアフリカに行って、夜中に漆黒の闇の中、裸足で槍持って歩いてみて、アフリカの自然を体験しようとする、行為そのものは愚かしいかもしれないけども、空漠たる宇宙のもとで、人間と自然が対峙するという瞬間がここにはある。このアフリカの物語にしても、『老人と海』にしても、人間が自然と向き合い、人間の存在そのものの意味と、存在の微小さっていうか、卑小さという認識こそ、この作品の本質だと思います。人間は"defeat"されないんだ、あるいは"defeat"されてはいけないのだ、というのはメッセージとしてあるけども、それが最終的なヘミングウェイのメッセージとは思えない。

高野　島村さんは完全にそこがメッセージだと。

島村　いや、だからあれは"destroy"されることがあると。人間は死ぬとか殺《や》られたりするけど“defeat”はされないというのは、その勝負を、運動をやってた関係で、僕はよく言おうとしてることが感じられるんですよ。僕が感じてる“defeat”っていうのは、努力をしないでね、負けるっていう、勝負に負けるとか、そういうのはもう“defeat”なんだけど、そうじゃなくて、その途中の行為が精一杯やって、それで仮に結果として敗れたとしても、それは“defeat”ではないと。

高野　要するにそれがメッセージじゃないっていうのが今村さんの見解ですよね。

今村　僕は最終的なメッセージがそこにあるとは思ってないですね。

島村　僕は読み方としては、さっきから言ってるように、ヘミングウェイの最初の頃の作品からずっと順に追ってきた場合の僕の『老人と海』の読み方は、色々ヘミングウェイの人生とつながってるところから見れば、それはヘミングウェイのメッセージとしてあると思う。それはもう、ヘミングウェイは原爆でものすごいショックを受けているわけだから、それにも拘わらず人間は生き延びていくんだっていう、そういう明確なメッセージを伝えていると思うから、これがこの作品のメッセージだと思います。人間は“defeat”されないんだっていうのがね。人間は強いんだっていうことを言いたいわけですね。さっきの今村さんの円環で、僕も同じ円環説で、これは私が二十九歳の時に書いた論文に載ってますけどね。要するに、物語の始めにライオンの夢を見ていた老人が、再びライオンの夢を見るところで物語が終わる。

これは確かにサイクル、循環運動なんだけど、僕はもっと大きなことをヘミングウェイは言ってると思っていいます。これは僕はびっくりしたんだけど、老人はこれで死ぬんだっていうのを昔『老人と海』論で書いた人がいたんです。これはとんでもない間違いで、老人はやがては死ぬんだけど、サンチャゴは海に出て行くだろうし、やがて少年のマノーリンが、あるいはまた別のサンチャゴが出てきて海へ行くんだろうっていう、そういう意味での人間の永続性みたいなものまで、僕はヘミングウェイは言おうとしてるんだって捉えているんですけどね。だから、これはヘミングウェイが人類の生存というか未来、これに明るい光を見出しているのが『老人と海』で、それを描くためにこういう作品を書いたんだなって、僕はそういう取り方ですから。それは全然変わってないんです。

前田　ふたりが言ってることをやっぱりプラスして、『老人と海』を解釈しなきゃいけないんだろうと思うんですよね。どう読んだってあのメッセージはものすごく強いから、読者はそれを感じざるを得ないし、そのつもりで読まされるっていうところがあると思いますし、最後に残された骸骨が語ることもやっぱり同じメッセージだろうから、そういうところを読むんだろうと思うんですけども、そのメッセージを抜きにしても、やっぱりあの老人が遠出をして、メキシコ湾流でひとり、まったくの自然現象だけに包まれて、深い海底の生き物とコミュニケーションを取るような、非常に静謐な釣りをするっていう、そのひとつひとつ、釣りをしてる間の星を見たり、鳥を見たりだとか、あるいは海面に何かが来たりとか、あるいは食わなきゃいけないからシイラを切って、その生肉を食べるとかっていうことのひとつひとつの非常に人間的な、何ていいますかね、非常に感覚的な体験っていうもの、そのひとつひとつをもエンジョイしていかなければいけないんだろうと。

メッセージ性とそういうものとが合体して、『老人と海』っていう作品が作られてるし、それはそれで僕は非常に優れた作品だと思うんです。やっぱり僕は、そういうとてもいいところのメッセージを言ってしまっているところが引っかかるわけです。言わなきゃもっと良かったかなっていう風に。

今村　『老人と海』はよくメルヴィルの『白鯨』と比較されますよね。『老人と海』はヘミングウェイの『白鯨』版みたいに言われても、量的にこちらのほうが圧倒的に小さい、わずか百二十頁たらずの小説に過ぎません。その短い物語ながら、様々なメッセージが入っていて、いま前田さん言われたように魚を食べるとか、魚に語りかけるとか、鳥と言葉を交わすとか、星を見るとか月を見るとかね。意外なほどディテールがいっぱいあるんですね。そうした中で、日常の営みとして人間が生きていかなきゃいけないような最低限のものがあって、たとえばヘミングウェイの小説の中で稀だと思うっていうか、初めてだと思うけども、この老人がおしっこする場面が二度ある。小屋の外で一回、それからまた海で一回おしっこする。その排泄行為っていうのは、人間の中で欠かすことのできない、食べる行為と同じように起きなきゃいけないものなのに、それが『老人と海』において、これだけ短い中で二度もおしっこしてる場面が出て来るのは何なのか（笑）。その老人はやはり一人の人間として生き、日常生活を営んでいるわけですよね。どこにもいるような漁師だと思うんですよね。

そうした中で、あるメッセージの書き込みを批判するということが、前田さん流に言えば、「とてもいいところのメッセージを言ってしまっている」ところはまずい、という批判は賛同できませんね。ヘミングウェイの文学は最初から「氷山の一角」説に基づき書かれており、海面に現れている八分の一から、水面下に隠れている八分の七の部分を補って読まなきゃいけない。その八分の七の中に、読者に期待されている解読の可能性があって、その読解をどうやって補っていくのかっていうところは我々読者に課せられたものだし、解読を通じて書かれていない部分を埋めていく読み解きが、おそらく批評家あるいは学生も含めて、読者がヘミングウェイを読んでいく上の基本的姿勢であるべきだろうと思うんです。

高野　今村さんのおっしゃる基本的姿勢って、どんなものなんですか。ちょっとその辺を話してくれませんか。

今村　じゃあ、僕が『老人と海』をどんな思いで読むか、少し話しますね。僕自身がこの『老人と海』を読んだのは、中学時代の最後の春休みだったと思う。海が近くにあったこともあって、海の物語としておもしろいかなと思って読み、それなりに何かわかったつもりでいたけども、本当にはよくわかっていなかったと思うんですね。

大学院に行ってシェリダン・グレブスタインの授業

でヘミングウェイとフィッツジェラルドの全小説を読む授業を受け、その時にはじめて『老人と海』に感動したように思います。でもそれでも本当によくわかったとは思えない思いがありました。僕はニュークリティシズムの洗礼をもろに受けた世代にあって、その方法論をアメリカで叩き込まれたのではないかと思う。グレブスタインは当時、*Hemingway's Craft* を出版したばかりで、カーロス・ベイカーとフィリップ・ヤングに続く新進気鋭のヘミングウェイ研究者と期待されていました。その後でロバート・ルイスの *Hemingway on Love* の『老人と海』論を読み、まさに目から鱗みたいな衝撃がありました。一九五〇年代のいわゆる象徴性が作品に意図的に塗込められた時代にあって、『老人と海』が一九五二年に出版されます。この同じ年にラルフ・エリソンの *Invisible Man* が出版されました。これは象徴的な出来事や表現に満ちあふれており、解読が「謎解き」のような作品ですが、同じ時期に大学院でその両方を読み、とてつもない驚きがありました。その解読法はきわめてニュークリティシズム的だったと言えます。

現在、当然のごとく読まれているサンチャゴにイエス・キリストを重ねて読むというのはロバート・ルイスに依拠した読み方だと思いますが、手の傷がイエス・キリストの釘の跡のアルージョンであり、マストを担いで丘を上っていくのがゴルゴダの丘だとかいう読み解きはキリスト教的シンボリズムを見る見方でした。そうした象徴論的な読み解き方は衝撃的で、とてもおもしろいと思いましたが、一方で僕自身はそれを必ずしも納得していませんでした。その後、『誰がために鐘は鳴る』の主人公が、松の木にかかって死にますよね。それをひとつの象徴とした時には、やっぱり十字架で処せられたイエス・キリストの姿が重なり、『河を渡って木立の中へ』のキャントウェルの手の痛みにつながることを思うと、ヘミングウェイがこの生前に出版された最後の三部作として『老人と海』を含めて考えると、かなり強くイエス・キリストを意識して書いたんだろうと思う。それが結果的に象徴性を潜ませることになっている。このキューバの一介の漁師に過ぎない人間に、ある種の強い精神性を内在させた書き方がなされた、あるいはそういう読み解きができるんだって思った時に、この作品は僕にとってはすごく重く思われるようになりました。

そういう読み方ができた時に『老人と海』ってヘミングウェイがずっと作家として書き続けていて、そして最終的に行き着いたところに究極の次元があり、これがその一人の老人の姿なのかっていうことが、自分自身ではとても納得できたし、これを書いちゃったらもうこの後ヘミングウェイは書けないなと思う感じがしました。だから遺作は別に出てくるんだけども、生前、書き上げることができた最後の作品が『老人と海』でその後、六一年に死ぬまでの十年間、長編小説を完成できなかった。そういうことを考えると、『老人と海』っていうのはヘミングウェイにとってすばらしい完成品だったんだろうと思うんですね。

実際にプリンプトンのインタビューなんかで、「私はこの作品二百回読み直した」って言いますよね。それは誇張だろうと思っていましたが。三十一回も『武器よさらば』の結末を書き換えたって言っていたことが誇張だと思ったら、今年、四十七回書き直した結末を収録した『武器よさらば』が出版され、彼はやっぱり、嘘を言ってないんだと分かる。自分の作品が出版された後に二百回も読み返すってほとんどないことだと思うんだけども、自作品をそれだけ多く読み返し、なお、作者本人が満足しているとすれば、やっぱり我々はこの作品を襟を正して読まなければいけないだろうって僕は思うんです。高野さんはこのような僕の受けとめ方に対して、批判精神を欠いているっていう風に思うかもしれないけども、そうせざるを得ないものが僕にはある。

以前、三十代の初頭に書いた『ヘミングウェイ　喪失から辺境を求めて』の中で『老人と海』論を書いていますが、新たに論を書き加えるつもりは今のところありません。ただ最近、「ヘミングウェイにとっての釣りとは何だったのか」ということを一つの総括として考えてみたいと思い、『ヘミングウェイ釣文学全集』上下二巻をざっと読み返してみました。そしたらやっぱり、ひとつには日本ってすごいなと思いました、秋山嘉と谷阿休が二人でヘミングウェイの釣りに関する小説からエッセイまで全訳して出版してしまった。あんなことをやったのはアメリカではないわけだから。ヘミングウェイがほぼ生涯を通じて長い期間書いてきた釣りに関する作品が全部網羅されていて、ヘミングウェイにとって釣りと書くという行為が、人生にとってすごく大きな意義があったことが改めて分かります。我々は読書体験を通して疑似体験をしてるんだけども、本当は海に漕ぎ出て一人で小さな舟で釣りをするっていう実体験を通じて、もっと本質的なものが見えてくるんだろうなって思いがするんですね。そういう何か、文字を通しての疑似体験に留まらず、もう一歩入っていく体験があって、ヘミングウェイってもっと深く理解できるのかなって思いもします。ロバート・ルイスの論は圧倒的なインパクトがありました、僕にとって。

でもニュークリティシズムの限界はすでに見えているし、そこにとどまるつもりはないけれど、作品の精読という姿勢は失わずに、作家の伝記と歴史や文化や背景を掘り下げた研究が今後、求められるのだろうと思う。『老人と海』は「釣りの文学」の系譜の中で、インターテクスチュアリティによる重層的な読みを通して、考えてみたいと思う。

高野 で、そうした基本姿勢に基づいて、今村さんは具体的にこの作品をどんな風に読むべきだとおっしゃりたいのですか。

今村 たとえば、その老人が糸を垂らして海を見つめている、その姿勢そのものにおける、これは何だっていう風な読み方ですね。この老人が海で一人っきりで釣り糸を垂れているっていうその瞬間っていうか姿が一体なんだろうかっていうことの、そういうこの作品の本質から外れたところで読み解こうとするのではなくて、作品そのものをわっと読んで、この作品っておもしろいんだっていう、そういうところからちょっと出発してみようとするわけです。要するに、最初から細部に引っかからないでまず最初に全部読んでみたらと。細部のいわゆる欠点にこだわるから、高野さんはこの作品に魅力を感じないのではないかかな。

高野 いや魅力がないということはないですよ。魅力を感じておもしろいと思うからといって、ほかのすべての欠点を無視すべきだとはならないはずです。おもしろいと思うけれど、作品から読み取るべきテーマが、はっきり明言されてることが気になったっていうのが最初の主張です。

「名作か否か」というテーマで議論をしようといったのは、『老人と海』が名作でないと主張したいからではなくて、これまであまりにも批判的な目にさらされることなく、「名作」であることを前提に研究が進んでいるようなので、そこを検証したいということです。逆に言えばきちんと『老人と海』批判を受け入れた上での見解であれば「名作」だという判断を下すことに問題があるとは全然思っていません。

島村 そうするとさっきのね、今村さんが言ったキリストのイメージね。あれでわざわざ説明がついて釘を打たれる時に発するような音とか言って、キリストを暗示しているなんて、あれもつまり本当はないほうがいいわけ。

高野 ないほうがいいとは言いませんけど、目立ちすぎだなとは思います。

島村 目立ちすぎ。だからそのさっき言った、“look like permanent defeat” のような感じはそこからもするわけですよね。

高野 要するに、こちらが読み取るべきところが全部言われちゃってる感じがするわけですよね。

今村 この作品は、氷山の一角説を具現した作品であり、キューバのコヒマルに住んでいる村人たちの生活などはすべて省略した、とヘミングウェイ本人は語っていますが……。

前田 千ページを超える作品と言ってますね。

今村 一九三六年に『エスクァイア』に実話として書いた “On the Blue Water” で、釣り上げた魚が鮫に食いちぎられて、老人が泣き叫んでいた逸話が『老人と海』の原型としてあり。

前田 あっちのほうがはるかに僕は好きだ。

今村 僕らは研究者としてあのエッセイや他の多くの

釣りに関するエッセイを読んでいるので、ヘミングウェイがどこまで深くカリブの海を理解していて『老人と海』を書いているかを知っています。我々はこれらのエッセイを通して、氷山の八分の七の部分をいっぱい読んでいるので、『老人と海』を読んだときに、カリブの海に関するヘミングウェイの膨大な知識がごっそり省略されていることに気づきます。あるいは釣りに造詣の深い読者は体験的に書かれていない部分を多分、補っていくんだろうと思う。我々は研究者として省略された八分の七を補足し、読み解いていくことが任務だし、ヘミングウェイの場合はそこがおもしろいんだと思うんですよ。

前田　水面下の八分の七のところに、"A man can be destroyed but not defeated."ってのがあるのに、それをわざわざ言ってるとは思いますけどね。全体としてはその通りですね。

今村　『老人と海』にはポピュラリティがあり、小学生なんかが読んでももしかしておもしろいかもしれないと思えるところにまで、言葉が易しくて、全部はわかってないんだけども、部分部分でわかるんですよ。子どもでもね。多分あの作品のもつ普遍性にすごく魅力があり、共有できるんじゃないかな。誰もがわかっちゃう部分があるんですよ。

僕がさっき言ったように中学生のときにこの作品を読んだけども深いところはわかってなかった。それが、研究者になって八分の七の部分を学び、五十歳くらいになって初めてこの作品は、やっぱりすごいかもしれないって思いました。

島村　おそらくこの『老人と海』っていうのはヘミングウェイの作品の中で英語が易しいですよね。英語そのものは一番易しいんじゃないかと思うぐらい、よくこのレベルの英語でこれだけのことを言ったな、書いたなと。僕はむしろすごいと思います。

高野　その『老人と海』だけはここまで特権的に褒められなければならないのかというのがよく分かりません。

前田　同時に、本当にこの『老人と海』っていう小説のおもしろさを議論してくれた論文を僕は知らない。

島村　いや、『老人と海』って論文意外と少ないでしょ。やっぱり難しいんだと思いますよ。論文として論じようとすると、これ大変だと。

高野　そこも問題にしたかったんですけれど、さっき今村さんが『老人と海』のポピュラリティの話をされて、単純にポピュラリティのある作品だけでいくというくらでもあるわけですよね。そのポピュラリティのある作品というのと、文学史に名を残すキャノンの中に入るっていうこととは、必ずしも一致しない。

今村　一致しないと思いますね。

高野　そしてこの『老人と海』は間違いなくポピュラリティのある作品ではあります。じゃあキャノンの中に入るべき条件って何でしょう。もちろんひとつの基準で決めてしまうことはできないんでしょうけれど、確実に最低条件として必要になってくるのは、二次テクストを多様に生み出せるかどうかということだと思うんです。二次テクストを生み出さなくなった作品というのは論じられなくなるので、どうしても後に残らない。そうした時に『老人と海』の現状を見ていくと、少なくとも非常に危機に瀕している作品ではないかという気がするんです。

島村　やっぱり僕は難しいから、なかなかだと思いますよ。

高野　それはたとえばさっき言ったように、すべて説明されているからこれ以上言えなくなっているということはないですか。

島村　僕自身の経験で言うと、なかなか取っ掛かりっていうのが非常に難しいんですよね。取っ掛かりがね。どこからやっていくかっていうの、今村さんは象徴って言うけど、僕は全部象徴はなしと思ってるんですよ。これはベレンソンが書いていますが。

今村　魚は魚で人間は人間で、象徴などないっていうヘミングウェイの手紙のことですか。

島村　『ライフ』に載って、すぐベレンソンに書いてる手紙の中で、何にも象徴はないって言って、魚は魚。老人は老人、少年は少年以外の何ものでもないって書いてるわけですね。だから僕は本当に単純に読んで、何も予備知識なく、ただ単純に読んでいって、それで何を抽出できるか、何を感じるかっていう、そういうことから入っていくんですけど、それでも読み方が非常に難しいなって思いますね。僕はすべてを断ち切って、ただ純粋にこの中に、老人の世界の中に入っていけばいいんだ、ヘミングウェイが言ってるようにそういう風に読めばいいんだろうと思うんですけど、色んな雑音があるもんだから難しいなって。だからむしろ、まったくヘミングウェイを知らないで感想文を書いて来いなんて渡された少年、少女なんかのほうが、何か本質をつかめるかもしれないなっていう、そういう気がしますよ。

前田 多分、老人は三日三晩、一人で耐えて頑張った。こんな大人になりたいと思いますっていう感想文。それはやっぱり小学生でもできるわけであって、「走れメロス」と同じなんですよ。「走れメロス」に関する感想文。その大衆レベルのことはそれはそれでいいだろうと思うし、これが元になってノーベル文学賞へとつながる。おそらくスウェーデンは“A man can be destroyed but not defeated.”をピックアウトしたんだろうと思うんですよ。だからそこはそこでいいんだろうとは思うんですけども、私たちはそういう読み方ができてない、研究者だから。

島村 ただ『老人と海』っていうのは本当に異色の作品で、ヘミングウェイの実人生とかそういうものと照らしてみるとね。僕は『海流の中の島々』が出た時に編者のベイカーに手紙出したんですよ。何も参考書がないから、何かあるかって尋ねたら、『老人と海』は『海流の中の島々』のコーダとして書かれたんだって彼が言って、それでちょうど彼が二十年ほど前に出した *The Writer as Artist* を改訂するときで『海流の中の島々』についての一章を作ってた。それでゲラを全部送ってくれたんですよ。要するにコーダとして書かれたわけですよ。その前の『海流の中の島々』での魚釣りはマーリンじゃなくてソードフィッシュか何かだったと思うんですけど、次男坊が大変な格闘をやってますよね。あの格闘をあそこで使って、それでこっちへ来るわけですよ。

あんなに純化された形で来るので、ヘミングウェイの描く主人公は、作者のalter egoとか、要するに非常にヘミングウェイと近い人物だって言いますけど、老人はちょっとヘミングウェイとは違う感じがするんですね。それは老いに関係するんですけど。書いているときヘミングウェイは五十一、二歳ですからね。だからそのままのヘミングウェイの姿が投影されてる様には見えない。一番離れてるかなと。主人公としては。純化された形で、何かまさに人間の本質みたいなものを描いて、ヘミングウェイは一切、余計なものを陸に置いてきちゃうわけでしょ。で、一人で魚と対峙するっていうところへ持っていく。少年も全部切り離して一人の世界へ没入して、つまり闘争の世界へ入っていくわけですよね。

　だから特殊な作品だなっていう風に思ってる。これがヘミングウェイの文学の到達点かっていう風に、僕はいつもそこに持っていきたくなるんですけどね。

今村　僕が『老人と海』を読んで、人間って一体なんだろうかっていう問いかけがまずあって、そしてその問いかけに対して、この老人が漁師で、海に出て魚を釣り上げて殺して、それを生業として生きていかざるを得ない、その生きる性《さが》みたいなものが、ある種の罪意識としてある。しかし、やはり釣りを続けていかなければ生きていけない状況がある。

　そのことをふと思ったのは、宮沢賢治の「なめとこ山の熊」って短編です。小十郎が東北の山の中で猟師として生計を立て、俺は好きで猟師をやってるんじゃない、しかしこれしか仕事はないから、熊を殺していかなくちゃならない。熊を殺す時に、ごめんなと言って謝りながら熊を殺していくんだけども、最後に小十郎は熊に襲われて死んでしまいます。『老人と海』とは逆ですが、熊という動物あるいはマリーンという魚の尊厳を尊ぶ心があります。

　宮沢賢治とヘミングウェイは出会いもなかったし、お互い存在すら知らなかったにも拘わらず、人間が生きていく上でなさなければならない状況があり、その人間を包んでいる宇宙を二人とも認識していたように思います。たとえば賢治の場合には『銀河鉄道の夜』の銀河の世界、宇宙を見ますよね。『老人と海』の老人も、やっぱり絶えず空を見上げていて星を見たり、月を見たりしている。最終的に到達したヘミングウェイの人生観と悟りみたいなのが、賢治と同様、あると思うんですね。

たとえば、「大きな二つの心臓の川」と『老人と海』が似ているという説が指摘されたけれど、二十代で書かれた作品と五十代で書かれた作品では三十年の隔りによって大きく異なり、一人の人間の生きている姿には、向き合ってるものが違うと思うんですよ。人間の存在ってこんなにちっぽけなんだっていう、自分の存在の微小さみたいなのに気がついて、その認識とともに生きていかなくちゃならない人間の姿と、宇宙観みたいなものが――最初に書いたヘミングウェイの本でも書きましたが、それがヘミングウェイが到達した究極の次元だと思います。そこをやっぱり書きたかったんだろうと思うんです。

ヘミングウェイが一番よくわかっていたのは、ハンティングじゃなくてフィッシングだった。フィッシングでフィッシャーのことを一番よく知ってる。彼の人生の多くの時間を釣りで過ごしてるわけだから、その釣り人を通して彼は、自分の人生をあるいは人生観をあるいは宇宙観を語りえると思ったと思うんですね。そういうことがやっぱり本質にあって、そこを見落としちゃったら、この作品はあんまり意味ないんだろうと思ってるんです。

島村　僕はそういう読み方でいいのだと思ってます。たとえば、この時代については高野さんのＦＢＩ研究があって、それから宮本陽一郎の中南米との政治的な問題を『老人と海』と絡めて論じたものがありますけど、ヘミングウェイはその前は非常にポリティカルになりますよね。三〇年代から。それで『誰がために鐘は鳴る』に入っていって、そうして『河を渡って木立の中へ』まで、かなりヘミングウェイはポリティカルですね。そこからまさに全部脱ぎ捨てて、まったくの原始人。原初的な人間に、裸のままの人間。そういうものを描いたのが『老人と海』だって、僕は思うわけですよ。

高野　その場合、なぜキューバ人として描いたんですかね。

島村　キューバにいたっていう、それしかないと僕なんかは思う。それだから、モデルの誰でしたっけ。

今村　ピラール号の船長だったふたり、カルロス・グティエレスとグレゴリオ・フェンテスですね。

島村　他の人物にしてアメリカ人を使うとかしてヘミングウェイが何かポリティカルに考えていたって僕には思えない。

高野　ポリティカルな問題は抜きにしたとしても、島村さんのおっしゃるように原始の人間を描くのに、その原始の人間がキューバ人というのは、なぜキューバ人でなければならなかったのか。

島村　ねばならなかったんじゃなくて、むしろヘミングウェイの目からすれば当然、自分のよく知ってる人たちを描くわけです。

高野　そこに、キューバ人であれば原始の人間が描けるっていうのは、ひょっとするとコロニアルな視点にはならない？

島村　いや、そういう意味の原始じゃなくてね。要するに、いわゆるまったく何も、ただ一人の人間の生き様っていうかな。色んなポリティカルな部分を何も背負ってない、そういう人間の世界っていうか、人間がいかに生きるべきかみたいな、その原点っていうかな。そういう人間の本質のようなものをあの老人に投影させて、人間の強さみたいなものね。そういうものを描いたんじゃないかっていう風に僕なんかには取れちゃうわけ。ずっとこうして見てくると。

今村　ヘミングウェイの実人生の一角にやっぱりカリブの海が大きくあったと思うので、キューバ人が主人公だという理由で、そこにコロニアリズムを問題にする必要はなく、地理的な問題として考えればいいことだと思いますが。

高野　考えればいいと思わないのは、要するにヘミングウェイがたとえその政治的な意図を持っていなかったとしても、政治的意図なしにキューバ人を描けると思ってたこと自体が何か問題があるような気もするんです。

今村　そういう批判はありうると思う。でも当時、五〇年代にバティスタ政権下にあって、アメリカがキューバを経済的に支配しており、それに対して少なくともヘミングウェイは、バティスタ政権に対してノーだったし、それを支えるアメリカ政府にも批判的でした。高野さんもよく知っているように当時ＦＢＩがアメリカ大使館の中に在住していて、ヘミングウェイは密かに監視されていた。ヘミングウェイの反米的な言動とか、あるいはポリティカルな行動、アメリカ人としてこのキューバに置かれた立場とか、そういう問題を考えて文学に取り組むことはありうると思う。

高野　『老人と海』論を多様にするひとつの方法ではあるかなと思います。このまま論じられないまま消え去っていくのを、救うためのひとつの視点にはなりうると思います。

今村　老人の漁師の姿の中には、キューバの貧しい漁民の生活が記されることになる。そういう面では、いかにこの貧しいキューバの人が耐えていくのか、死んでいくのかっていう、名作としての物語としてはおもしろいっていう意味では。

高野　名作かどうかという問題に戻りますけれど、まずひとつにはさっき言ったように、二次テクストを生み出すかどうかという問題です。それから作品の完成度ということを考えるならば、キャノンの中で扱われる作品であることと、完成度が高い、低いというのも実はそれほど相関性はない。『ハックルベリー・フィンの冒険』なんて明らかに後半破綻してるわけだけれど、誰がどう考えてもあれはキャノンの中に入る作品です。トウェインなんてそもそも破綻した作品しか書いてないじゃないかと私は思いますけれど。完成度が高いからじゃあキャノンとして論じられていくのかと言うとそうでもない。『老人と海』の完成度が高いとしても、すなわちそれが名作とする条件にもならないんじゃないか。完成度が高いだけで、それほど二次テクストを生まないままに、忘れられていった作品は非常にたくさんあると思うんですよ。

今村　ただこれは、二十一世紀も生き残る作品だと思う。多分。

高野　本当にそう思います？　これだけ批評の数が少

ない中で。

今村 批評の数は問題じゃなくて、読者がこれからもずっと永遠に続くんだろうと思う。それは、たとえば釣り人口ってすごく多いでしょ。日本でもね。その人たちも大半がやっぱりこの本を読んでいるんですよ。

高野 だから、それはポピュラリティの問題ですよね。

今村 大衆性をもっていて、多くの国に読み継がれ、多くの読者を持ち続けていって、本が出版され続けるっていうことは、それはそれとしていい。高野さんが言ってるのは、我々が文学研究者としてこの本を読んだ時に、キャノンに残らないし、論文もないから、これはやっぱり駄作なんだ、ということになると思うのですが、その論理はちょっとよくわからない。

高野 駄作だと言いたいのではなくて、キャノンとしてこれから先論じられていく作品の中に組み入れられるかどうかというのは、多様な批評を生み出していけるかどうかということにあると言いたいんです。

島村 いや、だから『老人と海』は難しいから、数は増えないと思いますよ。二次テクストの。キャノンに残る、残らないっていうのはどうなんでしょうね。

高野 我々はヘミングウェイファンではなくてヘミングウェイ研究者だから、研究者としてこの作品を論じていかなければいけないわけですよね。これから先論じる取っ掛かりのないままそのまま放置されてしまったら、やっぱりこれは消えていくしかなくなると思うんですよ。

今村 誰かもっと優れた人が出てきて、この良さを説明できる人がいるかもしれない。

島村 いや、僕は『老人と海』っていう作品は、また僕の読み方に固執するんですけど、やっぱり全作品を読んでからじゃないと論じにくい作品だとは思いますね。だからそういう意味では、若い人が勝手にこれだけ取り出して、若い人っていうのは研究を始めたばかりの人がこれを真っ先にっていうわけにはいかない作品だと思いますね。その辺に難しさがあるような気がしますけど。前田さんはいつ頃『老人と海』ってはじめて論じました？

前田 助手の時です。もう三十近い頃です。あの時はべた褒めの論文だったんですよ。老人はすごく独り言を言いますよね。色んなことを考えて独り言を言いながら、考えちゃいけないいって、“Don't think.”ってよく言いますよね。この二項対立に着眼して何か色々書きましたけどね。

高野　たとえば逆のことを聞きますけど、今村さんから見て『老人と海』に欠点はないんですか。

今村　欠点？　ここは余計だとか？

高野　ここは他の部分に比べたらもうひとつだなとか。

今村　わからないところはありますね。たとえば、本当によくわからないなって思うのは、なんでこんなに繰り返し繰り返しあの少年がいてくれたらいいのにっていうことを繰り返すのか。理解できるのは、いかにこの老人が無力であるかっていう、その老いの部分がすごく強調されていると思うんですね。その老いた彼が自分の力が及ばないところで戦っている時に、少年がいてくれたらいいのにっていう、その助けを呼ぶ、求めるその彼のつぶやきが、頻繁に繰り返されてるところなどは、なんでこんなに繰り返さなくちゃならないんだろうかっていうことは、必ずしも理解できない。でも、それを欠陥だという風には思わない。理解できない自分に非があるように思う。

高野　つまり欠陥がない。完全無欠な作品ですか。『日はまた昇る』はどうですか。

今村　『日はまた昇る』は、やっぱり書き出しはあまりにも唐突で不自然だなと思いますね。

高野　なぜ『老人と海』だけ批判することを避けているのかが、私にとっての疑問なんですよ。

島村　僕は『老人と海』に限らず、駄作か傑作かっていう、あんまりそういう何ていうのかな、研究者ってそういう宿命か何かわかりませんけど、とにかく僕は作家ヘミングウェイに興味があるもので、作品の中から色々、実人生との関わりを抽出していく研究法を取っちゃったもんだから。ちょうどニュークリの時代だったんだけど、それだけじゃ全部論じられないなっていう感じがしたのでそうなっちゃったので、あまりこの作品が優れている優れていないとか考えない。

確かにたとえば『持つと持たぬと』なんて読んでいて退屈になるんですよ。それで、ジョイスの影響が何か毒々しいほど出てくるでしょ。マリーだっけ。あの奥さんの内的独白が最後にわーっと出てくる。ああいうの見てると、これはジョイスなのかなと思ったりして、確かにそれはあんまり良くないとか、ちょっとこれひどいなって思うけれども、それでどうこう考えないで、そこからヘミングウェイの言いたいことは何だろうなっていう読み方しているから、ここが欠点とかって、そういう読み方したことないもので。

だから高野さんが言う "like permanent defeat" とか、それからさっきの "destroyed but not defeated" とかね。そういうところがヘミングウェイの文学の流儀からすれば、ちょっと逸脱して説明的すぎるんじゃないかっていう批判は、理解はできますよ。だけどさっき言ったように、"destroyed but not defeated" なんていうのはかなりメッセージ性があるので、もちろん老人が自分に向かって言ってるわけだけどメッセージ性としてはかなりあるんで、それがヘミングウェイの文学から逸脱していると言われればそうかなって思うけど、あの作品においてはあれはあっていいんだと僕には思えますからね。

今村　高野さんのここは余分でしょうとか、ここは欠陥でしょうとかいう、それをきっかけとして何を生み出そうとしてるかっていうとこがよくわからない。

高野　その作品を崇拝するのではなくて、作品とは別のところにスタンスを置いて、しっかりとした批判的視点を持ちながら作品を分析していくことで、単に作品が伝えようとしていることを受け取るだけではなくて、そこからより豊かな意味を生み出していくということに研究の意味があると思っています。

今村　高野さんの研究は、切り口として身体論とか怪我とかあったわけで、それは高野さんが作品を解剖する時の、作品を切り開く時の切り口だと思ったんですね。僕も作品を読む時にはあるひとつの切り口を持って、そして作品を開いてみる。今日の高野さんの話を聞いてると、自分の批評としての作品との向き合い方において、そこにはまず批判者としての目線があるみたいなところがありますよね。そこが僕とは違います。

高野　それを批判するだけで終わったら批判のための批判なんですけれども、そこを足がかりにして作品から何をつかみ取っていくかという話です。

今村　誰の作品でもいいけども、まず手に取って、イノセントなまなざしで作品を最初から最後まで読んでみて、おもしろかった、おもしろくなかったっていう風なところがあって、おもしろいなと思った時にそのおもしろさってどこにあるんだろうかって言って、そしてそのおもしろさを発見していくその視点みたいなものが、ひとつの作品でそれぞれ違うと思うんですよね。いい作品に出会ったときに感動し、その感動を生む源泉を探り当て、それを正確に表現する喜び。そういうのがない研究者というのは、僕はやっぱり何か作為的な感じがするし、研究者が勝手にやっていけばいいんだけども、教師として学生に文学との向き合い方を言うとするならば、学生が作品をきちっとまず読んでおもしろかったかどうか確認したい。

高野　もちろんそれは最初にやらなきゃならないことで、まずはイノセントな目で見ておもしろいかおもしろくないかというのは必要です。もちろんいい加減に読んでいたのではいけないので、しっかり徹底的に精読しないといけない。それを間違って誤読した上で批判しているならそれはもう最悪の破壊行為なわけで。本当に作品を読んで理解した上でのことでなければならない。ただ研究と名のつく以上はおもしろいと思ったところで立ち止まっていてはいけない。今村さんは『日はまた昇る』だとか他の作品に関しては色々批判はできると言いますが、じゃあなぜ『老人と海』を読んで批判が全然出てこないのか。そこがそもそものこういう議論をやろうと言い出した、最初の動機なんです。

もうひとつは、この『老人と海』というテクストを批判した時に来る反発のすごさです。例えば前田さんが日本英文学会で最初に『老人と海』の批判的な発表をされた時、ものすごくたくさん批判が出ました。『老人と海』に欠点があるのではないかということを少しでも言うと、まるでそれは冒瀆だというぐらいのものすごい勢いで反発が返ってくる。それは一体なぜなのか。本当にこの『老人と海』はヘミングウェイ作品の中でも完全に特権化されたテクストだと思うんですよ。だから私はこういう議論をすることで、『老人と海』の特権性を剥奪したかった。つまり冷静な研究者の目で作品をきちんと見ましょうと。これまで何度も繰り返してることですけれど、私は『老人と海』をけなそうと思ってこの議論をやっているわけではなくて、ちゃんと冷静な批評的視点を当てることでひょっとしたら二次的テクストを豊かに生み出していける可能性があるんじゃないかと、そこにつなげたいんです。

今村　高野さんはこれから『老人と海』を論じるとするなら、この第一パラグラフのこの最後のセンテンスがひとつのキーワードとして出されて、作品の読み替えというか、今までの解釈と違ったものを書いてみたいと思ってるわけね。次の世代っていうか次の人が『老人と海』を新たな視点で書くっていうのは、やっぱりすごくおもしろい挑戦だと思うので、ぜひやってもらいたいとは思っています。

島村　ただその場合、『老人と海』だけじゃなくて、おそらくメタファーとか、ああいうものでどのくらいヘミングウェイが前の作品で類似のようなことをやっているのかというのをやっぱり、色々言わなくちゃならないと僕は思いますけどね。そんなにヘミングウェイって最初の小文字の『ワレラノ時代ニ』、あの頃からどういう風に文体的に、あるいは“show”とか“tell”とかいうことだけじゃなくて、色々変わってきているというのは、やっぱりこれは文体論の世界だけでは済まないと思うし、大変なテーマですよね。そうなると。

前田　氷山の象徴もね。氷山の象徴に関してヘミングウェイ自身が言ってるけども、例の「季節外れ」のペドゥッツィは自殺したんだとか、「白い象のような山並み」の中絶とか、プリンプトンとのインタビューで、『老人と海』は村の人たちを書いたら千ページ以上になるんだとか、っていうヘミングウェイが実際に具体的に言っている氷山の象徴って、違うんじゃないかと思いますね。いずれにしても、氷山の象徴理論というのは若い時からずっと彼は持っている。『午後の死』

が一九三二年ですか、プリンプトンとのインタビューが五八年。だから、ずっと抱えていた芸術論ですね。

［マノーリンの年齢］

高野 前田さんの論の大きな主張は二点ですよね。ひとつはマノーリンの年齢に関して、もうひとつはなぜ骨を持ち帰ったのか。

島村 実際年齢っていうのを仮に嘘か本当か知らないけど、そういうことに即してこの『老人と海』を読む必要があるのかなとは思いますよね。これは、"boy"っていうのが向こうでたとえば二十歳過ぎても"boy"って言うか言わないかというのは、これは戦後、日本にアメリカ人がいっぱいいて、若い人たちを雇っていた。若い人ね。その人たち二十歳過ぎた連中をみんな"boy"、"boy"って呼んでたから私も知ってるつもりなんですけど、前田さんは本当にこれを読んでいて、この"boy"は二十二歳に読めるのか、僕はそうは全然読めないから。

前田 僕はそれを最初に読んだ時に、中学校か高校か忘れましたけれども、翻訳ね。"boy"って少年ですよね。だから少年だと思いますよね。ですが、おじいさんに食事の世話をしたりビールやコーヒーをおごったり。すごくそれ、違和感がありました。

島村 違和感があったのかな。サンチャゴっていうのは、英雄崇拝みたいな対象になってるから、ちいさい子がそうやってサンチャゴに夢中になるっていう心理、僕はわかるんですよ。

前田 極めて特殊ですね。

島村 しかも、五歳でしょ。最初に漁に連れてってもらったのが。

前田 長老たちが、同じ老人たちが、共感を持つっていうか、あるいは悪く言えば同情すると書かれてる。若い連中は批判を……。

島村 要するにバカにしてるわけですよね。

前田 だけど十歳かそこらの少年が私淑するっていう……。

島村 いや、それはありうるんじゃないですか。小さい子が。今の「なでしこジャパン」なんかのお姉さんを見て、すごいと思って憧れるのは分かりますよ。それでこの年寄りのために私生活においては非常に不自由してるんだから、一生懸命それを助けるっていうのは。出会ったのが五歳ですよね。だから五歳のときに出会って、それからずっとこの老人のものとか運んでいるので、最初は持てないからちっちゃいものを運んだりして手伝ってるんでしょうけど、そういう視点で普通に読んでいくと、この"boy"を二十二歳って読む人はいないと思いますね。翻訳なんかを読んで、翻訳でお兄さんとか、おじいさんとか。少年のことを何て言っていましたっけ、翻訳では。あの子か。あの子がいたらか。そうすると翻訳に影響されて、じゃあちいさい子だなって思うかもしれないけど。だけど英語でも、僕はせいぜい十歳前後に見えるっていうのが普通じゃないかなって。

前田　それは僕も論文の中で認めてるんですよ。だからテクストそのものはそういう風に読めるように作ってるけれども、よくよく読んでみると、あまりヘミングウェイの自伝的な見方をするのは僕は否定してるんですけども、あえて批判的な読み方をするために自伝を援用しますっていう風に断り書きをして、そういう自伝的な読み方をして、ヘミングウェイの欲望というものが、実年齢以上に年を取ったヘミングウェイの欲望というものが、ここに物語化されているという読みをするために、マノーリンは二十二歳という読み方をしたいんです。それぐらいやらないと、議論は元に戻りますけども、つるんつるんの卵ぐらい手触りがとても心地よい、ほとんど完璧な物語ですから。

島村　それでね、これは前田さんの論文を見て感じることは、世界中の人が読んでるという時に、ほとんどそういうことが分かるのは、分かるっていうか類推できる人って研究者だけですよね。そこの読みというのが、そういう風に読まなくてはいけないのか、その辺のところはどうなんですか、前田さん。

前田　それはどうしても、私自身はやっぱり研究者として、研究者どころかヘミングウェイを学生時代から読んできた人間としてしか読めないですからね。だけどいわゆるポピュラリティっていうことから言えば、アマゾンに翻訳の『老人と海』に何十ものカスタマー・レビューが並んでますけど、ああいうのを読んだらわかりますよ。この老人は三日三晩耐えた、素晴らしい小説だったみたいなね。そういうことですから、そのレベルで捉えられてポピュラリティが非常に高くなってるし……。

島村　たとえばね、ヘミングウェイが息子のことを書いてあって有名な作品っていうのは……

前田　『老人と海』と直接関係するのはやっぱり『海流の中の島々』ですよ。だからそこにテーマ的にもそれから原稿的にもつながってるので、そういう読みをしたんですよ。

島村　『海流の中の島々』に対する反応は分からないのでしょうか、グレゴリーの反応は。次男坊が魚を釣り上げるのを、非常に暖かい目で見てるじゃないですか。周りの人はみんなね。

前田　だから自伝、あえて自伝を引っ張ってくると、そういう読みができるんじゃないですかという呼び水をさせてもらって、その呼び水はもしかしたらヘドロ臭いかもしれないけども、その呼び水でもって老人サンチャゴの欲望が、自分はすごい老人だっていうことを認めてもらいたいという欲望が表出しているテクストであるという論をもってきた。そのためにあえて自伝的な読みをしたんです、私は。そのことを何回も僕はあそこの論文の中で断ってるんですけど。自伝的読みをすることが目的じゃないんだということを。

今村　僕はね、『老人と海』に対して、息子のグレゴリーが「むかつくセンチメンタルなバケツの泥水」と比喩したことをきっかけとして、息子が父親の本に対する不快感こそ、サンチャゴとマノーリンの疑似父子関係に対する不快感であり、それが父親ヘミングウェイに対する嫌悪と結びつく、というように前田さんが読もうとしている、その論の発端っていうか原点が、やっぱり無理だろうと思ってるんですね。グレゴリーが父親に対する嫌悪感をずっともっていたことは確かですから、世間で傑作と賞賛されている父の本に対して反感を覚え、父に対する反逆っていうか反抗はすごくよく理解できるんですね。だからといってマノーリンに自分を見たとすることも、さらにそこから二十二歳説に結びつけようとする説は強引だと思うんですよ。

前田 つまり、『老人と海』っていう作品はこれだけ大衆から支持されている。その作品を批判的に読むっていうことは大変難しいので、だから批判的な解釈をするための前提というものを打ち立てるのは、ものすごく難しいんですよね。すごく切れ味の鋭い刃物で切ることはなかなかできない、『老人と海』はですね。だからどうしてもああいうすごくなまくらな刃物で切るしかないし、そういう情報をもとにして、まずはそこを論のイントロダクションとするしかなかったんです。

高野 前田さんの伝えようとしてることって、ひょっとするとそのグレゴリーうんぬんを出さなくても、テクストから見られないかなと思ってたんですけども。さっき今村さんがマノーリンがいてくれたらいいのにって何度も何度も繰り返すっていう、そこを疑問だっておっしゃってましたけど、その一番最初の例がマカジキを最初に引っ掛けた時なんですよね。その時に“I wish I had the boy. To help me and to see this.” というんですね。つまり見て欲しいんですよね、マノーリンに。自分が大物を釣ったということを。そういうテクストの内部から、前田さんの言う老人の欲望って十分引き出せるんじゃないかなと思ったのですが。

前田 それはね、その論文を書く時には、その視点はなかったんですけど、今新しい論文を書き始めてるんですけど、そこで援用してるのはトマス・ストリーキャッシュなんです。これはもともと本で、*Hemingway's Theaters of Masculinity* だったかな。この人の研究の基本は、ヘミングウェイはたとえば男らしさだとかなんだとか、そういったパフォーマンスを描いてるんだけども、必ずオーディエンスがいるんだということなんです。たとえば“The Undefeated” なんか書いていくし、ボクシングしかり闘牛しかり、オーディエンスがパフォーマンスを認めていく、男らしい、優れた人間だと認める。ところがふたつだけオーディエンスがいない物語があるんだと、パフォーマンスを描くのに。ひとつが“Big Two-Hearted River”で、もうひとつが『老人と海』。“Big Two-Hearted River”はオーディエンスはいない。ニック・アダムスだけですよね。まわりは自然。それと『老人と海』もまわりは海、自然なんです。

　ところが“Big Two-Hearted River”の場合には、男らしい男を描いてるんじゃないんだと。一人で傷ついてる人間を描いているので、あそこで行われているパフォーマンスをすごく男らしい、立派だという風に評価するオーディエンスはいない、いなくていいんだみたいなことを書いてる。

　これに対して、『老人と海』の場合はどうかと言うと、大海原にたった一人だからオーディエンスはいないですよね。なのに、一番最後にもってきて、骨を漁村の浜辺に置くことによって、色んな人が見るわけですよね。そこでオーディエンスを作ってるので、まさしくヘミングウェイの文学的だと言うんです。ストーリーキャッシュはそれを批判してないんですよ、骨を持ち帰ることを。ただこれがヘミングウェイの文学なんだ、必ずオーディエンスをつけるんだということなんです。本当に理解してるのは、何も言わないけれども、古い漁師たちとマノーリン。何も言わない人間が一番理解してるんだっていうことを言ってる。ただ僕自身はやはり、一番最後に骨を持って帰ったところは、この前の論文と同じように、ちょっとこだわるんですけどね。

［持ち帰られた骨］

高野　その骨に関してはどうでしょう。なぜ持ち帰ったのか。

島村　いやそれは、僕は持ち帰らないといけないと思っています。前田さんの論文見て、色々結末の部分を考えると、骨を意図的に持って帰ったとか、そういうものはまったく感じられない。彼は疲労困憊して、意識がもうろうとしている。それで小舟の脇に結び付けていたやつをそのまま持ってくるわけで、肉が取られちゃったから軽くなってスイスイ船が進むっていうようなことが、書いてあるだけで。だからやっぱりヘミングウェイは有効にこれを使う必要があったと思うんです。

一九六八年の *Modern Fiction Studies* の秋の特集号、ヘミングウェイだけの論文集が出たんですよ。そこでロビン・ファーカーという人が言ってるのは、テラス食堂の給仕がサメが食っちゃったんだって説明しようとして、サメがって言いかけたところだけで、観光客はあれがサメの骨だと間違えちゃう。つまりあの骨を見て、老人の海での戦いの意味、どういうことをやったのかっていうことをまったく考えないであれをサメだってやった、要するに世間との大きな落差ね。老人を理解できない。その対立点が出てるっていう、僕はそれに非常に影響を受けましたね。だから必ず論文で『老人と海』に触れる時はそれを書いているんですけれども、老人の海での活躍をファーカーはシークレット、秘密って言ってるわけですけど、それはさっきのオーディエンスがいないっていうことでシークレットになるわけですけど、それを誰も理解できない、一般の観光客はね。老人がこの死闘でぎりぎりの戦いをして生き延びて帰ってきた。魚は全部骨だけになっちゃったっていう、その部分がものすごい世間の人とのずれになっている。老人の活動を理解できないという。

高野　世間とのずれって言うんですけど、そのアメリカ人観光客は明らかに理解できないですけれど、キューバ人漁師はみんな理解するわけですよね。なぜアメリカ人だけがわかっていない結末にしなきゃいけなかったんですかね。

島村　僕はアメリカ人とかそういうこだわりは持ってないので。むしろ物質文明に浸っている連中という意味で。

今村　僕はこだわって書いてますけどね。以前。

高野　なぜキューバ人は理解しなきゃいけなかったんですか。誰にも理解されないまま、老人はひとり戦いを終えたっていう話じゃいけなかった理由は何なんでしょう。

今村　アメリカ人観光客がキューバの老漁師の偉業を理解できない、それは彼らがキューバにあって異邦人であり、一九五〇年代、そのアメリカ資本主義がキューバを支配していく状況に対してヘミングウェイは、必ずしもポジティブじゃなかったことと重なる。

高野　あれは政治的結末なんですね。

今村　いや、それだけじゃなくて、キューバ人じゃなく、アメリカ人の観光客が理解できないってところがおもしろいと思いました。

島村　それはおもしろそうですね。だからその代わり老人がその海でやったことは誰もわからないけど、そのキューバの人っていうか、少年も理解できる。少年も老人がどうだって理解できるし、それからここのテラス食堂の給仕、あるいはテラス食堂のオーナーも理解できる。老人の普段の行いが分かってるから。しかもあれがサメの骨じゃないというのは、地元の人なら分かるんだろうから、だからそういう意味で。

高野　前田さんの論文の趣旨っていうのは、誰にも理解されないまま終わったほうが美しい物語になるっていうことですよね。

前田　どうして世間の人に試金石のように、読みの試金石のように、骨を置くのかということ。結局は、大海原で物語が終わったほうがいいんじゃないかと。だからもう、大魚の心臓にもりを突き刺して、最後は大魚が飛び上がって一瞬静止したかのような、あのエピファニーというものは、もう老人サンチャゴと私たち読者とが共有できる文学的な瞬間であるわけだから。文学として読んでるわけですよ。現実的に魚をくくりつけてたから、肉を取られてもそのままくくりつけて帰るとか、疲労困憊してるからということではなくて、文学作品なので、そこでかなり現実がデフォルメされるだろうと。

島村　いや、それを逆に老人が綱を切って捨てたりなんかしたらぶちこわしですよ。

前田　捨てる前に物語をクローズしてもいいと思うんです。

高野　あるいは捨ててもいいかもしれません。魚の残骸が海の底に沈んでいく様子を見つめてる老人って結構絵になるだろうし。

今村　そういう終わり方は物語としてまったく違った話になってしまいませんか。ひとつには最初に言った冒頭と結末を結ぶ円環説にあります。それから骨になった魚が持ち帰られ、頭はペドリコにあげよう、くちばしはマノーリンにあげるって言っていますよね。それぞれが無益のものじゃなくて、骨と頭にしか残っていないマカジキの一部を二人に分け与える。それは感謝の意として。頭が切り離された背骨と尾が、海の藻くずとなってコヒマルの港にゴミや缶なんかと一緒にプカプカ浮きながら外洋に流れて行ったっていう、彼が捕らえてきた魚がまさに海の藻くずとなってキューバの沖合に流れていくっていう、この魚の末路こそ極めて悲劇的な部分だと思う。ヘミングウェイはやっぱりそこまで書きたかったんだと思うんですよ。

とにかく老人が捕まえた魚の残骸があって、頭をあげれば魚の罠に使えるだろう、マノーリンにはくちばしを、と。マーリーンという魚には長い角のようなくちばしがあり、くちばしの大きさから魚の大きさを推測できます。一種、漁師の勲章のような意味があって、たとえば実際にグレゴリオ・フェンテスの家を訪れたときのことですが、「私の捕らえた一番大きな魚はこれだ」と言って、壁にかけてあるくちばしを指して自慢するんですよね。釣り上げたマーリーンは市場に出して売ってしまいます。手元にはくちばしを残す。ですから、サンチャゴがくちばしをマノーリンに与えるっていうところに行為としてすごく重要な意味があり、老人の死後、少年に遺されたものは釣り人としての英知や技術であり、一方で形あるものとして、くちばしを与えたところに意味があると思うんです。その儀式がここにさりげなく書かれていると思うんですよ。

前田　骨のどの部分は誰にあげるっていうようなところは確かにその通りですね。あそこはもしかしたらキリスト教的なアリュージョンがあるかなって思ったりするんですけども、誰々にあげるという誰々がキリストの弟子の名前じゃなかったかと思いますので。

今村　ペドリコ。

前田　ペドリコですよね。物語はそういう風になってますけども、テクストはあくまでもこの骸骨を他の人たちがどういう風に解釈するかという読みをさせている。その骸骨を、ペドリコでもなければ、マノーリンでもなくって、村の人たちがどう見るか、どう読みますかと。このようになったこれまでの物語を理解してくださいみたいなね。だから、老人のことをよく知っている高齢の漁師たちはそれをじっと見ていて何も言わなかったし、マノーリンも見るだけで涙を流すだけですけども、べらべらしゃべるのは誤読するアメリカ人観光客だけですよね。

今村　高野さんはこのアメリカ人っていうかこの異邦人が登場したっていうことの意味はあまり考えないですか。アメリカ人が登場してくることによって、このマーリーンの骨の意味ってのは新たな意味を持つわけじゃない。観客として。それに対してはどう思うわけ。途中で終わっていいよって説はここではどうなりますか。

高野　私は途中で終わっていいとは思いませんでした。持ち帰らないほうが美しい話だっていう前田さんの論文には納得してたのですけど、今だんだん持って帰ったほうが良かったかなという気がしてきました。

島村　いや僕はやっぱり、これは一般の人間と老人の差みたいなものを、いかに生きるかっていう点で、ぱって見てこれをサメって聞いただけで、ウェイターの話を最後まで聞かないで、随分きれいな尻尾ねって言うので終わっちゃう、それだけしか理解できない人と、老人が実際にやってきたことを分かる人を、ヘミングウェイは明らかに意識して差別化しているというか。

高野　要するにこれまでも若い時からヘミングウェイはミスコミュニケーションというテーマを一貫してずっと描き続けてきたわけですよね。特に外国に行った時の言葉のすれ違い。たとえば「雨の中の猫」なんかだと、イタリアのホテルにアメリカ人の夫婦がいて、周りが全部イタリア語をしゃべる人たちで、特に奥さんのほうがほとんど言葉がわからないのですごく孤独を感じる。あのミスコミュニケーションの描き方ってすごいと思うんですよ。『老人と海』は逆なんですよね。老人のほうが多数派であって、キューバ人には理解されていて、理解しない少数のアメリカ人が入ってくる状況。それが気になっていました。ただ確かに今ちょっと考えが揺れ始めているのですが、今村さんがさっきおっしゃってたゴミの中に混じってることの悲劇性というのが魅力的に思えてきました。

今村　たとえば、サメ工場の臭いが最初に出てくるよね。近代文明みたいなのがキューバの陸上の日常に存在し、サメ工場から出てくる悪臭は極めて象徴的に書かれており、一方で海に行くと大自然があるっていう、そのコントラストが非常に明確だっていうような批評を以前、読んだことがあります。この作品はあまりポリティカルじゃないし、一九五〇年代という時代を書こうとしているとは思えないけれど、それでもそれとなくそこにおのずと出てきてるものは、自然を破壊していく近代文明批判みたいなものがここにもあって、その源流にミシガンの森の破壊があり、さらにアフリカの自然がまた破壊されていくっていう風な、自然破壊の波みたいなものをヘミングウェイは感じてたと思うんですよね。そういう中でキューバの陸地に工場があり、海に浮かんでる、もう本当にどうしようもないゴミがプカプカ浮かんでることなど、海が汚染されていくというエコロジカルなポイントもあって、老人の三日間の死闘の結果が、ゴミの中に埋没していくっていうのは、すごい描写だと思うんですよ。

島村　それはまず、『アフリカの緑の丘』で書きましたからね。ヘミングウェイは。コンドームがメキシコ湾流に流れてくるとか。

高野　ちょっとだけ話を戻しますけれど、さっき今村さんがこの持ち帰る結末、持ち帰らない結末のほうが良かったっていう風に考えるのはまったく違う話だとおっしゃいましたけど、別の結末を考えてみるというのも、ひとつのアプローチとしてあるんじゃないですかね。たとえばロバート・スコールズは *Semiotics and Interpretation* という本で、積極的に作品テクストを書き換えることを推奨している。書き換えたテクストとの違いから何が生まれてくるのかを見ることで、すごくおもしろい結論を生み出している。今の前田さんのように途中で捨ててしまったらどうなるかを考えてみて、元のテクストとの対比を生み出すことによって、この結末の読みがより深くなってくると言えるのではないでしょうか。だからやっぱり、積極的にこうだったらどうだ、こう書き換えてたらどうなんだと考えてみることは、むしろオリジナルのテクストをよりよく理解するためのひとつの有効な方法論だと思うんですよね。

今村　誤読をしてみるというか、読み替えをあえてするのは、よほど気をつけないと、研究のための研究に陥る危険性が高いと思うんですよ。でもロバート・スコールズがそれで成功してるかどうかわからないけども、成功するかもしれない。

高野　最終的にその説を取れという意味じゃなくて、それと対比させることによって、そうでない読みもやっぱり浮き上がってくるんじゃないかと。自分でたとえばこういう読みはどうだろうか、こう書き換えてみたらどうだろうかとやってみて、最終的にはそちらを取らないかもしれないけれど、その試みのプロセス自体は非常に重要なことじゃないですか。そうすることによって、オリジナルのテクストをよりクリアに浮かび上がらせる。だからそれはひとつのアプローチの仕方なのですよ。

今村　なるほどね。

島村　それはわかります。

今村　ありうるかもしれない。

前田　作品を読むっていうことは、ある作家が書いた作品を読んでるんじゃなくて、読む人個人の芸術観だとか何だとかを読んでるわけですよね。だから、『老人と海』という小説を読んだ時に私は研究者として客観的に読む前に、一人の人間として読む。これまで観客に見られてこそヒロイズムというものが形成されたヘミングウェイ作品において、誰も評価する人がいない、一人ぼっちのところでこれだけ立派なことをやったということはそれだけで完結してる。それで完結した、素晴らしい、到達した芸術じゃないかっていう、私、前田の一人の芸術観がそういう風な読ませ方をしてるんですよ。たった一人でこれだけすごいことをやったのだから、他の雑多なものはいらないんじゃないかっていうことです。だから『老人と海』の最高点は、魚にもりを突き刺した時に魚が飛び上がって一瞬静止したかのように見えるという、あの超感覚的な経験ですね。

今村 それはある面で、そのエピファニーという瞬間をクライマクティックなものとして、そこで作品を終えるという、ひとつの手法としてはあると思う。だけども、それがこの作品に当てはまるかどうかは。

島村 やっぱりサメが来ないと“defeated”云々になりませんから。

前田 だからそういった広い道徳性をね、突き詰めれば好き嫌いの問題になるかもしれないけれども、そういう道徳性というものをよしとするかどうかみたいな問題はある。実は、この論文を書き始めた時に、ベイカーから始めてるんですけども、ちょっと古いところから、新しいばっかりじゃなくて、ベイカーの伝記のところから見てるんですけれども、『ライフ』に『老人と海』を掲載する前に、ヘミングウェイはタイトルをどうするかですごく悩んでたみたいで、ベイカーが紹介してるひとつは、当時のスクリブナーズの編集者ウォレス・メーヤー宛の手紙に書いた「人間の尊厳」です。だけどヘミングウェイはそれに対してコメントしていて、このタイトルは「正確だけれども仰々しい」と言っている。だからヘミングウェイ自身がやはり判断してるんですよね。『老人と海』のタイトルが『人間の尊厳』だったらどう思いますか。

今村 それは全然買わないね。それは彼がつけたの。

前田 ヘミングウェイがつけました。ヘミングウェイは候補がたくさんある中で、その編集者に書いたタイトルは「人間の尊厳」で、これは正確だけれども仰々しい、と。正確だということは、人間の尊厳について書いてる。それは間違いないわけですよ。だけど、仰々しいってことは、あからさまに出してはいけないということ。そういう芸術感覚がヘミングウェイにはあった。だからタイトルをつける時にはその芸術感覚は成功し実践されてるんだけども、物語段階ではやはり仰々しくメッセージをあからさまにしてしまったっていうのが僕の感覚なんですよね。

今村 さっきのロバート・スコールズの何か作品をこ

ういう風に変えればいいっていう具体例はどんなものですか。

高野　「とても短い話」とか。

前田　あれは詳しく書いてますね。

高野　学生に教えるにはどうするかっていうスタンスでずっと語っていくんですよね。たとえば、作品を女性の視点から書き直してみさせるとか、そういう色んなアイデアをずっと出していってて。それで作品がどう変わっていくのかと。あれは教える話ですけど、やっぱり批評に関しても同じだと思うんですよね。

今村　ただ、批評の場合、やはり仮説を立てて論じていく時のその仮説は、何でもいいというわけではないよね。

高野　前田さんの議論では、どこが気になりますか。

今村　僕はそのマノーリンとグレゴリーの関係と、マノーリンの二十二歳説。

前田　あそこはもう取ってもいいんですよ。だから危ういのを承知で、繰り返しますけども、『老人と海』という世界的に支持されている作品を批判的に読むために、してはいけないけれども、あえて伝記的な読みをしますっていうことで。

今村　高野さんの言い方をすれば、ある種の読み替えをすることによって、ヘミングウェイ研究のひとつ、一石を投じてそこから波紋が広がっていて新たな論文が生まれてくるかもしれないということで、ひとつの可能性はありますよね。なのでそういう意味では、前田論文が今後どういう形で発展していくのかとか、どういう位置づけられ、評価されるかということに期待してますよ。

前田　それは、繰り返しますけども、つるんつるんのゆで卵みたいに、瑕疵のないというか、もう汚れのないような、ほとんど完璧に近いような作品にざらっとしたところがあれば、そのざらっとしたところをただ単に批判するのではなくて、僕は批判することで精一杯でしたけども、そのざらっとした部分がより豊かなテクストへと導くような要素にまでなっていけばいいんだろうと思うんですよ。そういったことは、それこそスコールズなんかもやってることです。なにかこう、どこかテクストの中に穴が開いてたりずれがあったり、何かそういうところからより深い読みをしていくっていうのがスコールズのやり方ですから。セミオティックスっていうのかな。

島村　そうすると前田さんにはまだ『老人と海』をこれから真正面から捕えて論じるっていう宿題が残ってるわけですね。

前田　そうです、そうです。それはもともと、あの作品を非常に評価するという姿勢があるからです。やはり一人の老人が海の上でですね、メキシコ湾流がどんなものか知りませんけれども、“too far out”という風に思わせるほどキューバから遥か遠くに手漕ぎのボートで行く、その青い海で自分のポジションを、地理的なポジションと精神的なポジションを全部自然の中で同定していく老人、そしてその深い深い海の中の動物と何かコミュニケーションを取るような釣りをしているっていう、それをこれだけの短いものにコンパクトにまとめるっていうのはすごい作品だと思うんですよ。それを認めた上で、だからこそ、メッセージが表に出てくるのは、ちょっと僕としては異物のように感じるんですね。どこかこう、何かを食べててがりっと砂を噛んだような、そんな感覚です。

今村　他の作品ではやっぱりたとえば、がりがりしたものっていうのはあるんですか。たとえば『日はまた昇る』なんかだとどう。

前田　やはり、出だしはおかしいですよね。あそこはやはりちょっとがりっとしてますよね。

今村　僕と一致してるね。『武器よさらば』だと。

前田　『武器よさらば』。あれもほとんど完璧かもしれないですね。ただ、中心人物のフレデリック・ヘンリーが非常によくわからない人物だなってことはありますね。決してヒロイックな人物じゃないものとして書いているんだろうと。

今村　ヘミングウェイの主人公、プロタゴニストに関して言うと、『日はまた昇る』だって欠陥持っているし、『誰がために鐘は鳴る』だって、ロバート・ジョーダンだって同じようにして欠陥を持っている。まして『河を渡って木立の中へ』のリチャード・キャントウェルなんてボロボロの人間ですよね。そうしたヘミングウェイのプロタゴニストの系譜の中で、『老人と海』の老人が妙に完成度の高い人間として書かれちゃってるところに対する苛立ちみたいなのがあるわけね。

前田　それはその論文で書きましたけども、よく言われるコードヒーローとヘミングウェイヒーロー。結局ヘミングウェイのオルターエゴ的な人物がヘミングウェイヒーローなんですね。どこか欠陥があったり弱かったりするのに対して、ちょっと年長のモデルとなるようなコードヒーローがいてっていう物語がずっとありながら、『老人と海』では老人にヘミングウェイを見る読者が多いと思うんですね。サンチャゴ老人ですね。ちょっと年齢差はあるかもしれないけども。ヘミングウェイヒーローに見えてて、結局マノーリンとの関係で言うとコードヒーローなんですよね。

今村　なるほどね。そういうこと言いたいわけだ。

島村　マノーリンにはそう見えるわけだけど、非常に弱みを持っているように描かれていますよ。

前田　たとえば。

今村　老いという意味ではまったく、ハンディを背負ってるよね。

前田　コードヒーローってだいたい老人ですよ。ミピポラス伯爵だって。

今村　彼は英知があるじゃない。

前田　だから老人もかなり英知に近い技術と知恵とかあるんだろうと。

島村　インテリジェンスって老人が言ってるのは、あれは要するに人間だっていうことを言ってるわけですね。

前田　魚に対してね。

島村　魚に対して。

前田　だから、ちょっと気持ち悪さっていうか落ち着かなさを感じるのは、コードヒーローとヘミングウェイヒーローが合体してしまったところにあるのかなと。そこは『海流の中の島々』からの続きで、『海流の中の島々』のトーマス・ハドソンは明らかにヘミングウェイで、子どもたちはヘミングウェイの子どもたちなのに、それを『老人と海』だけを取り出した時に、トーマス・ハドソンがサンチャゴになり、子どもはマノーリンになり、というような。だからそこにグレゴリーとマノーリンがつながってる。

出来上がった作品、この作品とこの作品、テクストとテクストを突き合わせるしか僕はしないですけど、実際その原稿の段階で、『老人と海』という物語が『海流の中の島々』の構想の中の一部であって、その一部が独立したってことを考えると、そのつながりはどうしても考えてしまうし、ここに書いた論を始めるために、「伝記的な読みを、ごめんなさい、させていただきます」、という時の情報としては使えるという風に思っていたんです。

高野　残念ながらそろそろ時間となってしまいました。三時間の長丁場でしたが、あっという間でした。長時間にわたり、どうもありがとうございました。意見が一致しない点ももちろんありますが、我々四人が共有している点は、今後この討論をきっかけにして、多様な読みの試みがなされ、本当の意味で豊かな研究が生まれていくのを望んでいるということです。もしそうなれば、この討論企画には非常に大きな意義があったのではないかと思います。

◉編者紹介◉

高野泰志　Yasushi TAKANO……………………… 序章、第 9 章、第 11 章

九州大学大学院人文科学研究院准教授

［主要業績］

（単著）『引き裂かれた身体――ゆらぎの中のヘミングウェイ文学』（松籟社）

（編著）『悪夢への変貌――作家たちの見たアメリカ』（松籟社）

（共著）『アーネスト・ヘミングウェイ―― 21 世紀から読む作家の地平』（臨川書店）

◉執筆者紹介◉（掲載順）

島村法夫　Norio SHIMAMURA……………………………第 1 章、第 11 章

中央大学商学部教授

［主要業績］

（単著）『ヘミングウェイ　人と文学』（勉誠出版）

（監修）『ヘミングウェイ大事典』（勉誠出版）

（共訳）デブラ・モデルモグ著『欲望を読む――作者性、セクシュアリティ、そしてヘミングウェイ』（松柏社）

勝井慧　Kei KATSUI………………………………………………………第 2 章

関西学院大学非常勤講師

［主要業績］

（共著）『アーネスト・ヘミングウェイ―― 21 世紀から読む作家の地平』（臨川書店）

（論文）「サウンド・アンド・サイレンス――『日はまた昇る』における「音」の機能」『ヘミングウェイ研究』第 14 号（日本ヘミングウェイ協会）

（論文）“Death and Nostalgia: The Functions of “Smells” in *For Whom the Bell Tolls*”『英米文学』第 57 巻（関西学院大学英米文学会）

堀内香織　Kaori HORIUCHI……………………………………………第 3 章

中央大学商学部兼任講師

［主要業績］

（共著）『ヘミングウェイ大事典』（勉誠出版）

（論文）“The Resistance of the Privatized Body: Tattoos as a Site of Conflict in Flannery O’Connor’s ‘Parker’s Back.’” *Journal of the American Literature Society of Japan*, no. 9, The American Literature Society of Japan.

（論文）「“The Artificial Nigger” における他者――黒人表象とレヴィナスの「顔」」『アメリカ文学研究』第 44 号（日本アメリカ文学会）

千葉義也　Yoshiya CHIBA………………………………………………第 4 章

鹿児島大学名誉教授

［主要業績］

（編著）『日本におけるヘミングウェイ書誌―― 1999-2008』（松籟社）

（共著）『ヘミングウェイの時代――短篇小説を読む』（彩流社）

（共著）『アーネスト・ヘミングウェイ―― 21 世紀から読む作家の地平』（臨川書店）

上西哲雄　Tetsuo UENISHI…………………………第 5 章、第 11 章（編集）

東京工業大学外国語研究教育センター教授

［主要業績］

（論文）“Are the Rich Different? Creating a Culture of Wealth in *The Great Gatsby*”, *The Japanese Journal of American Studies*, Vol. 21（日本アメリカ学会）

（共著）『アーネスト・ヘミングウェイ―― 21 世紀から読む作家の地平』（臨川書店）

（共著）『アメリカ文学のアリーナ――ロマンス・大衆・文学史』（松柏社）

編者・執筆者紹介

塚田幸光　Yukihiro TSUKADA……………………………………………第 6 章
関西学院大学法学部・大学院言語コミュニケーション文化研究科教授

［主要業績］
(単著)『シネマとジェンダー――アメリカ映画の性と戦争』(臨川書店)
(編著)『映画の身体論』(ミネルヴァ書房)
(共著)『アメリカ文学における「老い」の政治学』(松籟社)

真鍋晶子　Akiko MANABE…………………………………………………第 7 章
滋賀大学経済学部教授

［主要業績］
(共著)『ケルティック・テクストを巡る』(中央大学人文科学研究所)
(共著)『ケルトの名残とアイルランド文化』(渓水社)
(論文)“Pound, Yeats & Hemingway Meet Japan — A Long Neglected Study of Kyogen & Hemingway's Poetry”『ヘミングウェイ研究』13 号（日本ヘミングウェイ協会）

今村楯夫　Tateo IMAMURA……………………………………第 8 章、第 11 章
東京女子大学名誉教授

［主要業績］
(単著)『ヘミングウェイの言葉』(新潮社)
(監修)『ヘミングウェイ大事典』(勉誠出版)
(共著)『お洒落名人　ヘミングウェイの流儀』(新潮社)

ヘミングウェイと老い

前田一平　Kazuhira MAEDA……………………………第 10 章、第 11 章
鳴門教育大学大学院学校教育研究科教授

［主要業績］
（単著）『若きヘミングウェイ――生と性の模索』（南雲堂）
（共編著）『ヘミングウェイ大事典』（勉誠出版）
（翻訳）ジェイミー・フォード著『あの日、パナマホテルで』（集英社）

Abstract

Taking a Bird's-eye View of Ernest Hemingway's Later Years: After struggling with the factors which prevent story writing

Norio SHIMAMURA

In 1942, when he began to write his "Introduction" for *Men at War*, a selection of war stories of his own compilation, Ernest Hemingway probably became strongly conscious of his own age for the first time. Taking into consideration the fact that it was dedicated to his three sons who might be sent into the battlefield, he surely wrote the "Introduction" from the viewpoint of one who had an obligation to convey "a true picture of men at war" to the next generation who knew nothing of it, something "which was lacking to me when I needed it most."

This seems to be the very viewpoint that Hemingway arrived at as he grew older and came to realize that he had to make way for the younger generation. We find Robert Jordan in *For Whom the Bell Tolls* desperately wants this too, when on the verge of death he is thinking, "I wish there was some way to pass on what I have learned."

In fact, Hemingway, in his later years, passed down his own war memory to the younger generation through the words of the aged protagonist in *Across the River and into the Trees*. He also tried to convey in *The Old Man and the Sea* what man is capable of when he is driven into a dead end. After writing these two works however, he didn't write any more works that could rightly be described as such. Although he could continue to write, he was no longer able to rework his manuscripts over and over, nor could he make them of a suitable length and thus be able to survive any kind of criticism.

The Long Good Night:
Father and Son and Old Age in "A Clean, Well-Lighted Place"

Kei KATSUI

"A Clean, Well-Lighted Place" is the one of the most celebrated and highly regarded works of Ernest Hemingway. Numerous studies have been made of the meaning of "nada," the symbolism of life and death, and the perception of God in this short story, and since its first publication in 1933 several scholars have also chosen to focus on the contradictions that appear in the two waiters' conversation.

However, the biographical aspects of the story have been given short shrift by the critics. The story contains none of the typical references to fishing, bull fighting or war that we tend to associate with Hemingway's own life. Hemingway was neither a waiter nor an old man when he wrote the story, or to put it another way, the setting of this short story is remarkably separate from Hemingway's private life.

On the other hand, we should not overlook the fact that Hemingway wrote the story in 1932, only four years after the suicide of his father. We need to look more carefully into the relationship between Hemingway's own experiences and the old man who attempts suicide in the story and also the waiters' conversation on the old man and old age. The purpose of this paper is to explore the meanings and functions of old age in "A Clean, Well-Lighted Place" with reference to Hemingway's biographical experiences.

The Possibility of Frailty:
Imagination Inspired by Old Age in "Old Man at the Bridge"

Kaori HORIUCHI

In 1938, Ernest Hemingway, while visiting Spain as a war correspondent, sent *Ken Magazine* a dispatch entitled "Old Man at the Bridge," which is of great value not only as a documentary record but also as a short story. This paper investigates the constructive possibility of old age associated with frailty by means of a detailed analysis of the relationship between the narrator, a young American soldier, and a helpless Spanish old man who sits down exhausted at the roadside. Focusing both

on the image of Africa and the animals that the old man leaves back in his house, I explore Hemingway's attempt to convey the tragic situation of the Spanish Civil War through the old man's frailty. It is notable that that the old man's isolated situation exhibits a striking contrast to the collective representation of people fleeing with their families.

Moreover, it should be noted that this story is classified among the "documentary literature" that became widespread in America in 1930s. Interestingly, Hemingway highlights the character of a feeble old man who quite markedly contrasts with his own public image at that time. In light of our aim to reconsider the import of growing old, however, we can say that Hemingway's portrayal of the elderly is not limited to a specific time period. Old age, which is inseparably connected with the individual in this story, leads the reader who lives in the present time to recognize the necessity of paying more attention to the frailty of individuals who are excluded from the collective majority.

From Old Men to Boys:
A Comparison Between *The Old Man and the Sea* and "The Bear"

Yoshiya CHIBA

The big marlin Santiago caught was ruined by the sharks. Sam couldn't protect the big bear, too. After all, they are the old men who were beaten, but they are not discouraged. This is an important point. They are the old men of strong faith. Therefore, the two boys of Manolin and Ike like the old men. The boys learn the belief from the old men. Eventually, it is not too much to say that the old men hand it over to the boys. Faulkner's words that "man will not merely endure: he will prevail" (*Faulkner at Nagano* 205-06), prove it well. On the other hand, Hemingway writes too that "…man is not made for defeat. A man can be destroyed but not defeated" (*OMS* 103). These words of theirs are exactly alike in the respect of believing in the future of mankind. Incidentally, Hemingway and Faulkner are contemporaries. I wonder why they think alike. In this respect, Toshio Watanabe speculates that people expected from a writer the prophetic role to give an answer in the affirmative to man's act (Watanabe 299). In addition to his explanation, I believe that the writers called the

"Lost Generation" had the notion to escape from despair. We can see it in these two masterpieces. By the way, there are many mysteries in both works. As Hemingway said, "Great writing contained a 'mystery' that could not be dissected out and stayed valid forever" (*A Life Story*, 503).

Aging in Hemingway Literature as Fitzgerald Saw It: From *The Sun Also Rises* to *The Old Man and the Sea*

Tetsuo UENISHI

While the representation of human aging in Ernest Hemingway's literature has often been discussed in terms of death, this article tries to define it as loss of the value of work, fear of which F. Scott Fitzgerald consistently dealt with in his literature and was possessed by in his life, and adapt the definition to the Hemingway's literature.

In Hemingway novels that bring to the fore the nature of the main characters' work, the latter appear to labor diligently without any doubts, as in the case of Jake Barnes in *The Sun Also Rises* (1926) or Santiago in *The Old Man and the Sea* (1952). From closer scrutiny, however, we find that Jake purposely avoids judging the value of his own work, while Santiago is eager for others' appreciation of his arduous but fruitless fishing so as to confirm the significance of his work. Both apparently protest against being old in terms of Fitzgerald's definition, but it is not hard to see the fear of aging in Santiago's sensitivity to others' judgments of him, whereas not even a hint of such feelings are ever revealed by Jake. Although at the end of his literary career in his posthumous autobiographical novel *A Moveable Feast* he is severely critical of Fitzgerald's susceptibility to others' judgment, as Hemingway himself grew old, he also came to be accepting of others' values.

Viewed in Fitzgerald's terms, Hemingway seems to have increasingly accepted being old, and gradually given up his avoidance of judgment of the significance of his work, in particular such judgment leveled by others.

Gland and Nose: Hemingway's Poetry, Old Age, and Mechanical Body

Yukihiro TSUKADA

Back on June 20, 1920, something happened that sent shock waves through Paris after the Great War. Serge Voronoff, a Russian doctor did risk the operation, in which he transplanted the monkey gland into Harold F. McCormick to restore his youth. According to Michael Reynolds, *Tribune* reported this event on the front page; the transformation of old McCormick into a different person with "a younger face" and "no grey showing." This is how the sensational news became the attractive/ scandalous target for the public. Was this a spectacular "freak" show featuring the technological advance? Hemingway interestingly responded to it and wrote three poems: "Kipling," "Stevenson," and "Robert Graves." Old Man, Monkey's Gland, and Poetry. So, why did the medical technology intersect with Hemingway's poetic imagination?

A dangerous thirst for youth, which was not peculiar to Voronoff and McCormick, was connected with the technological innovation, especially cosmetic re-forming of the body. As is well known, the medical advance was accelerated after the War in tandem with the technological development of the warfare devices. War/ medical technology made it possible for damaged soldiers to put them back the way it was. In this sense, Voronoff's operation was a natural extension of war technology and thoughts.

In this paper, I wish to raise unexplored questions about Hemingway's poetry and the mechanical/medical "youth." This questions open up new possibilities whereby it may re-consider the body politics. Hemingway's poetry and the body representation will offer the key to understanding of the relation between his text and the context in the modernism era.

The Poetics of Aging—Hemingway's post 1940s Poetry

Akiko MANABE

In a group of poems written after his encounter with his fourth wife, Mary, in 1944 and up until his death, Hemingway's "ideal image of old age," reflected

his desire to become a wise old man. Hemingway's idealized old man took on two personae: a romantic lover filled with overflowing love and a husband with warm affection, almost like a father to his daughter, carefully guarding his wife. The first kind of love is expressed in "Lines to a Girl 5 Days after Her 21st Birthday," dedicated to Adriana Ivancich, Hemingway's final muse, a Venetian beauty from an aristocratic family. In this poem, a wise old man talks to a young girl he is attracted to in a different set of voices matching his altered inner landscape. Age here is not associated with decline, but rather is seen in a positive light as an accumulation of years well spent. Representative poems of the second kind of guarded love include "Poems to Miss Mary" and " Travel Poems,"—the former poem being almost like a lullaby sung to a sleeping daughter by a father-like figure—a reflective figure looking back at a time shared with a woman rather than facing the immediate present. Three important motifs appear throughout these poems, "travel", "memory/reminiscence" and the recurring theme of "death". In this paper, I will examine the psychology of aging as represented in these post 1944 poems.

Dances of Approaching Death with Eros: *Across the River Into the Trees.*

Tateo IMAMURA

The reader may well ask why the protagonist of *Across the River Into the Trees*, Robert Cantwell is portrayed as an old American soldier, beholden to his aging despite the fact that he was only fifty years old. One of the reasons is rooted in the gap of the ages between Cantwell and the young Italian girl, Renata, who is the object of his affection; this relationship is based on Hemingway's own experience with an eighteen years old girl, Adriana Ivancich in Venice in 1948. From a historical point of view, the novel reveals the inner landscape of those people in the post-World War Two era in Italy, who were defeated and devastated by the war.

The themes of the "Aging and Eros" are revealed by the juxtaposition of two clear contrastive: the first can be found in the anger and hostility of the common Italians who remember the war with pain, one of the archetypal examples being an Italian guide who appears in the first scene of hunting of wild ducks; the other lies in young Renata and the protagonist's old war comrades who fought together during

World War One.

The geographical aspects, being located in Venice, the city of water and Trieste, the city which suffered heavily from conflict, are considered as another crucial motif which is based upon the historical facts. This is a tragic novel of a protagonist with an unti-heroic personality who is portrayed with caricatural touches, sin some way reflecting the author himself.

Creation and Rape: Sexual Exploitation of a Girl in a Defeated Nation in *Across the River and Into the River*

Yasushi TAKANO

Writing *Across the River and Into the Trees* (1950) when he was approaching his fifties, Ernest Hemingway was so distressed by his sexual impotence that he took weekly doses of testosterone to recover sexual ability. This persistent obsession for youthfulness indicates that, under the influence of medical discourse at the middle of the 20th century, he somehow united the vitality of youth with creative energy. Hemingway had not written a novel for ten years after *For Whom the Bell Tolls* (1940), and he tried to overcome the apparent lack of creativity by recovering sexual energy.

Across the River is written during the struggle against his declining physical strength, which is possibly the foremost motivation for the writing of this novel. In the novel, the protagonist, a fifty-year-old colonel of the United States Army stationed in postwar Italy, falls in love with Renata, an eighteen-year-old countess living in Venice. On the surface level, this scheme represents a crude fantasy of the author's senile desire to exploit the youthful energy from a beautiful young girl, but, more carefully observed, the narrator discreetly detaches himself from the protagonist and sometimes sarcastically criticizes him for his obstinacy, his incompetent skill as a hunter, or his lack of consideration for people in a defeated nation. Given this distance between the narrator and the protagonist, we can surmise that Hemingway, though depicting an old man's desire to absorb youthful energy, could objectively and critically observe his own painful struggle to recover youthfulness when writing this novel. *Across the River* is not a masterpiece as the author himself was thinking, but a curious work in

that it records the author's desperate attempt to come to terms with his aging body and to make his struggle into a work of fiction to return into a literary world once again as a great author.

***The Old Man and the Sea* for Sixth Graders**

Kazuhira MAEDA

The Old Man and the Sea reads very much like and shares a critical focal point with a Japanese short story "Umi no Inochi" or "The Life of the Sea" by Wahei Tatematsu, which is included in a widely used Japanese language textbook for the sixth grade in Japan. Both are fishing stories with a fisherman fighting alone with an unbelievably big fish. The crucial difference, however, is that the central character of *The Old Man and the Sea* is literally an old man Santiago, while in "Umi no Inochi" it is a boy or youth named Taichi. Another big difference, which is more intriguing in terms of interpretation, is that at the end of the story Santiago brings back the skeleton of the fish, while Taichi does not kill the fish, never brings anything of the fish back home, and never tells anyone about not killing it.

By the comparison of these two stories I have drawn the reading of *The Old Man and the Sea* that the commercially useless skeleton brought back and left on the beach has become an obvious symbol forcing the villagers to read its message that "A man can be destroyed but not defeated," which the readers have already been told. The skeleton looks very much like the tip of an iceberg and the story itself seems to be a demonstration of the iceberg symbolism with the villagers and tourists as readers, which I have discussed is the symptom of the modernist Hemingway's waning of writing.

◉ 索 引 ◉

・本文および注で言及した人名、作品名、歴史的事項等を配列した。
・作品名は原則的に作者名の下位に配置している。
・アーネスト・ヘミングウェイについては、本書全体で扱っているので、索引ではページ数は拾わず、作品についてのみページ数を拾っている。

【アルファベット】
FBI 290, 292
Modern Fiction Studies 303

【あ行】
アームストロング，ティム Armstrong, Tim 143
アイク／アイザック・マッキャスリン → フォークナー『大森林』
秋山嘉 284
——『ヘミングウェイ釣文学全集』 283 →（参照）：谷阿休
アシュリー，ブレット → ヘミングウェイ『日はまた昇る』
アダムズ，ニック／ニコラス → ヘミングウェイ『ニック・アダムズ物語』
アップダイク，ジョン Updike, John 20
——『走れウサギ』 *Rabbit, Run* 20
アメリカ陸軍規律訓練所 193
アルゴンキンホテル 164
アレン，フレデリック・ルイス Allen, Frederick Lewis 142
. チッチ，アドリアーナ Ivancich, Adriana 32, 162, 168, 201, 203, 226
イヴァンチッチ，ドーラ Ivancich, Dora 168
イヴェンス，ヨリス Ivens, Joris 71, 77, 81
——『スペインの大地』 The Spanish Earth 71, 77, 80-81
イェイツ，ウィリアム・バトラー Yeats, William Butler 167
磯田光一 99
イタリア戦線 154, 202, 209
今村楯夫 85, 89, 110, 191, 218
移民 77
インテリア・モノローグ 269-270

ヴェニス　171-173, 175-177, 184, 201, 203-206, 208-213, 215-217, 226, 229, 277
ウェルシュ，メアリー　Welsh, Mary　25-27, 32, 36, 161-162, 165-166, 172, 181-185, 189, 192-194, 201
ヴォロノフ，サージ　Voronoff, Serge　139-141
『エスクァイア』 *Esquire*　23, 38, 40-41, 73, 122, 285
エピファニー　256, 258-259, 264, 304, 309
エリソン，ラルフ　Ellison, Ralph　282
—— *Invisible Man*　282
エルドリッジ、ディヴィッド　Eldridge, David　77, 88
「円卓」　164　→（参照）：パーカー，ドロシー
オーウェル，ジョージ　Orwel, George　147
大橋健三郎　94, 105
オーベロ　188

【か行】
ガーダ湖　188
カート，バーニース　Kert, Bernice　192
カザルス，パブロ　Casals, Pablo　211
金澤哲　93
ガルシア，マヌエル　→　マエーラ
キート，メアリ・ルイーズ　Kete, Mary Louise　84
キプリング，ラドヤード　Kipling, Rudyard　147-148, 170-171, 194
——「勝者たち」 “The Winners”　170
——「マンダレイ」 “Mandalay”　147-148, 150
キャントウェル，リチャード　→　ヘミングウェイ『河を渡って木立の中へ』
キューバ　27, 29, 31, 37, 40, 173, 282, 285, 290-292, 303-305, 307, 311
『キング・コング』 King Kong　140
グリッティ・パレス・ホテル　172
グリフィス，D・W　Griffith, David Wark　143
——『世界の心』 Hearts of the World　143
グレーヴズ，ロバート　150
——「強いビール」 “Strong Beer”　150
グレブスタイン，シェリダン　281-282
ゲルホーン，マーサ　Martha Gellhorn　24-25, 27, 30
ゲロギアニス，ニコラス　Gerogiannis, Nicholas　172
『ケン』 *Ken*　72
原始的武器　104-105
黒人　45, 77, 100, 140

小山敏夫　158
『コリアーズ』 *Collier's Weekly*　25-26
コロニアリズム　291

【さ行】
サーミニオーニ　188
佐木隆三　101
佐藤泰正　93
サム・ファーザーズ　→　フォークナー『大森林』
サンチャゴ　→　ヘミングウェイ『老人と海』
サンマルコ広場　177, 238
シェアクロッパー　77
シェイクスピア，ウィリアム　Shakespeare, William　183, 218, 238-239
――『オセロー』 *Othello*　218, 238-239
ジェイムズ，ヘンリー　James, Henry　75, 226
ジェンクス，トム　Jenks, Tom　43
ジオット（ジョット・ディ・ボンドーネ） Bondone, Giotto di　211
『シカゴ・トリビューン』 *The Chicago Tribune*　139
ジギスムンド・マラテスタ　Sigismond Malatesta　189, 193
シップマン，エヴァン　Shipman, Evan　21
狩猟物語　95, 111
ジョーダン，ロバート　→　ヘミングウェイ『誰がために鐘は鳴る』
ジョン・F・ケネディ図書館　191
スクリブナー社　247
『スクリブナーズ・マガジン』 *Scribner's Magazine*　64, 66, 156
スコールズ，ロバート　Scholes, Robert　250, 307-308, 309-311
スタイン，ガートルード　Stein, Gertrude　156, 180, 193
スタインベック，ジョン　Steinbeck, John　79, 88, 95, 273
――『怒りの葡萄』 *The Grapes of Wrath*　79, 88, 273
スタット，ウィリアム　Stott, William　77, 84
スティーヴンソン，ロバート・ルイス　Stevenson, Robert Louis　149
――「鎮魂歌」 "Requiem"　149-150
ストリーキャッシュ，トマス　Strychacz, Thomas　259-264, 301-302
スピラー，ロバート・E　Spiller, Robert E.　109
スペイン内戦　22, 26, 71-72, 76-77, 82, 86, 88, 200
スミス，ポール　Smith, Paul　50
「精神的父親」　101

【た行】

第一次世界大戦　28, 62, 125, 140-141, 143, 163, 165, 201, 203-204, 209, 211, 229
第二次世界大戦　165, 193, 202-206, 209-210, 212-214, 219, 228-229, 271
『タイム』 *Time*　19
高野泰志　143
ダグラス，アン　Douglas, Ann　89, 141
太宰治
――「走れメロス」　288
立松和平　254-259
――「海の命」　254-259, 264
谷阿休　284
谷本千雅子　94
ダヌンチオ，ガブリエーレ　D'Annunzio, Gabriele　218
『ダブル・ディーラー』 *Double Dealer*　157
ダンテ　Dante Alighieri　36, 218
――『神曲』 *La Divina Commedia*　218
チャニー，ロン　Chaney, Lon　144
塚田幸光　94
ディートリッヒ，マレーネ　Dietrich, Marlene　162, 191-192, 218
ディックス，オットー　Dix, Otto　144, 152
ティツィアーノ　Tiziano Vecellio　211
鉄道　105-106
デファルコ，ジョセフ　Defalco, Joseph　74
テンピオ　189
トウェイン，マーク　Twain, Mark　44, 97, 292
――『ハックルベリー・フィンの冒険』 *Adventures of Huckleberry Finn*　97, 292
トスカナ　188
ドルチ，マーティン　Dolchi, Martin　66

【な行】

西尾巌　107
西成彦　93
ニュークリティシズム　282, 284
ネイティヴ・アメリカン　77
ノーベル賞受賞演説　→　フォークナー
野間正二　110

【は行】

パーカー，ドロシー　Parker, Dorothy　164
パーキンス，マクスウェル　Perkins, Maxwell　51, 54
バーグマン，イングリッド　Bergman, Ingrid　192
バーンズ，ジェイク　→　ヘミングウェイ『日はまた昇る』
ハヴィー，リチャード　Hovey, Richard　224
パウンド，エズラ　Pound, Ezra Weston Loomis　82, 164, 175, 187-191, 193-194
ハゴピアン，ジョン　Hagopian, John　66
長谷川裕一　72
バティスタ政権　292
パティル，マリカジャン　Patil, Mallikarjun　74
ハバナ　21, 166, 168
林明人　59, 68
原田敬一　99
『パリ・レビュー』 *The Paris Review*　249
ビーゲル，スーザン　Beegel, Susan　30-31
ピエムビノ　188
ピエロ・デラ・フランチェスカ　189, 211
樋口日出雄　94
ヒコック，ガイ　Hickok, Guy　189
ピサ　193
ピチロ　166
ヒュルトゲンヴァルトの戦い　35, 164-165, 206, 218, 235
「氷山の一角」説　209, 281
ファーカー，ロビン　Farquhar, Robin H.　303
フィードラー，レスリー　Fiedler, Leslie S.　17-18
フィッツジェラルド，F・スコット　Fitzgerald, F. Scott　13, 54, 76, 82, 115-135, 282
――『偉大なるギャツビー』 *The Great Gatsby*　54, 117, 124-125
――『美しく呪われし者』 *The Beautiful and Damned*　118
――「金持の青年」 “Rich Boy”　122-127, 129, 131-132, 133, 135
――「継ぎ合わせ」 “Pasting It Together”　123
――「取り扱い注意」 “Handle With Care”　123
――「崩壊」 “Crack-Up”　122-127
――『夜はやさし』 *Tender Is the Night*　117
――『楽園のこちら側』 *This Side of Paradise*　118
――『ラスト・タイクーン』 *The Love of the Last Tycoon*　117
フィンカ・ビヒア　21, 27, 165-166, 168
ブース，ウェイン　Booth, Wayne C.　273
フォークナー，ウィリアム　Faulkner, William Cuthbert　13, 94-96, 101, 103-104,

106-107, 109, 144, 158-159
——『行け、モーセ』 *Go Down, Moses* 111
——「熊」 "The Bear" 93-113
——の登場人物：
アイク／アイザック・マッキャスリン 95, 99-103, 105, 110
サム・ファーザーズ 94-95, 98-100, 102-105, 107, 110
——「肖像」 "Portrait" 158
——『大森林』 *Big Woods* 94, 111
——ノーベル賞受賞演説 96, 110
——「むかしの人々」 "The Old People" 99
フランケッティ，ナンユキ Franchetti, Nanyuki 168, 175, 201
プリンプトン，ジョージ Plimpton, George 218, 249, 283, 297-298
ブルッコリ，マシュー Bruccoli, Matthew J. 135
ブレナー，ゲリー Brenner, Gerry 261
ブレネン，カーリーン・フレデリッカ Brennen, Carlene Fredericka 89
ベイカー，カーロス Baker, Carlos 50, 110, 162, 282, 288, 309
—— *The Writer as Artist* 288
ベネルト，アネット Benert, Annette 56, 60
ヘミングウェイ，アーネスト
——「青い海で——メキシコ湾流通信」 "On the Blue Water" 38, 285
——「アイクとトニーとジャックと僕がいた」 "There was Ike and Tony and Jaque and me . . ." 154, 157
——『アフリカの緑の丘』 *Green Hills of Africa* 44, 81, 307
——「雨の中の猫」 "Cat in the Rain" 86, 306
——「異国にて」 "In Another Country" 144, 151-152
——『移動祝祭日』 *A Moveable Feast* 43, 134-135
——「インディアン・キャンプ」 "Indian Camp" 61
——『エデンの園』 *The Garden of Eden* 29, 32, 36, 42-43
——「大きな二つの心臓のある川」 "Big Two-Hearted River" 50, 58, 260, 275
——『海流の中の島々』 *Islands in the Stream* 24, 29, 37, 42-43, 168, 201, 288, 300, 312-313
——「神のしぐさ」 *A Divine Gesture* 157
——『河を渡って木立の中へ』 *Across the River and into the Trees* 13, 19, 33, 35-37, 108, 168, 175, 193, 197-243, 277, 282, 290, 313
——の登場人物：
キャントウェル，リチャード 33-36, 108, 193, 202-219, 223, 226-232, 234-242, 282, 311
レナータ 33-36, 168, 175, 193, 202, 205-207, 211, 213, 217, 226, 228, 230-231, 234-240

――「危険な夏」 *The Dangerous Summer* 42-43
――「季節外れ」 "Out of Season" 297
――「キプリング」 "Kipling" 140, 146-148, 150
――『キリマンジャロの麓で』 *Under Kilimanjaro* 42-43
――『午後の死』 *Death in the Afternoon* 64, 110, 191, 297
――「最後に」 "Ultimately" 153, 157
――「詩、一九二八年」 "Poem, 1928" 156
――「死者の博物誌」 "A Natural History of the Dead" 154, 157
――『自由世界のための名作選』 *Treasury for the Free World* 27, 34
――「白い象のような山並み」 "Hills Like White Elephants" 297
――「スイス賛歌」 "Homage to Switzerland" 64
――「スティーヴンソン」 "Stevenson" 140, 148-150
――「清潔で明るい場所」 "A Clean, Well-Lighted Place" 49-69, 108, 200
――『第五列』(『第五列と四つのスペイン内戦の物語』) *The Fifth Column and Four Stories of the Spanish Civil War* 26
――『誰がために鐘は鳴る』 *For Whom the Bell Tolls* 19, 22-24, 26, 29, 37, 52, 65, 71, 73, 82, 200-201, 205, 217, 221-222, 225, 269, 271-272, 274, 277, 282, 290, 311
――の登場人物：
ジョーダン，ロバート 22, 52, 73, 201, 205, 217, 221, 311
――『戦う男たち』 *Men at War* 22, 34
――「誰も知らない」 "A Way You'll Never Be" 58
――「父と子」 "Fathers and Sons" 65
――「とても短い話」 "A Very Short Story" 250, 310
――『ニック・アダムズ物語』 *The Nick Adams Stories* 96
――の登場人物：
アダムズ，ニック／ニコラス Nichoas [Nick] Adams 35, 50, 54, 61, 65, 96-97, 157, 260, 302
――「橋のたもとの老人」 "Old Man at the Bridge" 71-90, 108, 200
――『春の奔流』 *The Torrents of Spring* 143-144
――『春の幻』 *Vision in Spring* 158
――『日はまた昇る』 *The Sun Also Rises* 42, 50, 82, 115-135, 144, 151-152, 203, 211, 218, 221-222, 225, 233, 257, 294, 296, 311
――の登場人物：
アシュリー，ブレット 257
バーンズ，ジェイク 50, 82, 119, 144, 151, 157, 203, 218, 221, 225, 257, 264
――『武器よさらば』 *A Farewell to Arms* 23, 54, 58, 64, 83, 144, 153, 156, 221-222, 269, 271-272, 274, 283, 311
――の登場人物：
ヘンリー，フレデリック 58, 83, 153, 221, 311

――「兵士の故郷」 "Soldier's Home" 257
――の登場人物：
クレブズ，ハロルド 257
――「身を横たえて」 "Now I Lay Me" 58
――「名誉の戦場」 "Champs d'Honneur" 154, 163
――「盲導犬としてではなく」 "Get a Seeing-Eyed Dog" 94
――『持つと持たぬと』 *To Have and Have Not* 79, 101, 271, 295
――「敗れざる者」 "The Undefeated" 269-270, 301
――『世慣れた男』 "A Man of the World" 94
――『老人と海』 *The Old Man and the Sea* 11-13, 19, 29, 37-38, 41-43, 74-75, 78, 93-113, 115-135, 168, 190, 192-193, 201, 218, 222-223, 242, 245-313
――の登場人物：
サンチャゴ 12, 29, 38-41, 74-75, 78, 83, 94-95, 97-104, 107-108, 111, 116, 131-133, 193, 218, 250-254, 259, 261-264, 279, 282, 298, 300, 304-305, 312-313
マノーリン 40, 78, 83, 95-99, 100-103, 111, 132, 193, 218, 279, 298-302, 305-306, 310, 312-313
――「ロバート・グレーヴズ」 "Robert Graves" 140, 150
――「ワイオミングのワイン」 "Wine of Wyoming" 54, 64
――『われらの時代に』 *In Our Time* 64, 191, 248, 274, 276
――『ワレラノ時代ニ』 *in our time* 191, 297
ヘミングウェイ，クラレンス Hemingway, Clarence Edmonds 51-52, 60-61
ヘミングウェイ，グレゴリー Hemingway, Gregory 30-31, 185, 242, 300-301, 310, 313
『ヘミングウェイ大事典』 57
ベレンソン 287
ヘンリー，フレデリック → ヘミングウェイ『武器よさらば』
ポオ，エドガー・アラン Poe, Edgar Allan
――「モルグ街の殺人」 "The Murders in the Rue Morgue" 140
ホフマン，スティーヴン Hoffman, Steven K. 57
ポルタレス，マルコ Portales, Marco 75
――『アメリカ文学における若さと老い』 *Youth and Age in American Literature* 75

【ま行】

マークス，レオ Leo Marx 106
マイヤーズ，ジェフリー Meyers, Jeffrey 37
マエーラ／ガルシア，マヌエル Maera / García, Manuel 164, 191, 270
マクリーシュ，アーチボルド MacLeish, Archibald 167, 192
マコーミック，ハロルド McCormick, Harold F. 140, 146-147, 151-152

マノーリン　→　ヘミングウェイ『老人と海』
マン，トーマス　Mann, Paul Thomas　208
――『ヴェニスに死す』 *Der Tod in Venedig*　208
マンティーニャ，アンドレア　Mantegna, Andrea　211
ミケランジェロ・ブオナローティ　Michelangelo di Lodovico Buonarroti Simoni　211
宮沢賢治　289
――『銀河鉄道の夜』　289
――「なめとこ山の熊」　289
宮本陽一郎　290
ムーア人　239-240
ムーアヘッド，キャロライン　Moorehead, Caroline　25
ムッソリーニ，ベニート　Mussolini, Benito Amilcare Andrea　193
メーヤー，ウォレス　Meyer, Wallace　247, 309
メルヴィル　Melville, Herman　75, 95, 280
――『白鯨』 *Moby-Dick*　95-96, 280
モダニスト　141, 144, 159, 248-249, 264, 269, 273, 275
モダニズム　144, 159, 273, 275
モデルモグ，デブラ　Moddelmog. Debra A.　32, 43, 89
元田脩一　94, 100
モンテ・カッシーノの戦い　213

【や行】

安井信子　100
ヤング，フィリップ　Young, Philip　97, 100, 282
ユーゴー、ヴィクトル　Hugo, Victor-Marie
――『ノートルダムのせむし男』 *Notre-Dame de Paris*　144

【ら行】

『ライフ』 *Life*　25, 42, 287, 309
ラナム，チャールズ　Lanham, Charles Trueman (Buck)　26, 35, 164
ランバダリドゥ，Ｅ・Ａ　Lambadaridou, E. A　74-76, 85
『リトル・レビュー』 *The Little Review*　156
リミニ　188-189
ルイス，ロバート　Lewis, Robert W.　282, 284
ルルー，ガストン　Leroux, Gaston
――『オペラ座の怪人』 *Le Fantôme de L'Opèra*　144-145
レノルズ，マイケル　Reynolds, Michael S.　23-24, 49, 61, 139

レナータ　→　ヘミングウェイ『河を渡って木立の中へ』
レナード，ジョン　Leonard, John　56
ロスト・ジェネレーション　82, 109, 141
ロス，リリアン　Ross, Lilian　63

【わ行】

渡辺利雄　109

ヘミングウェイと老い

2013 年 11 月 15 日　初版第 1 刷発行　　定価はカバーに表示しています

編著者　高野泰志
著　者　島村法夫、勝井　慧、堀内香織、
千葉義也、上西哲雄、塚田幸光、
真鍋晶子、今村楯夫、前田一平

発行者　相坂　一

発行所　松籟社（しょうらいしゃ）
〒 612-0801　京都市伏見区深草正覚町 1-34
電話　075-531-2878　振替　01040-3-13030
url　http://shoraisha.com/

Printed in Japan

印刷・製本　モリモト印刷株式会社
装丁　西田優子

ISBN978-4-87984-320-3　C0098